Dr. Faust in der Marktgasse

W0389604

Marlene Kilga

Dr. Faust in der Marktgasse

Kriminalroman

BUCHER

Bibliografische Information der Deutschen Nationalbibliothek:
Die Deutsche Nationalbibliothek verzeichnet diese Publikation
in der Deutschen Nationalbibliografie; detaillierte bibliografische
Daten sind im Internet über http://dnb.d-nb.de abrufbar.

Personen und Handlung der folgenden Geschichte
sind frei erfunden. Jede Ähnlichkeit mit realen Personen
oder Begebenheiten ist rein zufällig.

1. Auflage
© 2013 BUCHER Verlag
Hohenems - Wien - Vaduz
www.bucherverlag.com
Alle Rechte vorbehalten

Lektorat Peter Natter
Umschlagfoto Ward Stepman
Satz Dietmar Waibel
Druck BUCHER Druck & Verlag, Hohenems

Printed in Austria

ISBN 978-3-99018-209-3

Für Ward

Tag eins

Das Klirren von Glas. Martha blieb abrupt stehen. Etwas war zersprungen. Rechts neben ihr fielen große und kleine Glasscherben geräuschvoll auf das Kopfsteinpflaster, begleitet von einer sonoren Bassstimme über ihr: »Himmelherrgottzack! Verreckts Glump, saublöds!«

Sie war soeben aus der Johanniterkirche herausgekommen und stand am Anfang der Feldkircher Marktgasse. Die Bögen der mittelalterlichen Laubengänge flossen wie Wellen bis ans andere Ende der Straße. Rechts, an die Johanniterkirche angebaut, stand das gelbe Haus, »Marktgasse 6«, an dem Martha nach oben blickte, um die Ursache für das Malheur zu suchen. Die Kirche und das gelbe Haus standen im rechten Winkel zueinander und berührten sich an den Ecken über dem Laubengang. Darunter konnte man durchgehen und die Gymnasiumgasse erreichen. Ein Erker am gelben Haus, gerade groß genug für ein zweiflügeliges Fenster, war so nahe an der Kirche, dass er den Eindruck erweckte, ein Arm des gelben Hauses zu sein, mit dem es die Kirche wie einen alten Bekannten freundschaftlich anstupste, vielleicht um ihn aufzumuntern oder auch einfach nur, um auf etwas aufmerksam zu machen.

Eine kleine Teilfensterscheibe im Erker war zerbrochen. Man konnte die scharfkantigen Glasreste sehen, die noch im hölzernen Fensterrahmen steckten. Eine Hand und ein stoppelbärtiges Männergesicht tauchten kurz hinter den Scherben auf, begleitet von missmutigen Kommentaren: »Schon wieder … zum x-ten Mal … Das gibt es doch nicht … Wie verhext … Kruzifix …«

Die wenigen Passanten und ein schwarzer Hund, die kurz innegehalten hatten, gingen wieder ihrer Wege. Nur Martha blieb wie vom Blitz getroffen stehen. Hinter ihr war das Eingangstor der Johanniterkirche weit geöffnet. Der Innenraum war völlig leer geräumt. Sogar der Boden war abgetragen worden und hatte einige historische Gräber freigegeben, vielleicht sogar das Grab von Hugo von Montfort, dem Gründer der Stadt. Die so entstandene große Halle stellte den beeindruckenden Hintergrund für die Ausstellung einer zeitgenössischen Künstlerin dar, die Farben, Klänge und bewegte Bilder über die historischen Mauern tanzen ließ.

Der Bläsi, der älteste Bürger Feldkirchs, stand über dem Tor auf dem Kirchendach in seinem kleinen Pavillon und wachte über seine Sadt. Der Mann aus Blech schlug zur vollen Stunde mit einem Hammer auf die zierliche Glocke der Johanniterkirche, wie ein Echo aus längst vergangenen Zeiten.

Doch für Martha klang der helle Glockenton wie ein Donnerschlag. Die Zeit stand plötzlich still. Es war, als gäbe es gar keine Zeit mehr. Vor ihr lag das Herz einer kleinen Stadt, die einst die ihre gewesen war. Sie hatte sich hier zuhause gefühlt, mehr als das sogar. Sie hatte gespürt, wie die Verwurzelung mit diesem Ort immer stärker geworden war. Und damit hatte sich auch die Angst gemeldet, die Angst, unbeweglich zu werden, die Angst, etwas zu verpassen.

Sie war nach der Matura weggegangen, so wie die meisten ihrer Klassenkameraden. Ein Schritt folgte dem andern: Studium, Jobs, neue Leute kennen lernen, die erste feste Arbeitsstelle, Auslandsaufenthalte, ein interssanter Mann, die große Liebe, ein Kind. BUMM!

»Können Sie denn nicht aufpassen?«, herrschte sie jemand an. Martha stammelte eine Entschuldigung. Sie war genauso erschrocken wie der ältere Herr, mit dem sie zusammengestoßen war. Noch mehr erschrak sie darüber, dass sie völlig geistesabwesend und ohne es selber wahrgenommen zu haben das Ende der Marktgasse erreicht hatte. Jetzt stand sie benommen vor dem Gasthof Lingg. Die berauschten, überfütterten Kinderfiguren der Fassadenmalerei des Gasthofs schienen zu tanzen. Martha ärgerte sich über ihr Unvermögen, Kontrolle über sich auszuüben. Das war sie nicht gewohnt. Sie hatte sich immer unter Kontrolle, war zuverlässig und effizient. Immer! Warum sollte das jetzt anders sein? War vorhin wirklich eine Glasscheibe zerbrochen, oder hatte sie sich das nur eingebildet? War der Bruch nur in ihr drin gewesen? *Nein, Martha, fang nicht an zu spinnen!* Natürlich war ein Fenster kaputt gegangen. Genau in dem Moment, als sie das Telefongespräch beendet hatte? Genau in dem Moment, als sie ihr bisheriges Leben beenden wollte? Genau dann?

»Kann ich Ihnen vielleicht irgendwie helfen?«, fragte dieselbe Stimme von eben.

»Was?« Martha hatte sich noch immer nicht gefangen. Der ältere Mann, den sie angerempelt hatte, stand neben ihr. »Entschuldigung, ich bin nur eben ... es tut mir wirklich leid ... ich habe... wollte gerade ...«, stammelte Martha. Der Mann lächelte: »Kommen Sie, junge Frau! Sie können sich in meinem Laden ein bisschen hinsetzen und ein Glas Wasser trinken.«

Mit diesen Worten zog der Mann sie sanft ein paar Meter unter die Lauben in das Buchgeschäft mit der Hausnummer 23, das sich an der Ecke Marktgasse und Kreuzgasse befand. Er schob Martha vorsichtig durch ein niedriges Gewölbe voller Bücher, Landkarten und Kalender, bis sie ganz hinten die Verkaufstheke erreichten. Er nickte einem jungen Mädchen zu, das nur kurz aufsah und dann weiter seinen Daumen mit bemerkenswerter Geschwindigkeit über ein Mobiltelefon schwirren ließ.

Der Mann setzte Martha auf einen Bürostuhl, verschwand kurz in einem kleinen Hinterzimmer und erschien dann wieder mit einem Glas Wasser.

Martha nahm es dankend an und trank ein paar Schlucke. »*Junge Frau* hat schon lange niemand mehr zu mir gesagt!« Martha versuchte ein schwaches Lächeln, das ihr nicht richtig gelingen sollte. In dem hageren, faltigen Gesicht des Alten glänzte ein klares, helles Augenpaar. »Und schnell und unbegreiflich schnelle dreht sich umher der Erde Pracht; es wechselt Paradieseshelle mit tiefer schauervoller Nacht; in ewig schnellem Sphärenlauf. – Die Jahre vergehen mit jedem Jahrzehnt schneller.«

Martha konnte nun doch schmunzeln: »Und Goethe hat auch schon lange niemand mehr für mich zitiert.« Der Herr zupfte zufrieden seine rote Fliege zurecht, die sich schrill von dem beigen, etwas verbrauchten Anzug abhob und entgegnete: »Ebenso ist es gar nicht mehr selbstverständlich, dass man Goethe erkennt, wenn man ihm begegnet.«

»Ich weiß auch nicht, was vorhin mit mir los war.«

»Ich glaube, Sie wissen es sehr wohl. Die Frage ist nur, ob Sie es wissen wollen.«

Entgeistert blickte sie diesen eigenartigen Mann an. Eine außergewöhnliche Ruhe ging von ihm aus. Er schien sie zu kennen. Aber das war nicht möglich. Martha hatte ihn noch nie zuvor gesehen.

Sie merkte, dass sie ihn anstarrte und wandte schnell ihren Blick ab. Noch immer freundlich sagte der Herr zu dem Mädchen an der Theke, dass es jetzt seine Mittagspause nehmen könne. Er werde solange im Laden bleiben. Sie sah wiederum nur flüchtig vom Display des Mobiltelefons auf, lächelte kurz und ging.

»Manchmal stelle ich mir vor, was passieren würde, wenn man den Kindern diese Spielzeuge wegnimmt, diese elektronischen Geräte, meine ich. Hilflose Wesen in einer stromlosen Wüste!« Amüsiert blickte der Mann dem Mädchen nach.

»Ich denke, dass die Bezeichnung *junge Frau* in ihren Ohren besser kingen würde,« meinte Martha und dachte dabei an ihre Tocher Saskia und die grimmige Miene, die sie aufsetzte, wenn man es wagte, ihren Beinahe-Erwachsenenstatus in Frage zu stellen und sie als Kind betitelte.

Im Geschäft war es ruhig. Die Wolkendecke des Vormittags hatte sich gelichtet und das Licht der sommerlichen Mittagssonne ließ die Fassaden der bunten Marktgassenhäuser aufleuchten. Die wenigen Geräusche drangen gedämpft in das Ladeninnere vor. Wie gemütlich es hier drinnen war! Ein überschaubarer, kleiner Raum, voller verheißungsvoll beschrifteter Bücherrücken. Zugegeben, der Großteil wirkte etwas antiquiert und verstaubt, aber es gab auch einen Bereich mit Kinder- und Jugendbüchern. Das Deckengewölbe und die Wände waren weiß gestrichen. Die Eingangstür und die kleine Auslage bildeten eine große, zusammenhängende Glasfläche, die einen kleinen Ausschnitt des Laubengangs und der Marktgasse erkennen ließ. Drei weitere Fenster gaben den Blick auf die Kreuzgasse frei.

»Entschuldigen Sie, ich habe mich noch gar nicht vorgestellt. Mein Name ist Magister Waldemar Fichtelbacher, Buchhändler.« Der alte Mann streckte ihr seine Hand entgegen. Martha schlug ein und sagte: »Martha Keller, wenn Sie wollen *Licentiaat*, das belgische Äquivalent zum Magister, Angestellte des Goethe-Instituts Brüssel.«

Herr Fichtelbacher horchte auf: »Das ist ja interessant.«

»Wirklich? Kennen Sie das Goethe-Institut Brüssel?«

»Natürlich kenne ich die Goethe-Institute. Sehr löbliche Einrichtungen, diese Kulturbotschaften des deutschsprachigen Raums. Aber ich meinte eher Ihren Namen.«

»Mein Name? Was ist damit?«

Martha wurde das unbestimmte Gefühl nicht los, dass dieser betagte Herr etwas über sie wusste. War er ein Freund ihrer Mutter? Ein ehemaliger Nachbar? Ihr fiel niemand ein, so sehr sie auch versuchte, sich an die Menschen ihrer Kindheit zu erinnern. Für gewöhnlich vergaß sie kein Gesicht.

»Wissen Sie denn nicht, liebe Frau Keller, wo Sie sich gerade befinden?«, fragte er und beobachtete sie dabei sehr genau.

»Ich nehme an, dass die Antwort Fichtelbachers Buchladen nicht ausreichend sein wird.«

»Frau Keller, Sie befinden sich hier in einer ehemaligen Weinstube, Keller's Weinstube, wobei das s durch einen Apostroph vom Substantiv abgetrennt wird, was kein Anglizismus ist, sondern eher eine altdeutsche Schreibweise sein dürfte, wie man auf alten Postkarten erkennen kann. Es ist nicht zufälligerweise möglich, dass Sie eine Nachfahrin der damaligen Betreiber von Keller's Weinstube sind?«

Erwartungvoll lächelte er sie an.

»Nicht dass ich wüßte, aber ich werde bei Gelegenheit meine Mutter fragen.«

»Tun Sie das, Verehrteste. Und wenn Sie wieder einmal auf meiner Literaturinsel vorbeischauen wollen, würde ich mich sehr für die Antwort Ihrer Frau Mutter interessieren. Die lokale Geschichte ist immer schon eines meiner Hauptinteressensgebiete gewesen.«

Martha versprach es ihm. Was für ein schrulliger, amüsanter und faszinierender alter Herr! Sie wünschte, Saskia hätte so einen Großvater. Ihr eigener Vater war gestorben, als Saskia ein Jahr alt war. Und Piets Vater? Der war zwar noch immer bei bester Gesundheit, aber die Herzlichkeit und die Verbundenheit, die sich Martha für ihre Tochter und deren Großvater wünschte, war nicht da. Er war auch kein schlechter Großvater, aber etwas unterkühlt und distanziert. Wie auch der Rest der Van Vlaanderen. Martha schämte sich für diesen Gedanken. Sie wusste, dass es Piet verletzen würde. Er würde sie ungerecht nennen und mehr Geduld und Verständnis von ihr verlangen. Geduld und Verständnis. Marthas Gedanken schweiften wieder ab. Geduld. Wie lange konnte man einen Menschen warten lassen? Ge-du-ld. Wie lange war sie noch bereit, zu warten? Geh, du! Sie hatte es so satt, zu warten. Ich gehe! Jetzt!

»Frau Keller?«

»Was?«

»Frau Keller, möchten Sie einen Kaffee?«

»Um Gottes Willen, ich habe Ihre Geduld schon viel zu lange strapaziert. Entschuldigen Sie, Herr Fichtelbacher. Ich habe die Zeit völlig aus den Augen verloren. Sie haben bestimmt viel zu tun.« Martha stand von dem Bürostuhl auf, nahm noch einen Schluck Wasser und suchte dann etwas unbeholfen nach einem Ort, um das Glas abzusetzen. Sie war offenbar zu schnell aufgestanden. Ihr wurde schwarz vor den Augen und sie musste ihre Augen schließen.

»Nein, überhaupt nicht, Frau Keller! Wollen Sie sich nicht noch ein Weilchen setzen? Sie sehen noch ganz blass aus! In der Mittagszeit sind kaum Kunden im Laden und wie Sie selbst gesehen haben, unterhält sich Michelle lieber mit ihrem Mobiltelefon als mit einem alten Mann. Wenn Sie wollen, dann mache ich Ihnen gerne eine Tasse Kaffee.«

Vorsichtig setzte sich Martha noch einmal auf den Stuhl. Bevor sie noch etwas sagen konnte, war Waldemar Fichtelbacher im Hinterzimmer verschwunden. Geräusche, die auf das Bedienen einer Kaffeemaschine schließen ließen, waren zu hören. Dann begann der angenehme Duft von frischem Kaffee sie zu umhüllen.

Sie fühlte sich wohl hier, auf diesem Stuhl, in diesem Raum, an diesem Straßeneck, in diesem Geruch. Ein lange vergessenes, beruhigendes Gefühl machte sich in ihr breit. Martha nahm den Raum in sich auf. Sie betrachtete jedes Detail, besah sich die Bücher in den Regalen. Sie liebte Bücher. Es gab Kinderbücher, Belletristik, Wörterbücher, Landkarten, Reiseführer, Bücher zur lokalen Geschichte und Kultur, Marthas Geschichte, Marthas Kultur.

Es war so lange her. Wie ein früheres Leben kam es ihr vor, als sie hier in Feldkirch ihr zuhause gehabt hatte. Alles war hier kleiner, übersichtlicher und nicht so hektisch wie in

Brüssel. Sie hatte sich bislang einreden lassen, dass sie diesen Lebensrhythmus und die Kleinstadt als langweilig und eintönig empfinden würde. War es so? Täuschte sie ihr Gefühl so sehr? Sollte man sich wirklich nicht auf Gefühle verlassen, wenn man im Begriff war, wichtige Entscheidungen zu treffen? Oder war das nur Piets Meinung? Er war es, der den Nervenkitzel brauchte und sich ständig neue Herausforderungen suchte. Er war es, der die Provinz nicht leiden konnte. Das waren seine Gefühle. Gefühle. Also doch. Aber wenn sie ein Mann hat, dann sind sie plötzlich wichtig und müssen unbedingt ernst genommen werden. Geduld. So viel Geduld und Warten, bis er zurück kommt, von seinen under-cover-Einsätzen, in denen jeder Kontakt verboten ist, um die Mission nicht zu gefährden, um das Leben aller Beteiligten nicht zu gefährden. Geduld. Warten. Warten. Warten.

ZACK!

Martha entfuhr ein kurzer, hoher Schrei. Der Buchhändler stand neben ihr, blass und starr. Die Kaffeetasse samt Inhalt lag in Stücken auf dem Boden. Wie versteinert starrte er mit offenem Mund in Richtung Eingangstür.

Martha bemühte sich, seinem Blick so schnell wie möglich zu folgen, doch das Einzige, was sie noch erkennen konnte, waren ein Arm in einem langen schwarzen Ärmel und eine alte Hand mit vielen Pigmentflecken. Die Hand hielt eine Hundeleine fest, an der ein schwarzer Hund mit gelocktem Fell zerrte. Der Hund wurde weggezogen.

Fragend sah sie Waldemar Fichtelbacher an, doch der war aus seiner Erstarrung noch nicht erwacht. Er machte ihr ein wenig Angst. Er sah aus, als hätte er den Teufel persönlich gesehen.

Martha stand langsam auf und war gerade im Begriff, zu fragen, was mit ihm los sei, als er sich wortlos und zielstrebig in Bewegung setzte. In dem Augenblick bemerkte Martha eine dunkle Figur durch das Milchglasfenster, das zur Kreuzgasse hin gerichtet war. Durch das opake Glas konnte sie keine Gesichtszüge erkennen, aber der Umriss der vorbeieilenden Person ließ auf einen großgewachsenen, korpulenten Mann in dunklen Kleidern schließen, der entweder die Haare sehr kurz trug oder nicht mehr allzuviele hatte.

Martha wunderte sich gerade, warum jemand im Sommer lange, dunkle Kleidung trug, als sie die Klingel der Eingangstür hörte und ihren Wohltäter in dieselbe Richtung verschwinden sah wie die unbekannte Gestalt mit dem Hund. Schon wieder ein schwarzer Hund! Ob das derselbe war wie vorhin bei der Johanniterkirche? Jetzt sah sie auch Fichtelbachers hageren Schatten, etwas zaghaft und, wie ihr schien, ein wenig geduckt an der Fensterscheibe vorbeigehen.

Martha war allein in der Buchhandlung. Ein fast leeres Wasserglas in der Hand und eine zerbrochene Kaffeetasse auf dem Boden. Was für ein absurder Tag! Was für eine verworrene Situation! Ich glaube, ich sollte mich mal kneifen, um sicher zu sein, dass ich nicht vor dem Fernseher eingeschlafen bin! dachte sie.

Sie atmete tief durch und begann, die kaputte Tasse wegzuräumen. Sie fand einen Lumpen, um den verschütteten Kaffee aufzuwischen und wusch ihr Glas sowie ein, zwei andere Tassen und Kaffeeklöffel im Hinterzimmer ab, als sie wieder die Klingel hörte, die das Öffnen und Schließen der Eingangstür begleitete. Sie überlegte sich die passenden Worte, um sich bei Fichtelbacher für seine Liebenswürdigkeit zu bedanken und sich gebührend zu verabschieden.

Als sie aus dem Hinterzimmer in den Laden trat, fand sie nicht den Ladenbesitzer vor, sondern einen Mann, der alle Anzeichen eines Kunden aufwies. Was sollte sie tun? Einfach weggehen? Den Kunden fortschicken? Die Situation erklären? Bevor sie einen Entschluss fassen konnte, fragte der Mann: »Entschuldigung, ich suche ein Geschenk für meine

Tochter. Ihre Mutter sagt, sie liest gerne, aber ich kenne mich gar nicht aus, was Literatur für Teenager betrifft. Was meinen Sie zu diesem Roman?« Dabei hielt er einen Band Rosamunde Pilcher in die Höhe.

Etwas verdattert kam Martha auf den Mann zu. Sie schätzte ihn auf Mitte Vierzig. Er sah interessant aus, mit schön geschwungenen Lippen. Warum schaue ich den Leuten immer auf den Mund?, wunderte sie sich. Müsste ich nicht die Augen zuerst anschauen? Machen das nicht die Meisten so? Wahrscheinlich schaue ich den Menschen einfach gern beim Sprechen zu.

Martha fragte: »Was für Geschichten liest Ihre Tochter denn am liebsten? Liebesromane? Abenteuerromane?«

»Wie gesagt, ich kenne mich überhaupt nicht aus. Ich sehe meine Tochter auch nicht so oft, als dass ich das so genau beurteilen könnte. Ich brauche wirklich Ihren Rat.«

Diese Sorte Vater kennen wir, dachte sich Martha, schluckte den Zynismus hinunter und sagte: »Dass Ihre Tochter überhaupt noch Bücher aus Papier liest, ist an sich schon eine Auszeichung wert. Wenn ich etwas empfehlen soll, dann würde ich vorschlagen, dass Sie sich eventuell nach einem E-Book umschauen. Was meine eigene Tochter gerne liest, sind die Twighlight Sagas über ein 17jähriges Mädchen, das sich in einen Vampir verliebt.« Martha suchte die entsprechenden Regale ab und stieß prompt auf eine Ausgabe besagter Romane. Sie zog vier Bücher aus dem Regal und hielt sie dem Mann hin. Der besah sie einen Moment und sagte ohne weitere Umschweife: »Gut, in dem Fall nehme ich die Vampirgeschichten.«

»Wollen Sie sich denn nicht noch ein wenig umschauen?«, versuchte Martha ihn hinzuhalten und sah ein wenig hilflos zur Tür, in der Hoffnung, Fichtelbacher oder vielleicht Michelle würden erscheinen.

»Nein, das ist schon in Ordnung. Sie haben mich bestens beraten und alles, was ich aussuchen würde, käme einem Lotteriespiel gleich.« Er zog sein Portemonnaie aus der Hosentasche und machte Anstalten zu bezahlen.

»Wissen Sie ... eigentlich bin ich hier gar nicht ... ich meine, ich bin nur zufällig ...«, stotterte Martha herum. In dem Moment machte sich sein Handy bemerkbar. »Entschuldigung«, meinte er und fischte das Gerät aus seiner Jacke. Er begann das Telefongespräch und lächelte Martha noch einmal, um Verzeihung bittend, zu. »Heinrich Finster«, meldete er sich. Es schien wichtig zu sein. »Wann? Wo? Ja, in fünf Minuten bin ich da.«

Er bewegte sich, das Gespräch fortsetzend, auf die Kasse zu und legte einen Geldschein auf den Verkaufstisch. Ungern folgte ihm Matha und stellte sich vor die Kasse. War das in Ordnung, was sie im Begriff war, zu tun? Sie besah sich die Kasse. Der Schlüssel steckte. Es war ein sehr ähnliches Modell wie dasjenige, das an der Rezeption des Goethe-Instituts stand. Sie hatte dort oft genug Dienst gehabt, um eine Kasse bedienen zu können.

Der Kunde schob seinen Schein drängend in ihre Richtung, während sein Telefongespräch an Dynamik zunahm: »Haben Sie Apian schon verständigt? Die SPUSI-Gruppe muss zuerst ran.«

Meinetwegen, dachte Martha und die Abrechnung war im Handumdrehen erledigt. Unter dem Ladentisch fand Martha einen Stapel Papiersäckchen. Sie steckte die vier Bücher in eines, das der Kunde ungeduldig an sich nahm. In beträchtlicher Lautstärke diskutierend, hastete der Mann aus dem Geschäft, ohne sich noch einmal nach ihr umzusehen.

Verdattert blickt sie ihm nach. Sie überlegte sich, ob vielleicht die Telefonnummer von Fichtelbacher oder Michelle irgendwo im Laden zu finden wäre, als sie von einer zarten Stimme angesprochen wurde. Fast wäre sie aus ihren Schuhen gesprungen vor Schreck. »Meine Mama hat gesagt, ich soll das hier bezahlen gehen«, teilte eine Kinderstimme wichtig mit und hielt eine Postkarte mit der Ansicht der Schattenburg, dem Wahrzeichen der Stadt Feldkirch, sowie ein paar Münzen hoch. Martha sah draußen vor dem Schaufenster eine Frau an dem großen Ständer mit Ansichtskarten stehen. Mit einem Seufzer wickelte sie auch dieses Geschäft ab.

Er war es! Er musste es sein. Er hatte ihn seit damals nicht mehr gesehen. Der andere hatte ihn gesehen. Der andere hatte es ihm erzählt. Aber er selbst hatte ihn bis heute noch nicht wieder gesehen. Er hätte ihn unter tausenden erkannt. Es war so viel Zeit vergangen seit damals. Sie hatten nie wieder miteinander gesprochen, danach.

Was wollte er? Wusste er von den Ausflügen nach Zürich? Wie hätte er davon erfahren sollen? Spionierte er ihm nach?

Er hatte versucht, alles zu vergessen. Er hatte versucht, alles hinter sich zu lassen und ein normales Leben zu führen. Es war ihm immer nur an der Oberfläche geglückt. »Zwei Seelen wohnen, ach! in meiner Brust. Die eine will sich von der andern trennen.«

Er sah ihn, wie er um die Ecke bog. Lief er vor ihm davon? Hatte er ihn nicht bemerkt? Wusste er, dass er ihm folgte? ES verfolgte ihn ganz bestimmt, beide. ES war ein hässlicher Bestandteil aller Beteiligten geworden. Ein schwarzer Fleck in ihren Seelen, ein schwarzer Teil des Inneren. Knurre nicht, Pudel!

Marthas Handy klingelte. »Mama, wo bleibst du denn?«

»Saskia! Um Gottes Willen!«

»Nein, Gott hat nichts damit zu tun – würde Papa sagen.«

»Es tut mir schrecklich leid. Ich habe noch nie vergessen, dich abzuholen. Wie konnte das nur passieren?«

»Ich kann es wohl kaum wissen, oder? Wo bist du denn?«

»Ich bin in einer Buchhandlung in der Marktgasse, in dem roten Haus an der Ecke.«

»Na, das ist ja zum Glück nicht weit. Ich komme hin.«

»Gut. Es tut mir wirklich leid, Krümelchen.«

»Ich bin ja schon groß! Und nenn mich nicht Krümelchen! Ich bin siebzehn.«

»O.k. Bis gleich, Krümelchen.«

»Tschüss, Moeke.« Martha musste grinsen. Das war Saskias Retourkutsche gewesen. Für flämische Ohren hörte sich *moeke* – ausgesprochen *muhke* – vielleicht nett an, aber Martha fand es höchstens eine passende Anrede für eine Kuh und fühlte sich jedesmal demensprechend attraktiv, wenn sie von ihrer Tochter oder auch von Piet mit diesem vorgeblichen Kosewort angesprochen wurde.

Martha sah auf ihre Armbanduhr. Sie hatte sich um viertel nach zwei mit Saskia beim Katzenturm verabredet. Saskia hatte mit ihrer Oma Traudl, Marthas Mutter, zu Mittag gegessen und wollte danach mit Martha shoppen.

Jetzt betrat ihre Tochter den Buchladen. Als sie ihre Mutter hinter der Ladentheke stehen sah, schob sie nach belgischer Manier das Kinn in den Hals, legte ihren Kopf leicht schräg und hob fragend die Augenbrauen.

Die einzige Kundin im Laden trat an Martha heran und bezahlte ihren Einkauf. Als Martha sich wieder ihrem Krümelchen zuwenden konnte, machte dieses ein so verdutztes Gesicht, dass Martha lachen musste.

»Es ist eine lange Geschichte!« Martha versuchte ein bisschen geheimnisvoll zu klingen, doch Saskia war bereits Meisterin in dem familiären, spöttischen Geplänkel, das sie als eine Art Sport betrieben – bis auf die Oma Traudl, die war nicht der Typ dazu.

»Jetzt bin ich aber mal gespannt. Bist du heimlich hier Buchladenangestellte und hast all die Jahre immer nur so getan, als ob du nach Brüssel ins Institut fährst?«, fragte Saskia und kam zur Theke. »Jetzt ist mein Doppelleben also doch aufgeflogen«, scherzte Martha. »Nein, Spaß beiseite, ich habe mit dem Ladenbesitzer einen Kaffee getrunken. Dann hat er offenbar jemanden vorbeigehen sehen, den er kannte, hat seine Kaffeetasse fallen lassen und ist auf und davon .«

»Und du bist einfach dageblieben und hast dir nichts dabei gedacht? Woher kennst du den Ladenbesitzer überhaupt?«

»Tu ich gar nicht. Er war nur so nett und so geistreich.«

»So, so, nett und geistreich – warte nur, bis Papa das hört!«, sagte sie hänselnd. »Ich muss es ihr sagen«, fuhr es Martha durch den Kopf. Doch sie erklärte: »Doch nicht so – er könnte mein Vater sein und außerdem ist er einer dieser reifen Menschen, die man für die Vorher-Fotos von Faltencrèmes verwenden könnte. Wie war das Mittagessen?«

»Nur nicht vom Thema ablenken, wenn wir grad bei dir sind! Aber es war gut, wie immer.«

»Ich bin froh, dass du die österreichische Küche magst.«

»Ja, zum Glück. Schließlich kann Oma Traudl nur Dinge kochen, die man mit *Handvoll* und *Plapp* abmisst. Sag mal, gehen wir jetzt shoppen oder was?«

»Ja, klar, das haben wir abgemacht. Ich weiß jetzt gar nicht, was ich mit dem Laden hier anfangen soll.«

»Mama! Seit wann arbeitest du denn hier? Das ist doch wohl bitte das Problem von diesem faltigen Vergeistigten und nicht deines.«

»Jetzt kannst du den Ton aber wieder etwas runterschrauben, mein Fräulein!« Martha seufzte. Sie wollte ihre Tochter nicht enttäuschen. Sie wollte aber auch das Geschäft nicht unbeaufsichtigt zurücklassen. Obwohl ihr die Irrationalität des Gefühls bewusst war, konnte sie sich des Eindrucks nicht erwehren, es sei IHR Laden. Wo nur diese Michelle blieb? Wie lange dauerte die Mittagspause von Jobstudenten heutzutage? Und was hatte diesen Fichtelbacher dazu getrieben, sie und seinen Laden so fluchtartig zu verlassen? Genau genommen ging sie das alles gar nichts an.

»Du hast recht, Saskia. Ich habe hier schon mehr getan, als mir zusteht. Ich gehe jetzt einfach. Schließlich habe ich nichts mit dieser Buchhandlung zu tun und bezahlt bekomme ich auch nichts für die letzten zwei Stunden, in denen ich Kassiererin gespielt habe. Komm, wir gehen einkaufen, so wie wir es vorhatten.« Martha fischte nach ihrer Tasche, als Saskias Handy klingelte.

»Şen!« Saskia war sichtlich erfreut von Şen, sprich *Schen*, angerufen zu werden. »Ja, klar habe ich Zeit. Ich habe Ferien. Nein, ich wollte nur mit meiner Mutter einkaufen gehen. Warte, ich frage sie.« Saskia deckte ihr Telefon ab und wandte sich an ihre Mutter: »Mama, bist du böse, wenn ich mit Şen zu den Rheinauen schwimmen gehe? Du kannst doch sowieso nicht weg hier.« Martha atmete tief ein, verschränkte die Arme und machte einen Gesichtsausdruck, als ob ihr soeben jemand auf die große Zehe getreten wäre: »Şen?« fragte sie mit einem deutlich unzufriedenen Unterton. »Ja, Şen Hinteregger, der neben Oma Traudl wohnt. Bitte, Mama, er ist soooooo süß«, versicherte eine mehr als begeisterte Saskia.

»So süß? Seit wann denn das?« Martha versuchte so streng wie möglich zu klingen. »Schon immer! Bitte, Mama, ich mach's auch wieder gut. Versprochen!« Saskias Hundeblick erweichte Marthas Gesichtszüge, was Saskia als positives Zeichen deutete und sie veranlasste, ihr Gespräch mit Şen wieder aufzunehmen: »O.k., geht klar. Ja, bis gleich. Tschüss.« Saskia beendete das Telefonat mit einem genüsslichen Seufzer.

»Was denn?«, fagte sie mit gespieltem Erstauenen, »Es ist doch nicht das erste Mal, dass ich mit einem Jungen weggehe. Wir gehen dann ein andermal shoppen, afgesproken?«

»Es heißt …«

»Abgemacht! Ich weiß, ich weiß. Nicht zwei Sprachen mischen. Das führt nur zu Verwirrungen.«

»Jetzt bin ich auch ein bisschen enttäuscht. Ich denke, das bedeutet: Jetzt sind wir quitt.«

»Danke, Mama, du bist die Beste.« Saskia ging um die Theke herum und umarmte ihre Mutter.

»Krümelchen? Wie kommt ihr in die Rheinauen? Zu Fuß ist es ein bisschen weit, nicht?«, fragte Martha, wohl wissend, dass das Freibad am Alten Rhein eine halbe Autostunde entfernt lag.

»Şen hat eine neue Maschine. Die ist total toll«, kam die Antwort.

»Hat Şen auch einen Helm für dieses edle Haupt in meinen Armen?«

»Ich glaube schon.«

»Versprichst du mir, dass du nicht ohne Helm fahren wirst?«

»Abgemacht.«

»Ganz sicher? Kann ich mich auf dich verlassen?«

»Mama! Du kennst mich doch.«

»Ja, ich weiß. Es ist nur ...«

»Ja, ja, ... ich bin dein einziges Krümelchen und absolut unersetzlich. Bitte, Mama, mach dir keine Sorgen. Bitte.«

»Afgesproken!« Martha drückte sie an sich.

Saskia verabschiedete sich mit einem Kuss auf die Wange und ging zur Tür: »Tschüss, Moeke. Schau nur, dass dich der Geistreiche nicht ausnützt und lass dich bezahlen!«, sagte sie im Hinausgehen. So viel Selbstbewusstsein hatten wir damals nicht, überlegte Martha bei sich, oder ist meine Erinnerung lückenhaft?

Martha setzte sich wieder auf den Bürostuhl hinter der Theke. Wie erwachsen ihre Tochter schon war! Es kam ihr wie gestern vor, dass sie sie in den Kindergarten gebracht hatte. Wie schnell die Jahre vorbeigeflogen waren! Als sie mitten drin war in der Kindererziehung, hatte sich die Zeit nur schleppend langsam an ihr vorbeigeschoben. Arbeit, Berufsverkehr nach Brüssel, jeweils zwanzig bis dreißig Minuten Stau mit wenigen Ausnahmen, Saskia in den Kindergarten, in die Schule bringen und abholen, Haushaltsarbeiten, Kinderkrankheiten, Piet im Einsatz, sich gewöhnen an einsame Zeiten, allein mit einem Baby, einem Kleinkind, Piet kommt zurück; sich gewöhnen an Zeiten mit Piet, seinen Rhythmus plötzlich in ihren Alltag integrieren, und alles in einer anderen Sprache, einem anderen Land.

Antje, ihre deutsche Freundin und Kollegin am Goethe-Institut in Brüssel, fühlte sich zuhause in Brüssel. Vielleicht lag es daran, dass sie auch aus einer großen Stadt kam, aus Hamburg. Sie konnte Marthas Heimweh nie wirklich nachvollziehen. Auch sonst schienen sich alle wohl in ihrer Haut zu fühlen – alle außer ihr. Mittlerweile war es Martha egal, was andere über ihr Heimweh dachten. Sie fühlte sich fehl am Platz in Brüssel. Sie wollte dort nicht sein.

Chefinspektor Finster betrat die Wohnung »Marktgasse 6«. Ein uniformierter Polizist Mitte Zwanzig begrüßte ihn: »Servus.«

»Habe die Ehre, Schwärzler, was genau ist hier los?«, wollte Finster wissen.

»Die Handwerker haben hier eine Fensterscheibe repariert, schon zum x-ten Mal im Lauf der Jahre, sagen sie. Sie dachten an einen strukturellen Schaden, der eventuell den Fensterrahmen verziehen und darum zu viel Druck auf die Scheibe ausüben könnte. Diesmal wollten sie nachsehen und haben begonnen, den Fensterrahmen aus der Mauer zu lösen.«

»Und dann?«

»Schau es dir am besten selber an.« Inspektor Christian Schwärzler führte Heinrich Finster durch einen dunklen Gang mit knarrenden Dielen, von dem mehrere Türen abgingen. Er sah eine kleine, altmodische, sauber aufgeräumte Küche und eine Bibliothek, die bis zur Decke mit Büchern vollgestopft war und den Staub mehrerer Jahrhunderte zu beherbergen schien. Zwei weitere Türen waren angelehnt und am Ende des Ganges befand sich ein Durchgang zu einem geräumigen, altväterischen Wohnzimmer.

Die hohen, zur Marktgasse ausgerichteten Fenster bestanden aus sechs in Holz gefassten Glasscheiben. Es gab auch einen Erker in der linken Zimmerecke. Ein Teilfenster des Erkers wies unten eine zerstörte Glasscheibe auf. Vom Boden bis direkt zur Fensterhöhe war eine Sitzbank aus Beton in die Erkervertiefung eingearbeitet worden. Im Bereich der zerbrochenen Fensterscheibe waren die Mauer und die Betonsitzbank teilweise aufgebrochen. Im Beton war etwas Merkwürdiges zu sehen. Finster musste ganz nahe hingehen, um es erkennen zu können: Ein Gebiss. Ohne Zweifel waren dort Zähne und Teile eines Oberkiefers zu erkennen.

»Ist es menschlich?«, fragte Schwärzler, der sehr nahe an ihn herangetreten war und den Fund ebenso interessiert betrachtete.

»Sieht so aus. Wann kommen Apian und die Spurensicherung?«

»Sind unterwegs.«

»Was ist mit den Bewohnern?«

»Werden verständigt.«

»Wo sind die Handwerker, die das Gebiss entdeckt haben?«

»Die warten im Büro.« Inspektor Schwärzler stand auf und führte ihn zu einer der angelehnten Türen im Gang. Als er sie öffnete, standen ein stoppelbärtiger, untersetzter Mittvierziger und ein von Akne gezeichneter, schlaksiger junger Mann von einem in die Jahre gekommenen Plüschsofa auf.

»Grüßgott, Chefinspektor Finster, Bezirkskriminalamt Feldkirch, Abteilung Leib und Leben«, stellte er sich vor und zeigte den beiden seinen Dienstausweis. Der Meister fühlte sich unwohl. Seine Hände kneteten eine Schildkappe und seine Gesichtsfarbe passte zu seinem grau gewordenen, urspünglich weißen Arbeitsoverall.

»Bertsch Martin«, sagte er und streckte seine Hand aus. »Jimmi Navratil, mein Lehrling«, sagte der Meister mit einer Handbewegung zu dem Jungen. Finster schüttelte ihre Hände: »Erzählen Sie doch, was genau passiert ist.«

»Viel gibt's nicht zu erzählen«, meinte Martin Bertsch. »Wir haben die Mauer rund um die kaputte Glasscheibe aufgebrochen und Jimmi ist mit ein bisschen zu viel Schwung bei der Sache gewesen. Dabei hat er die Sitzbank beschädigt und dann war da ein Gebiss zu sehen.«

»Sie haben dieselbe Glasscheibe schon mehrere Male reparieren müssen?«, fragte Finster.

»Ja, ich weiß schon gar nicht mehr wie oft. Es ist wirklich wie verhext! Es hat anscheinend nach einem langen Frost einst angefangen, wurde mir gesagt. Jedenfalls kommen wir im Schnitt jedes zweite Jahr wegen der Scheibe. Ich habe schon alles Mögliche ausprobiert«, ergänzte Bertsch.

»Das ist echt krass«, meldete sich der Lehrling mit funkelnden Augen, »das glaubt mir keiner, auch nicht mit Beweisen auf Facebook. Eine eingemauerte Mumie! Deswegen ist das Fenster immer wieder zersprungen! Es ist ein Fluch! Ich dachte, so etwas gibt's nur in W-o-W oder in den Filmen. Echt cool!«

»W-o-W?«, wiederholte der Chefinspektor fragend.

»World of Warcraft, ein multiple player on-line role-playing Spiel. Mein Avatar ist ein Worgen«, verkündete Jimmi Navratil nicht ohne Stolz.

»Sehr schön«, meinte Finster trocken, »Herr Navratil, darf ich Sie dringlichst bitten, keine Informationen zu den heutigen Vorkommnissen publik zu machen, da das eine Behinderung der laufenden Ermittlungen darstellen würde und eine strafbare Handlung ist!«

Ein Anflug von Panik huschte über die Züge des Jungen und er musste schlucken. Seine Hand griff automatich in die Seitentasche seines Arbeitsoveralls und zog sein Smartphone heraus: »Ich ... ähm ...«

»Herr Navratil?« Der Chefinspektor kniff die Augen zusammen und sah ihn ahnungsvoll an.

»Also ... ich ... das ... das habe ich nicht gewusst ... ich meine ...«, der Lehrling sah beklommen vom einen zum andern.

»Was genau haben Sie gemacht, Herr Navratil?«

»Was hast du gemacht, Jimmi?«, drängte der Meister verunsichert.

»Gar nichts, nichts!«, verteidigte er sich.

»Irgendwas muss gewesen sein! Ich seh's dir doch an, Jimmi. Sag schon!«, forschte Martin Bertsch.

»Es ist doch nichts; nichts Schlimmes jedenfalls ...«

»Was hast du mit dem Ding gemacht?« Bertsch wurde nervös. »Muss ich dich wie ein kleines Kind andauernd beaufsichtigen, oder was?«, kam es schon lauter vom Meister.

»Herr Navratil«, Finsters Bemühen um einen warmen, vertrauenerweckenden Tonfall war bedrohlicher als die Aufregung des Meisters, »sagen Sie uns doch einfach, was Sie gemacht haben!«

»Mama? Was tust du denn hier?« Martha wunderte sich, wie ihre Mutter so schnell über die momentane Lage informiert worden war.

»Grüß dich, mein Schatz!« Gertraud Keller betrat gut gelaunt die Buchhandlung Fichtelbacher. Sie ging an ein paar schmökernden Kunden vorbei zum Ladentisch. »Hast du denn noch gar nichts zu Mittag gegessen?«

»Ich bin schon groß, Mama. Selbst wenn ich die warmen Unterhosen oder das Mittagessen mal vergessen habe, werde ich trotzdem ein glückliches und erfülltes Leben haben.« Beide Frauen seufzten und lächelten verschmitzt.

»Saskia ist vorhin noch mal mit Şen in meine Wohung gekommen und hat ihre Badesachen abgeholt.«

»Natürlich, das hätte ich mir schließlich denken können. Und dabei hat sie ihrer lieben Oma Traudl erzählt, wo sich ihre Mutter so rumtreibt.«

»Das finde ich ja einen äußerst frappierenden Zufall. Wusstest du, dass deine Urgroßeltern im 19. Jahrhundert hier eine Weinstube betrieben haben? Deine Großmutter, Berta Keller, hat als junges Mädchen hier gearbeitet, in ›Keller's Weinstube‹, wobei das s des Genitivs durch einen Apostroph vom Substantiv abgetrennt wird, was kein Anglizismus ist, sondern …«

»… eine altdeutsche Schreibweise. Sag mal kennst diesen Waldemar Fichtelbacher?«

»Traudl? Traudl Moosbrugger?« Überrascht drehten sich die beiden Frauen in die Richtung, aus der Traudl mit ihrem Mädchennamen angesprochen worden war. Wie aus dem Nichts aufgetaucht stand der Besitzer der Buchhandlung beim Ladentisch und lächelte die ältere der beiden an. Er trug jetzt einen schlecht sitzenden grauen Anzug. »Ist das Ihre Frau Mutter? Mein schönes Fräulein, darf ich wagen; meinen Arm und Geleit ihr anzutragen?« Er nahm die Hand der älteren Dame und hauchte einen Kuss auf den Handrücken.

Verzückt sah Gertraud Keller ihm in die Augen, »Waldemar Fichtelbacher! Das ist eine Ewigkeit her, nicht wahr?«

»Du hast dich kein bisschen verändert, meine Liebe.«

»Du musst mittlerweile SEHR kurzsichtig geworden sein«, scherzte sie. »Weißt du, Liebes,« sie wandte sich an Martha,

»Waldemar und ich waren zusammen im Gymnasium. Leider hat uns Waldemar nach der ersten Klasse verlassen und ist zu den Jesuiten gegangen. Dabei habe ich meinen Banknachbarn und besten Freund verloren. Es ist wirklich ein Jammer, dass wir uns danach so gut wie gar nicht mehr gesehen haben«, schwärmte Traudl Keller.

Für einen Moment lächelte Fichtelbacher so breit, dass sein Gesicht zu den übrigen Falten jetzt auch noch eine Serie von Lachfalten durchzog. Doch dann fiel ihm Martha wieder ein: »Entschuldigen Sie vielmals, Gnädigste! Wie konnte ich Sie nur in eine so missliche Lage bringen? Das ist unverzeihlich! Ich werde Sie selbstverständlich für Ihre Mühen entschädigen. Ich bin nur ein bisschen überfordert. Morgen fahre ich für eine Woche zur Stuttgarter Antiquariatsmesse. Das hatte ich in der Aufregung heute Mittag ganz vergessen. Ich habe Michelle weggeschickt, ohne mit ihr darüber zu sprechen, dass sie den Laden die ganze nächste Woche übernehmen muss. Es wird eine unserer lukrativsten Wochen, da das Montfortspektakel, der mittelalterliche Markt, stattfindet. Das Interesse für örtliche Geschichtsbücher ist dann sehr groß. Als es mir einfiel, habe ich versucht, Michelle einzuholen. Aber sie war wohl zu schnell für einen alten Mann wie mich.«

Bevor Martha sich erkundigen konnte, warum er stundenlang vergeblich durch die Gegend geirrt war und sie hier so unbedacht zurückgelassen hatte, redete er bereits weiter: »Sie haben heute Nachmittag wirklich wunderbare Arbeit geleistet, Frau Keller. Ich weiß nicht, wie ich Ihnen danken kann. Falls ich es mir erlauben darf, würde ich Sie eventuell darum bitten, mich die kommende Woche hier zu vertreten. Sie können Ihr Gehalt selbst bestimmen.«

Martha öffnete den Mund und wollte gerade anfangen, eine lange Liste an Bedenken zu verlautbaren, als ihre Mutter, noch immer ganz auf Waldemar fixiert, fröhlich lächelnd erwiderte: »Aber natürlich macht sie das. Das schafft sie mit links, nicht wahr, mein Schätzchen? Es versteht sich von selbst, dass wir alten Freunden aushelfen.«

Martha glaubte nicht, was sie da hörte. Lächelnd küsste Fichtelbacher erneut die Hand von Gertraud und bedankte sich herzlich.

Dann ging er hinter den Ladentisch, zeigte Martha, wo alle Unterlagen für die Abrechung und die Bestellkataloge waren, überreichte ihr die Schlüssel für den Laden und die Kasse und teilte ihr den Code für das Geschäftsbankkonto und das Passwort für den Computer mit. »Vielen Dank, Sie wissen gar nicht, wie sehr ich Ihre Hilfe zu schätzen weiß, liebe Frau Keller.«

»Oh, es beliebt dem Herrn zu scherzen!« Martha wollte widersprechen und mehrere Gründe aufzählen, warum sie in der kommenden Woche keineswegs die Verkäuferin spielen würde. Schließlich befand sie sich im Urlaub!

»Ich bin zu alt, um nur zu spielen; zu jung, um ohne Wunsch zu sein«, sagte Fichtelbacher und blickte ihr tief in die Augen: »Danke«, war das Letzte, was er zu ihr sagte, aber für Martha klang es wie »Auf Wiedersehen! Und viel Glück!« Er schickte seiner ehemaligen Schulkameradin noch ein warmes Lächeln zu, doch seine Augen waren bereits kalt geworden. Dann verließ er wortlos seinen Buchladen.

»Ich habe nur EIN Foto gemacht. Nur eines. Ehrlich!«

»Und was noch, Herr Navratil?«, drängte Chefinspektor Finster. Der Lehrling wollte offenbar nichts mehr sagen. Nervös wanderten seine Augen durch den Raum.

»Jimmi! Ich warne dich, wenn du nicht sofort alles erzählst …«, weiter kam der Meister nicht.

»O.k., o.k.! Chillt mal alle, o.k.? Es steht schon im Netz. Da bitte, ich hab's gesagt. Werden Sie mir jetzt Handschellen anlegen?«

»Wo im Netz steht es denn?«, wollte Inspektor Schwärzler wissen.

»Auf Facebook, wo denn sonst?«

»Na bravo!« Inspektor Schwärzler blieb sachlich. «Hast du irgendwas dazugeschrieben?«

»Nur, dass wir das hier gefunden haben, und dass es eine verfluchte Mumie sein muss.«

»Wir bräuchten dann mal Ihr Telefon, Herr Navratil«, sagte Finster. Er beschlagnahmte das Smartphone des Lehrlings, dem anzusehen war, wie ungern er sich von seinem Gerät trennte, aber auch, dass er es nicht wagen würde, zu protestieren. Nach einem kurzen Kopfzeichen von Finster traten die beiden Polizeibeamten zurück in den Gang. »Wimmelst du die Journalisten ab, wenn sie hier auftauchen, sowie irgendwelche Facebook-Touristen und Schaulustige? Die Wohnung muss ab sofort als Tatort gesichert werden. Außerdem müssen wir die Bewohner dieses Heimatmuseums ausfindig machen und vernehmen.« Er machte eine ausladende Handbewegung durch den Gang der Wohnung.

»Schon unterwegs«, meinte Schwärzler. »Soll ich das Smartphone mitnehmen?« Finster hob eine Augenbraue.

»Ich meine ja nur, ich kenne mich ganz gut aus damit.« Schwärzler sah ihm entwaffnend direkt in die Augen. Etwas widerwillig händigte Finster seinem jüngeren Kollegen das beschlagnahmte Gerät aus.

»Du, übrigens«, hielt Finster seinen Kollegen noch einen Augenblick zurück, »wo treibt sich denn die Kollegin Günther herum? Wieso ist sie noch nicht hier?«

»Die Fleur? Anderer Einsatz: Landeskonservatorium.«

»Landeskonservatorium? Was ist denn bei den Musikern los?«

»Toter Hund.«

»Toter Hund?«

»Auf dem Areal des Landeskonservatoriums wurde soeben ein übel zugerichteter Hund gemeldet. Der Anrufer sagte, der Hund sei gehäutet und in eine unnatürliche Stellung gebracht worden. Günther kümmert sich darum.« Die beiden Polizisten nickten sich kurz zu, dann verschwand Inspektor Schwärzler durch die Wohnungtür.

Der Chefinspektor ließ sich die Personalien der Handwerker geben und bat die beiden, sich weiterhin zur Verfügung zu halten. Sie verabschiedeten sich eilig und verließen die Wohnung auf schnellstem Weg.

Nachdenklich begab sich Finster durch den Flur ins Wohnzimmer. Für ein paar Minuten gehörte dieser Ort ihm allein, bevor die Spurensicherungsgruppe hier sein würde.

Finster stand mitten im Wohnraum mit seinen dicken Mauern und knarrenden Holzböden. Es gab drei Fenster und den Erker an der Längsseite des Raumes, alle mit Blick auf die Marktgasse.

Finster öffnete das Fenster rechts neben dem Erker und lehnte sich hinaus, um den Erker von außen zu betrachten. Die Stelle, an der »die verfluchte Mumie« eingemauert war, wie der Teenager das Gebiss genannt hatte, befand sich etwa zwei Meter von der Kirchenmauer entfernt. An der Außenmauer war nichts Auffälliges zu sehen.

»Schade, dass er so schnell wieder weg ist. Ich hätte wirklich noch liebend gern über die alten Zeiten gesprochen. Meine Altersgenossen fangen an, weniger zu werden oder man hat sich einfach aus den Augen verloren.« Gertraud Keller schwärmte gedankenverloren vor sich hin, doch Martha war alles andere als zufrieden.

»Sag mal, bist du eigentlich von allen guten Geistern verlassen?«, zischte Martha ihre Mutter an. Traudl war erstaunt.

»Du bist nicht zufällig auf die Idee gekommen, mich zu fragen, ob ich das will? Ob es mir recht ist, meinen Urlaub zu opfern? Aber was ich will, ist wieder einmal allen egal, nicht wahr? Hauptsache alle anderen kriegen, was sie wollen und tun was ihnen Spaß macht! Nur ich bleibe dabei auf der Strecke. Alle schauen zu, wie mir noch etwas Zusätzliches aufgelastet wird, sagen mir selbstgefällig, ich würde das schaffen, und gehen weg. Alle gehen weg und was aus mir wird, kümmert keinen.«

»Aber Schätzchen, was ist denn los? Wer geht weg?«

»Alle, die mir etwas bedeuten. Offensichtlich bedeute ich ihnen nichts mehr.«

»Wovon genau reden wir? Wir reden jetzt nicht von mir, oder?«

Martha wandte ihren Blick ab und verschränkte trotzig ihre Arme. Eine große Träne bahnte sich ihren Weg über Marthas Wange. Traudl hatte gelernt, in solchen Situationen zu warten. Sie kannte ihre Tochter, auch wenn diese anderer Meinung war.

»Piet hat sich dafür entschieden, einen neuen Auftrag anzunehmen – gegen unsere Abmachung.«

Das war schlimm. Piet Van Vlaanderen, Marthas Ehemann, arbeitete für das EDU, Europol Drugs Unit. Piet war in den neunziger Jahren bei der Gründung von Europol, dem europäischen Äquivalent zum FBI, dabei gewesen. Er war einer der Besten in seinem Fach: Drogenbekämpfung. Vor zwei Jahren hatten er und seine Mitarbeiter es geschafft, eine Tonne kolumbianisches Kokain, das, in Palmöl aufgelöst, eingeführt worden war, im Hafen von Antwerpen sicherzustellen. Auch einige der Drahtzieher konnten verhaftet werden.

Piets Arbeit war riskant. Ein Einsatz konnte mehrere Monate dauern, in denen sich der Kontakt zu Familie und Freunden sehr schwierig gestaltete. Eine Pistolenkugel hatte ihn vor einigen Jahren gefährlich verletzt. Er hatte sehr viel Glück gehabt.

Die ständige Angst um ihn zehrte an Marthas Kräften. Sie hatte sich schlussendlich in einem Zustand der Verdrängung zurechtgefunden. Sie lebte wie in einer unsichtbaren, undurchdringlichen Kapsel. In der Kapsel war sie sicher, fühlte sie sich ruhig – und immer mehr allein.

Abteilungsinspektorin Fleur Günther schaltete ihren Fotoapparat ein. Da ihr Inspektor Schwärzler am Telefon mitgeteilt hatte, dass die Spurensicherungsgruppe des Landeskriminalamts Bregenz in der Marktgasse benötigt werde, hatte sie ihren eigenen SPUSI-Koffer mitgebracht. Seit sie die Fachkursausbildung gemacht hatte, konnte sie die Spurensicherung bei kleineren Fällen auch allein erledigen.

Fleurs zarter Name, die Blume, den sie ihrer romantischen Mutter verdankte, stand in krassem Gegensatz zu ihrem Äußeren. Bei auffällig kräftiger Statur maß sie beinahe zwei Meter. Ihr imposanter Körper zeigte aber durchaus weibliche Rundungen. Sie trug ihre langen Haare meist offen und variierte gern verschiedene Lippenstifte.

Fleur war einer jener Menschen, deren Gefühle sich nicht im Gesicht widerspiegeln. Egal was passierte, ihr Pokerface blieb unverändert. Die buschigen, dunklen Augenbrauen in ihrem breiten Gesicht waren zur Nase hin leicht geschrägt, was sie dauerhaft schlecht gelaunt, ja sogar böse aussehen ließ, was sie aber überhaupt nicht war. Viele Leute brachte das aus dem Konzept, was bei Verhören manchmal hilfreich, manchmal hinderlich sein konnte. Einzig ihr Kollege Heinrich Finster störte sich an ihrer Ausdruckslosigkeit nicht.

»Was für ein Kranker macht denn so was?« Ein Passant mit einem Fahrrad war beim Absperrband des Tatortes stehen geblieben. Ihm wurde bei dem Anblick des toten Hundes übel; auch Günthers Magen zeigte Symptome beträchtlicher Unruhe.

Die Polizistin machte ein Foto von dem Mann. Sie wollte ihn gerade ansprechen, um eventuell etwas zu erfahren, doch er blickte schnell zu Boden und murmelte: »'tschuldigung. Bin schon weg.« So grimmig hatte sie nun auch wieder nicht geschaut! Oder doch?

Sie stand hinter dem Landeskonservatorium. Das prächtige Gebäude war in weiß-gelben Querstreifen gestrichen und verlieh der Stadt Feldkirch seit jeher ein klein wenig Großstadtflair. Das Bauwerk mit dem Namen Stella Matutina war bis 1979 Teil des Privatgymnasiums der Jesuiten.

Der Bau befand sich direkt am Ufer der Ill, dem Fluss, der entlang der Überbleibsel der mittelalterlichen Stadtmauer floss. Gleich hinter dem imposanten Bau befand sich, etwas weiter weg vom Ufer, das wesentlich kleinere graue Gebäude der Musikschule und dahinter begann der Wald, der sich an die Steilwand des Stadtschrofens anschmiegte.

Einige Meter vom Waldrand entfernt lag zwischen den Bäumen der Hundekadaver. Es handelte sich um einen männlichen, schwarzen, großen, ungeschorenen Pudel. Er war aufs Schändlichste misshandelt worden. Er lag auf dem Rücken, die Gliedmaßen und der Kopf lagen schlaff neben dem Körper. Jemand hatte dem Tier bäuchlings mit einem glatten Schnitt von der Kehle bis zu seinem Geschlechtsteil die Haut aufgeschlitzt. Dann war die Haut am Brustkorb, am Bauch und an den Flanken vom Fleisch abgetrennt worden, sodass das blutige Fleisch zu sehen war. Die Haut lag in zwei großen Stücken rechts und links neben dem Tier und war mit abgebrochenen

Zweigen durchbohrt und im weichen Erdboden festgemacht worden. Es sah aus, als hätte der Körper grausige, fleischige Flügel.

Der Boden war feucht von Blut. Abteilungsinspektorin Günther fotografierte von allen Seiten. Man wusste nie, welche Details wichtig sein konnten. Langsam ging sie um das tote Tier herum. Sie bemerkte eine feuchte Stelle am Hinterkopf. Bei näherer Betrachtung konnte sie feststellen, dass auch hier Blut war. Wegen des schwarzen Fells war es nur schwer zu erkennen. Hatte der Täter dem Hund zuerst einen Schlag auf den Kopf versetzt?

Der Körper war noch nicht kalt. Die Tötung konnte nicht allzulange zurückliegen. Es war genau fünf Uhr drei auf Fleur Günthers Uhr. Die Tat hatte also am helllichten Tag stattgefunden.

Jemand musste etwas gesehen haben! Sie würde sich im Konservatorium und vor allem in der Musikschule umhören. Aus den rückwärtigen Fenstern der Musikschule könnte man den Täter gesehen haben. Sie wollte auch die Leute befragen, die am gegenüberliegenden Ufer der Ill wohnten. Vielleicht hatte jemand von dort aus etwas gesehen. Das war relativ weit entfernt, um auf Augenzeugen hoffen zu dürfen, aber trotzdem einen Versuch wert.

Fleur Günther holte aus dem SPUSI-Koffer ein paar Nitrilhandschuhe und zog sie an. In eine Hand nahm sie wieder ihre Kamera, mit der anderen zog sie vorsichtig eines der kurzen Stöckchen aus der Hundehaut. Der Boden darunter war weich. Das Stöckchen ließ sich leicht herausziehen. Günther machte eine Aufnahme von der Hautöffung, durch die der kleine Zweig gesteckt worden war. Es war ein circa drei Zentimeter langer, glatter Schlitz. Die Haut war wahrscheinlich mit einem Messer durchbohrt und dann mit den Zweigen im Erdreich befestigt worden. Vermutlich mit demselben Messer, mit dem die Häutung vorgenommen worden war. Sie zog nach und nach alle Stöckchen heraus und gab sie in eine verschließbare Plastiktüte.

Die Polizistin stutzte. Sie fand einen weiteren dünnen Ast, mit dem das Tier malträtiert worden war.

Manchmal passierte es ihr, so wie jetzt, dass sie eine unwillkürliche Handbewegung machte, mit der sie unerträgliche Dinge wie ein unsichtbares, schweres Paket von sich weg schob. Dann nahm sie alle ihre Empfindungen und packte sie in einen Teil ihrer Person, den sie, wie einen Computer, in einen Schlafzustand schickte. Fleur hatte auf Ordnungshüter-Modus, wie sie es nannte, umgeschaltet, wobei sie versuchte, eine größtmögliche Distanz zwischen sich als Mensch und die Geschehnisse um sie herum zu erzeugen.

Zögernd näherte sie sich wieder dem verendeten Tier. Sie machte weitere Fotos. Schließlich zog sie auch diesen letzten, etwas dickeren Zweig aus dem Tier. Er war etwa einen halben Meter lang und hatte bis auf die letzten paar Zentimeter im After des Tieres gesteckt.

»Apian! Servus!« Finster begrüßte Dr. Peter Apian, den Pathologen. Er arbeitete gerne mit ihm zusammen. Im Laufe der Jahre war aus Kollegialität Freundschaft geworden.

»Hallo«, erwiderte Apian gut gelaunt.

Hinter Apian tauchten drei Mitarbeiter der Spurensicherungsgruppe auf. Sie scharten sich um die Gebissreste in der Mauer. »Meiliabr!«, meinte Apian, »das kann lustig werden. Vielleicht hättet ihr besser ein paar Archäologen zu Hilfe gerufen. Die sind es gewohnt, Knochen aus Steinen raus zu kratzen.« Zu Finster sagte er: »Ich hoffe doch, du hast in der Zwischenzeit keine neuen Spuren gesetzt!« Peter Apian kannte seine Pappenheimer. »Wird es mich wieder teure Arbeitszeit kosten, festzustellen, dass die sichergestellten DNA-Spuren einem gewissen Chefinspektor gehören?«

»Ich habe mich bemüht, alle meine Hautschuppen an meinem Körper zu lassen.« Finster lächelte ihn schelmisch an. Während der Pathologe und die SPUSI-Kollegen mit ihrer Arbeit begannen, machte Finster mit seiner Inspektion der Wohnung weiter.

Das Wohnzimmer war verhältnismäßig hell. Hier quietschten die alten Holzdielen des Fußbodens durch einen beigen Spannteppich sehr gedämpft. Zwei große Perserteppiche unterteilten den Raum. Auf einem Stand ein Biedermeier-Esstisch mit sechs gepolsterten Stühlen. Der andere Teppich bildete den Untergrund für ein Biedermeiersofa und ein passendes Kaffeetischchen. An der einen Wand stand wiederum ein Bücherregal, bis zur Decke voll beladen mit Büchern, die ebenso Antiquitäten zu sein schienen wie die Möbel. In komplettem Stilbruch dazu befand sich ein äußerst bequem anmutender, moderner, schwarzer Ledersessel mit einem separaten Teil, um die Füße hoch zu legen. Der Sessel war auf einen großen Flachbildfernseher gerichtet. Also doch!, dachte sich Finster.

Der oder die Bewohner dürften nicht mehr die Jüngsten sein. Auffällig war, dass sich kein einziges Foto in der Wohnung befand. Die meisten alten Leute fanden großen Gefallen daran, sich mit den Gesichtern ihrer Lieben zu umgeben. Alles war penibel aufgeräumt. Ein paar Tageszeitungen waren fein säuberlich auf ein Tischchen neben dem antiken Sofa geschichtet. Der Raum mutete eher wie ein Museum an und ließ wenig darauf schließen, dass hier gelebt wurde.

Auch das Schlafzimmer, das Büro mit Gästebett, die kleine Bibliothek, das winzige Badezimmer und die ebenso kleine Küche waren mit alten Möbeln bestückt, sehr sauber und etwas kahl. Finster öffnete Schubladen und Schränke, fand aber kein einziges Foto – auch kein Fotoalbum. Offenbar waren andere Menschen nicht besonders wichtig für den oder die Einwohner.

Der Schreibtisch im Büro erwies sich als ebenso nüchtern. Ein alter Computer mit einem enormen, in die Jahre gekommenen Monitor stand darauf. Finster wunderte sich, dass so ein altes Gerät überhaupt noch kompatibel mit der heutigen Technik sei. Er setzte sich auf den Sessel hinter dem Schreibtisch und zog eine Schublade auf.

Traudl Keller bemühte sich, optimistisch zu bleiben, doch es wollte ihr nicht so recht gelingen. Martha sagte nichts mehr und war auch nicht in der Lage, weiter zu sprechen. Stetig liefen die Tränen über ihr Gesicht. Mit verschränkten Armen stand sie trotzig da.

Als sie ihre Tochter so sah, hin- und hergerissen zwischen Trauer und Wut, wusste Traudl, dass es sich nicht nur um eine Meinungsverschiedenheit zwischen Eheleuten handelte.

»Ich …« Martha wollte die Situation erklären, doch stattdessen brach sie in jämmerliches Schluchzen aus. »Ach, Schätzchen«, Traudl ging zu ihr und nahm sie in den Arm. »Ach, Mama, was soll ich denn nur machen?« Wie ein kleines Kind klammerte sie sich an ihre Mutter. »Ich schaffe das nicht mehr. Ich will das nicht mehr.«

Martha musste nicht erklären, was *das* war. In stundenlangen Telefongesprächen zwischen Belgien und Feldkirch hatte Martha ihr Herz ausgeschüttet, hatte von der Angst erzählt, von der Einsamkeit, vom Heimweh, von Saskia, die mit einem sehr oft abwesenden Vater aufwuchs.

»Ich halte das nicht mehr aus. Das ist nicht fair. Warum tut er das?«, brach es aus Martha hervor. Sie löste sich aus der Umarmung. »Ich bin immer da. Ich lebe in seinem Land, um bei ihm zu sein und dann geht er andauernd weg. Warum tut er das? Er weiß, dass ich an Heimweh leide, dass ich einzig und allein wegen ihm von Feldkirch weggegangen bin.«

Zwei ältere Damen traten schwatzend durch die Tür und begannen die Regale zu durchstöbern. Martha wischte sich die Tränen weg und versuchte, gefasst auszusehen.

Ihre Mutter stand schweigend neben ihr. Dann sagte sie leise: »Weißt du, Martha, vielleicht ist das jetzt *dein* Moment. Vielleicht war die seltsame Begegung mit Fichelbacher kein Zufall, oder wenn es ein Zufall war, dann sollte es der letzte Tropfen in deinem randvollen Fass sein, der dich eine Entscheidung treffen läßt. Vielleicht ...« Traudl machte eine kurze Pause, »... vielleicht ist es an der Zeit, dass *du* gehst. Geh *du*! Wenn es schon zu spät ist, ist es gut für dich. Wenn nicht, wird es seine Aufmerksamkeit erregen.«

Geh du! Da war es wieder! Martha fühlte den Schwindel zurückkommen. Sie beobachteten stumm den angeregten Wortwechsel der zwei Kundinnen. Der Augenblick zog sich in die Länge. Das Geschwätz der alten Damen kam ihnen unverhältnismäßig laut und langwierig vor. Schließlich schlenderten diese plappernd zurück zum Ausgang, ohne etwas gekauft zu haben.

Nachdem die Klingel der Ladentür verstummt war, holte Marta tief Luft: »Du meinst, ich soll Fichtelbachers Angebot als Gelegenheit betrachten, hier zu bleiben?«

»Warum nicht?«

»Und was ist mit Saskia?«

»Frag sie!«

»Du stellst dir das viel zu einfach vor, Mama!«

»Die wichtigsten Dinge im Leben sind erschreckend einfach.«

»Das kann ich doch nicht machen! Saskia braucht nur noch zwei Jahre bis zur Matura.«

»Es gibt hier auch Schulen.«

»Und wenn ich meinen Job in Brüssel kündige und dann hier nichts Festes finde?«

»Du hast doch gerade eben schon etwas gefunden.«

»Mama! Jetzt bleib einmal ernst!«

»Es ist mein voller Ernst!«

»Und Saskia …«

»Saskia ist eine intelligente junge Frau, die für sich selbst sprechen kann. Es gibt immer viele Gründe, warum man etwas nicht tun sollte. Jede Entscheidung trägt das Risiko in sich, eine Fehlentscheidung zu sein. Du kannst natürlich weiterhin in deinem Zustand ausharren und darauf warten, dass sich die Umstände ändern. Aber wenn man sich zu sehr ans Ausharren gewöhnt hat, besteht die Gefahr, dass die eigene Wahrnehmung abstumpft und man es gar nicht mehr merkt, wenn sich die Umstände ändern.«

Martha schwieg.

»Es ist bald halb sechs«, sagte Traudl, »Ich lasse dich jetzt in Ruhe den Tag beenden, dann nimmst du deinen Tageslohn aus der Kasse und kommst zu mir. Ich habe dir dein Mittagessen aufgehoben. Es ist deine Lieblingsspeise: Zwetschgenknödel.«

»Ich kann doch nicht einfach Geld aus der Kasse nehmen!«

»Natürlich kannst du das! Er hat es schließlich selbst gesagt und verdient hast du es auch.«

»Ja aber, was ist wenn …«

»Paperlapapp! Wenn was sein sollte, dann komme ich und werde dem Waldemar Fichtelbacher etwas erzählen. An so einer Schreckschraube wie mir haben sich schon viele die Zähne ausgebissen.«

Er hatte sich die Begegnung anders vorgestellt. Sie sollte ihn von der Last befreien, die er seit seiner Schulzeit mit sich herum schleppte. Oder sie wenigstens ein wenig lindern.

Es war einfach über ihn gekommen. Er hatte nicht gewusst, dass er so sein konnte. Die Angst war es gewesen. Diese grauenhafte Angst: vor den Schmerzen, vor dem Tod. Aber das Schlimmste war die Angst, dass seine dunkelsten Vermutungen wahr sein könnten. Hatte er es wirklich verdient? Hatte sein Peiniger recht gehabt? War er keine bessere Behandlung wert gewesen? Aber was hatte er jemals getan? Was unterschied ihn von anderen Menschen? Von anderen Kindern? Er hatte das nie verstanden. Jedenfalls nicht ganz tief drin in ihm, an seinem geheimsten Platz in sich. Der große Geist hat mich verschmäht, vor mir verschließt sich die Natur.

In der Schreibtischschublade fand Finster neben akribisch geordneten Rechnungen und Kontoauszügen eine antiquarische Ausgabe von Goethes Faust und ein altes Jahrbuch der Maturaklasse von 1962 der Stella Matutina. Er begann darin zu blättern, als Inspektor Christian Schwärzler in der Tür stand. »Schau mal!«, sagte dieser mehr zu sich selbst als zu jemand anderem. Er studierte ein Smartphone.

»Schau mal«, wiederholte Schwärzler, stellte sich neben den Chefinspektor und ließ ihn ein kurzes Video auf dem kleinen Bildschirm sehen. Darauf war das gelbe Haus ›Marktgasse 6‹ zu sehen. Jemand öffnete eines der Fenster und lehnte sich hinaus. Finster erkannte sich selbst und sah, wie er das kaputte Fenster im Erker inspizierte.

»Ist das das beschlagnahmte Telefon von dem Lehrling?«, wollte Finster wissen.

»So ist es.«

»Wo hast du das Video gefunden?«

»Auf Facebook.«

»Wer hat es gemacht?«

»XXL-Baby. Facebook-Freund von Navratil.«

»Wer kann das alles sehen?«

»Alle Facebook-Freunde von Navratil und XXL-Baby, und die können es dann weiter schicken an ihre eigenen Facebook-Freunde.«

»Also ist es schon öffentlich zugängliche Information?«

»Leider! Es gibt bereits reihenweise Kommentare zum *Fluch der Mumie*.«

»Na, wunderbar!«

»Die Reporter vom *Feldkircher Blatt* und vom *Vorarlberg Boten* haben schon unsere Pressestelle kontaktiert.«

Finster seufzte. »Gut«, sagte er, »Ich werde mich darum kümmern. Wie sieht's aus mit den Bewohnern? Sind die schon ausfindig gemacht worden?«

»Der Wohnungseigentümer ist ein gewisser Waldemar Fichtelbacher. Er betreibt den Buchladen am anderen Ende der Marktgasse.«

»Was? Den muss ich wohl vorhin verpasst haben!«

»Wieso?«

»Ach nichts«, winkte er schnell ab. »Wo ist er denn?«

»Noch unklar. Telefonisch war er bis jetzt noch nicht erreichbar.«

»Noch zwanzig Minuten bis Ladenschluss. Ich geh' zum Buchladen. Organisierst du bitte die Befragung der Nachbarn?«, bat er seinen Kollegen. »Und könntest du dafür sorgen, dass die Fleur das hier bekommt und sich genau anschaut?« Er hielt Schwärzler den gesamten Inhalt der Schreibtischschublade hin.

Als Finster durch die Marktgasse ging, rief ihn seine Partnerin Fleur Günther an. »Was gibt's, mein Blümchen?«, meldete er sich. Nur er durfte sie so nennen. Oder besser gesagt: nur er wagte es, sie so zu nennen. Was den Humor betraf, teilten die beiden eine Vorliebe für gepflegten Sarkasmus.

»Ich möchte nur ein bisschen Licht in dein finsteres Leben bringen!«, neckte sie ihn.

»Genau darum habe ich den Schwärzler eine kleine Aufmerksamkeit auf deinen Schreibtisch legen lassen«, konterte er. Sie informierten sich gegenseitig über ihre neuesten Fälle und verabredeten sich für später auf der Polizeiinspektion.

Jetzt stand Finster wieder vor dem Laden und sah durch die Glasfront hinein. Nur noch einige Minuten bis Ladenschluss. Die Verkäuferin, die ihm die vier Bücher verkauft hatte, war noch da. Sie war allein im Geschäft. Sie sah etwas mitgenommen aus. Mit verschränkten Armen stand sie hinter dem Verkaufstisch und stierte auf den Boden. Er fand sie schön.

Schwungvoll öffnete er die Tür. »Grüß Gott«, begann Finster und schlenderte auf sie zu. Sie erkannte ihn wieder und lächelte: »Sie sind heute mein erster und mein letzter Kunde. Kann ich noch etwas für Sie tun?«

Er lächelte zurück. Wieder fielen ihr sein Mund und seine Zähne angenehm auf. Wie aus Marmor gemeißelt, dachte sie.

»Das können Sie«, sagte er und zeigte ihr seinen Dienstausweis. »Chefinspektor Finster, Bezirkskriminalamt Feldkirch. Ich würde gern den Herrn Fichtelbacher sprechen.«

Martha erschrak. »Also doch«, flüsterte sie. Sie merkte, wie ihre Hände leicht zu zittern begannen.

»Also doch was?«, frage er. Doch Martha sprach nicht weiter. »Geht es Ihnen nicht gut?«, fragte der Inspektor. »Sie sind ganz blass. Wollen Sie sich setzen?« Beunruhigt ging Finster um die Theke. Martha fiel das Atmen schwer. Stell dich nicht so an, du dämliche Kuh! Du bist peinlich, befahl sie sich selbst. Sie wunderte sich, wieso der Fußboden auf sie zukam.

»Hallo!« Klatsch, klatsch, klatsch. »Hallo! Hören Sie mich?« Klatsch, klatsch. »Wachen Sie auf!« Klatsch. Das nicht aufhören wollende Geklatsche auf ihre Wangen nervte Martha, nervte sie immer mehr. Er soll sie in Ruhe lassen! Klatsch, klatsch. »Hallo!« Was sollte das? Was für eine Unverschämtheit! Klatsch. Jetzt war es genug. Sie würde dem was erzählen! Klatsch. Genug!

»Ich gehe jetzt!«, sagte sie.

Finster war überrascht: »Sie gehen jetzt?«

Martha blickte um sich. Sie lag in den Armen des Polizisten. »Was ist passiert?«, fragte sie.

»Gut, dass ich Sie im letzten Moment noch aufgefangen habe«, sagte Finster. »Wie fühlen Sie sich?«

»Ich weiß nicht. Ich verstehe nicht …«

»Kommen Sie, setzen Sie sich erst mal auf einen Stuhl!« Finster half ihr hoch. Er hörte, wie die Ladentür geöffnet wurde. Herein kam Günther.

Die große Frau kam auf die beiden zu: »Was ist passiert?«, wollte auch sie wissen.

»Darf ich vorstellen«, sagte Finster, »Abteilungsinspektorin Fleur Günther.« Zu Fleur meinte er etwas leiser: »Ich briefe dich gleich.«

»Schwärzler hat mir schon deinen Videoclip geschickt«, sagte sie knapp.

Er wandte sich wieder Martha zu: »Ihren Namen habe ich bis jetzt noch gar nicht in Erfahrung bringen können.«

»Ja, Entschuldigung«, stammelte Martha, »Ich bin Martha Keller.«

»In welchem Verhälnis stehen Sie zu Herrn Fichtelbacher?«

»Zzz«, Martha konnte den Spott nicht unterdrücken. »Wissen Sie«, Martha sah eindringlich vom einen zur andern, »ich wäre Ihnen dankbar, wenn Sie mich mal kneifen würden.« Ohne Umschfweife kniff Günther sie in den Arm.

»Au!«, quietschte Martha.

Finster sah sie vorwurfsvoll an. Fleurs konterte mit Pokerface: »Sie hat gesagt, sie wäre uns dankbar.«

Finster atmete tief ein: »Also Frau Keller, erzählen Sie doch alles schön der Reihe nach.«

Finster und Günther gingen nebeneinander durch die autofreie Feldkircher Altstadt in Richtung Polizeidienststelle.

»Das waren aber auffällig viele Zufälle, die der guten Frau Keller alle an einem einzigen Tag passiert sind,« überlegte Finster.

»Mhm«, bestätigte Günther seine Überlegung.

»Das alles klingt nicht wirklich überzeugend.«

»Ha-a«, Fleur verwendete die landesübliche Version für eine negative Bestätigung.

»Überprüfst du den Waldemar Fichtelbacher? Er ist wie vom Erdboden verschwunden. Hoffentlich finden wir irgendetwas, das uns seinen Aufenthaltsort verrät. Schwärzler soll sich um seinen Computer kümmern. Dabei kann er sich bestens auf seine anstehende Fachkursausbildung in Computerkriminalität vorbereiten.«

»Und du?«, fragte Günther.

»Ich werde versuchen, diese Michelle zu finden und die Keller in Augenschein nehmen.«

»Bist du sicher, dass das eine gute Idee ist, Finster?«

»Wie meinst du das denn?«

»Die Frau interessiert dich.«

»Ach, red doch keinen Quatsch!«

»Die Frau ist eine Nummer zu groß für dich«, sagte die Polizistin und sah ihn an. Wieder einmal tat ihr Gesicht die übliche Wirkung. Finster verstummte. Sie waren bei der Dienststelle angekommen. Der Chefinspektor setzte jetzt ein spitzbübisches Lächeln auf, hielt seiner Kollegin die Tür auf und deutete eine Verbeugung an. Günther ging durch die Tür, ohne ihn eines Blickes zu würdigen.

»Jetzt iss erst mal, Schätzchen!«

»Wie soll ich denn jetzt etwas essen?«

»Komm, wir machen uns einen gemütlichen Abend. Wir essen gut, trinken etwas …«

»Ja, am besten etwas Starkes, Mama!«

»Da habe ich genau das Richtige«, sagte Traudl. Sie stöberte in ihren Küchenschränken herum und kam mit zwei Gläsern und einer Flasche Cava zurück.

»Als ob es etwas zu feiern gäbe«, sagte Martha.

»Es gibt immer etwas zu feiern!« Traudl ließ sich in ihrer guten Laune nicht beirren.

»Was könnte es jetzt zu feiern geben?« Martha war gereizt.

Entspannt setzte Traudl sich auf das Sofa im Wohnzimmer, stellte die Gläser auf den Couchtisch und ließ den Korken knallen: »Wir feiern jetzt uns«, verkündete sie mit einem Lächeln und schenkte ein.

»Weil wir ja so wunderbar sind, odr?«

»Ganz genau, das sind wir!«

»Du spinnst doch, Mama!« Martha ließ sich ein bisschen von der guten Laune ihrer Mutter anstecken.

»Ja, und das mit Leidenschaft!« Traudl hielt ihr Glas in die Höhe. Martha nahm das andere Glas und stieß mit ihr an.

»Auf uns! Je verrückter das Huhn, desto fröhlicher das Gegacker!«

Jetzt konnte Martha doch noch lächeln. Sie ließ sich neben Traudl auf das Sofa fallen. Gleichzeitig tranken sie einen tüchtigen Schluck. Eine satte Stille breitet sich zwischen ihnen aus.

»Was jetzt, Mama?«

Stille.

»Was denkst du, sollte jetzt passieren?«

»Gar nichts mehr.«

»Guter Plan.«

»Werd jetzt nur nicht boshaft!«

»Bin ich nicht! Ehrlich!«

»Sehr lustig!«

»Nein, im Ernst! Lass die Dinge sich entwickeln. Wer weiß, vielleicht nimmt alles noch ein gutes Ende!«

»Wie denn? Ich war gerade im Begriff, eine schwerwiegende Entscheidung zu treffen und ein neues Leben anzufangen. Ich unternehme die ersten, wackeligen Schritte, da entpuppt sich das ganze schon wenige Stunden später als Farce und ich muss froh sein, wenn ich aus dem Zirkus heil raus komme und nicht unwissentlich in irgendwelche kriminellen Machenschaften verwickelt worden bin. Jetzt bin ich gespannt, wie du dem noch eine positive Wendung anhängen willst!«

»Ich kann es nicht erklären, aber ich weiß, dass alles gut enden wird.«

»Ich brauche schon ein bisschen mehr als das«, sagte Martha ungläubig. Sie hätte nie zugegeben, dass ihr derartige Prophezeiungen aus Traudls Mund unheimlich wichtig waren.

»Was hat denn dieser Polizist genau gesagt?«, fragte Traudl nach.

»Dass ich mich weiterhin zur Verfügung halten und vorläufig nicht verreisen soll.«

»Hat er gesagt, ob du weiterhin im Laden arbeiten darfst oder nicht?«

»Es waren zwei Polizisten, ein Mann und eine Frau. Und nein, das haben sie nicht erwähnt.«

»Aha.«

»Was?«

»Du hast bis jetzt nur von einem Mann gesprochen.«

»Habe ich nicht.«

Traudl sah sie fragend an.

»Die Frau war es, die mich in den Arm gekniffen hat. Sie sah ein wenig gruselig aus.«

»Gruselig?«

»Wie eine Wagnersche Walküre, als ob sie ihren geflügelten Helm, ihren Speer und ihren Brustpanzer nur eben mal zu Hause vergessen hätte. Groß und ein Gesicht ohne Lächeln.«

»Aha.«

»Ist ja auch egal. Alles ist egal.«

»Darauf trinken wir.«

»Und das soll mir weiterhelfen, Mama?«

»Warum nicht? Lass alles los! Scheiß der Hund drauf!«

»Mama! Was sind denn das für Ausdrücke aus deinem Mund?«

»Komm, sag es auch: Scheiß der Hund drauf! Alles Wurscht, heute trink'mr über'n Durscht!«

»Das ist bei dir wohl bereits eingetreten!«

»Komm, ich schenke nochmal nach«, sagte Traudl fröhlich. »Und jetzt, weißt du, was wir jetzt machen?«

»Nein, Mama, aber du wirst es mir bestimmt gleich verraten.«

»Jetzt suchen wir uns einen richtig kitschigen Weiberfilm im Fernsehen, essen etwas möglichst Zucker- und Fetthaltiges und lassen uns von allen Seiten mit Wonne berieseln.«

»Na siehst du, mit ein paar Promille im Blut, rückst du endlich mit brauchbaren Vorschlägen raus.« Martha schnappte sich die Fernbedienung.

»Gell? Und morgen gehst du wieder in den Laden!«

»Sag mal, tun die neuerdings noch andere bewusstseinserweiternde Substanzen in den Cava? Oder ist das Heroin hierzulande so preiswert?«

Traudl lachte: »Brauchst du auch etwas Stärkeres? Wie wär's mit Zwetschgenknödel mit Vanilleeis, Schlagrahm und Schokosauce? Ich habe auch noch diese Gummidinger, die Saskia so gerne isst.«

»Marshmallows? Danke vielmals, aber das sind zu harte Drogen für mich. Ich nehme die Zwetschgenknödel ohne alles, dafür vor dem Fernseher, samt Sofa-Verkleckerungsgefahr.«

Tag zwei

»Hm.«

»Was gibt es an diesem wunderschönen Sommermorgen, liebe Kollegin?«

»Ich weiß nicht, ob das relevant ist, aber Fichtelbacher hat zweimal in den vergangenen achtzehn Monaten eine Geldstrafe wegen überhöhter Geschwindigkeit zahlen müssen«, sagte Abteilungsinspektorin Fleur Günther.

»Das ist ja unerhört!«, spottete Finster.

Fleur blickte von ihrem Computerbildschirm auf und Heinrich Finster direkt in die Augen. Auch wenn er sie gut kannte, ihr Gesichtsausdruck ernüchterte ihn immer wieder. Schließlich ließ keinerlei Mimik Rückschlüsse auf ihren Gemütszustand zu.

»Also?«, hakte er nach.

»Es war beides Mal dieselbe Kamera, beide Male an einem Sonntag.«

Finster stand von seinem Schreibtisch auf. Er ging zu seiner Kollegin und sah sich ihren Bildschirm an.

»Um welche Kamera handelt es sich?«

»Sie steht auf der A3 von Zürich Richtung Osten.«

»Aha! Wieso hatte er es so eilig, von Zürich wegzukommen, an den Sonntagen?«

»Und«, sagte Fleur mit Nachdruck, »es war beide Male nachts. Ich sehe mir die Rechungen und Kontoauszüge von Fichtelbacher genauer an. Vielleicht finden wir da einen Zusammenhang.«

»Gute Idee. Ich mache mit dem Jahrbuch seiner Maturaklasse weiter.«

»Hast du meinen Bericht über den verstümmelten Hund gelesen?«, wollte sie wissen.

»Mir ist noch immer schlecht!« Er schüttelte den Kopf. »Was für ein krankes Hirn! Ich hoffe nur, dass es sich nicht um den Anfang einer Serie handelt. Hat die Spurensicherung etwas ergeben?«

»Nicht sehr viel. Aber bei den Proben, die ich genommen habe, war auch menschliches Blut dabei.«

»Irgendjemand, den wir kennen?«

»Nein, keine in der Datenbank gespeicherte DNA ist damit ident.«

»Ein Ersttäter?«

»Möglich. Hast du Michelle schon ausfindig gemacht?«

»Momentan leben 47 Michelles im Alter zwischen 15 und 21 Jahren im Bezirk Feldkirch. Da ihre Ferialarbeit nicht behördlich angemeldet war, werde ich mich wohl durchtelefonieren müssen.«

»Viel Spaß! Wie steht es um den unbekannten Mann mit Hund, dem Fichtelbacher nachgegangen ist? Haben wir den schon ausfindig gemacht?«

»Nein, leider auch noch nicht. Von dem fehlt bis jetzt jede Spur.«

»Könnte es sich um denselben Hund handeln?«

»Wäre möglich. Frau Keller hat laut Aussage einen schwarzen Hund gesehen. Sie hat aber keine Angabe über die Rasse des Tieres gemacht. Vielleicht sollten wir nochmal überprüfen, ob es sich um einen Pudel handelte.«

Inspektor Schwärzler betrat das Büro seiner beiden Vorgesetzten. Seine dunkelblaue Uniform saß wie immer perfekt. Fleur Günther fand, er sehe umwerfend darin aus. Da sie das nie im Leben laut ausgesprochen hätte, vermutete niemand derartige Gefühlslagen. Außerdem war er viel zu jung und etwas zu klein für sie, tröstete sie sich selbst.

»Servus«, begrüßte er die beiden.

»Kollege! Gibt es schon einen Bericht zu Fichtelbachers Computer? Oder ist der Mann gar wieder aufgetaucht?«, wollte Finster wissen.

»Nein und nein. Ich wollte euch nur darauf aufmerksam machen, das heißt, falls ihr es nicht ohnehin schon selbst gesehen habt, ...?« Er sah die beiden erwartungsvoll an. Als eine von Finsters Brauen sich nach oben schob, fuhr Schwärzler fort: »Wir sind schon in der Zeitung – zumindest online: Eingemauerte Leiche entdeckt.«

»Herrgottzack!«, fluchte Finster verärgert.

»Hast du etwas anderes erwartet?«, fragte Fleur Günther.

»Die gute Nachricht ist, dass die einzige echte Information, die die Presse hat, das Foto des Gebisses ist, das der Lehrling vor Ort gemacht hat. Die etwas skurrilere Seite der Geschichte ist aber das hier.« Schwärzler kam mit seinem Tablet-Computer zu den beiden und zeigte ihnen den Bildschirm, »unser Gebiss hat bereits ein eigenes, gut besuchtes Forum: ›Der Tote im Erker‹. Die Leute diskutieren darüber, wer er oder sie war, ob es sich um einen ungeklärten Mordfall aus dem Mittelalter handelt, ob es vielleicht Hugo von Montfort gewesen sein könnte. Neben den absurderen Vorschlägen, die von Aliens bis zu Ötzis Cousins und Doktor Faust reichen, gibt es mehrere Leute, die konkrete Namen von verschwundenen und vermissten Personen vorschlagen. Ich bin dabei, alle auftauchenden Namen, die halbwegs realistisch klingen, mit der Datenbank der Vermisstenanzeigen international abzugleichen und nach Personen zu suchen, die in Frage kommen könnten.«

»Alle Achtung, Schwärzler. Saubere Arbeit«, meinte Finster anerkennend.

»Ich nehme an, Apian ist mit seinem Bericht noch nicht fertig?«, fragte Inspektor Schwärzler. »Es wäre für mich die halbe Arbeit, wenn ich das Geschlecht des oder der Toten wüsste.«

»Gut Ding braucht Weile!«, ermahnte ihn Günther.

»Wie sieht es mit der Befragung der Nachbarn aus?«, fragte Finster in die Runde.

»Läuft. Im Fall Toter im Erker sowie im Fall Mutilierter Pudel«, antwortete Schwärzler.

»Mutiliert?«, fragte Finster. Zu seiner Kollegin gewandt meinte er: »Was die jungen Leute heutzutage für Wörter in den Mund nehmen! Zu meiner Zeit hätte es so etwas noch nicht gegeben!«

Fleur sah ihren Partner an. Er versuchte, aus ihren Augen zu lesen, ob sie jetzt lächelte. Sie wandte sich zu Schwärzler: »Du hast ihn beeindruckt.« Dieser schmunzelte und verließ, seinen Tablet-PC zährtlich streichelnd, das Büro.

»Hallo, Krümelchen! Hab' ich dich aufgeweckt?«, fragte Martha am Handy.

»Kann man so sagen«, kam eine schlaftrunkene Antwort, gefolgt von einem Gähnen.

»Es ist elf Uhr vormittags. Was meinst du? Kann ein Luxusgeschöpf wie du sich in einer Stunde mit seiner sehnsüchtig wartenden Mutter zum Mittagessen verabreden? – Hallo?«

»Was? Ja, ja. Ich bin schon wach. Ich komme.«

»Wunderbar. Ich freue mich. Kommst du in den Landen?«

»Was?«, klang es wesentlich schärfer. »Du bist schon wieder dort? Sag mal, spinnst du?«

»Wie schön zu hören, dass du wach bist! Wenn ich mir einen angemesseneren Ton erbitten darf, dann würde ich mich sehr freuen, dir den Sachverhalt in allen Einzelheiten zu erläutern«, konterte Martha mit übertriebener Höflichkeit.

»Ja, liebste aller moekes, dein Brotbrösel kommt angetrabt.«

Martha grinste: »Also dann, bis in einer Stunde. Tschüss.«

Martha steckte das Handy in ihre Tasche unter dem Ladentisch. Am Abend davor war Saskia gegen neun Uhr mit einem strahlenden Lächeln vom Schwimmen zurückgekommen und hatte ihre Mutter und ihre Großmutter auf dem Sofa mit Taschentüchern, Schokolade und Cava bewaffnet, vom Geschehen auf dem Bildschirm völlig absorbiert und nicht mehr ganz nüchtern vorgefunden. Die Gelegenheit schamlos ausnützend, hatte Saskia säuselnd die Erlaubnis erbeten, mit Şen noch etwas trinken zu gehen. Auf die Aufforderung hin, sie solle bis allerspätestens Mitternacht zu Hause sein, war sie bereits im Flur und rief Şen, der vor der Wohungstür gewartet hatte, zu, es sei o.k. und sie komme.

Als Martha morgens aufgewacht war, frühstückte sie mit ihrer Mutter, ohne Eile. Dann hatte sie nach Saskia gesehen, die, wie zu erwarten, fest schlief und dies in bester Teenagermanier auch noch eine Weile durchhalten würde.

Martha hatte unschlüssig im Flur gestanden. Dann unterbrach sie ihre Mutter beim Zeitunglesen und teilte ihr mit, sie werde in die Buchhandlung gehen und nachsehen, ob alles in Ordnung sei.

Da stand sie wieder – in Fichtelbachers Buchladen – in Keller's Weinstube. Sie hatte keine logische Erklärung dafür, warum sie wieder hergekommen war. Sie hatte keine Ahnung, was sie machen sollte. Vielleicht würde sich wirklich einiges von selbst ergeben.

Kunden kamen und gingen. Martha ging die Regale ab und begann, in dem einen oder anderen Buch zu stöbern: »Burg und Dom zu Feldkirch« von Manfred A. Getzner, »Die Tuchhändlerin« von Christoph Vallaster, »Georg Joachim Rheticus 1514 – 1574« von Karl-Heinz Burmeister und »Rheticus – Der erste Kopernikaner« von Philipp Schöbi-Fink sowie das »Felkirch Lesebuch« von Karlheinz Albrecht und Christoph Volaucnik.

Die Berichte über besagten Rheticus und dessen Vater, Doktor Georg Iserin, waren interessant. Laut dem Text hätte der alternde Nikolaus Kopernikus sein Werk über das heliozentrische Weltbild gar nicht veröffentlicht, wenn ihn nicht der jugendlich-begeisterte Feldkircher Humanist, genannt Rheticus, dazu gedrängt und überredet hätte.

Die Biographie las sich äußerst spannend. Rheticus' Vater, Doktor Iserin, war Stadtarzt von Feldkirch und offenbar mit einem so großen Wissensdurst versehen gewesen, dass er, wie es im Text hieß: »das Undenkbare zu denken wagte«. Als sie bei dem Teil angelangt war, in dem beschrieben wurde, wie Doktor Iserin der Hexerei angeklagt und beschuldigt wurde, mit dem Teufel im Bunde zu stehen, unterbrach sie eine bekannte Stimme.

»Guten Morgen, Frau Keller!« Chefinspektor Finster stand freundlich lächelnd vor ihr. »Wie fühlen Sie sich?«

»Guten Morgen«, erwiderte Martha seinen Gruß. Sie wusste nicht ganz, wie sie sich verhalten sollte.

»Sie sind schon wieder fleißig bei der Arbeit?«

»Ja.«

»Herr Fichtelbacher ist nicht zufälligerweise hier erschienen?«

»Nein, bis jetzt noch nicht.«

»Sie würden es uns doch wissen lassen, wenn Sie mit ihm in Kontakt gewesen wären?«, fragte er mit einem Hauch von Misstrauen in seiner Stimme.

»Natürlich! Wofür halten Sie mich?« Einerseits war Martha entrüstet, dass er ihr irgendetwas in diese Richtung unterstellte, aber andererseits konnte sie es ihm, nach der fantastischen Geschichte, die sie ihm und seiner Kollegin am Vortag aufgetischt hatte, nicht übel nehmen.

»Ich nehme an, dass die Frau eines belgischen Kollegen sich über die Konsequenzen von Falschaussagen durchaus bewusst sein dürfte.«

»Sie haben also bereits Nachforschungen über mich getätigt?«

»Ist schließlich mein Job, odr?« Er verwendete die hier übliche Variante für den Satzanhang: ›nicht wahr?‹

Martha seufzte tief. Schon wieder war sie von Polizisten umgeben! War das ihr Schicksal? Polizistenanhängsel zu sein? Gab es kein Entrinnen aus ihrem alten Leben? Konnte sie wirklich nichts selbst bestimmen? Musste es immer irgendwen geben, der ihr Tun und Lassen kontollierte, protokollierte und sie dann, wie Orwells »Big Brother«, aus weiter Ferne durch einen telescreen in ihrer Einsamkeit fest im Griff hielt?

»Sie haben Ihrem Mann noch gar nicht erzählt, was passiert ist?«

Das war zu viel. Zu viel! Was glaubten diese eingebildeten Schnösel eigentlich, wer sie waren? Jetzt redeten diese beiden schon hinter ihrem Rücken über sie! War sie denn ein Kind? Nicht ernst zu nehmen? Ein Hund, der parieren musste?

»Was wollen Sie von mir?«, fragte Martha schärfer als sie es selbst erwartet hatte.

Leicht verwundert fuhr Finster fort: »Frau Keller, wir machen uns Sorgen um Sie.«

»Wir? Wer ist wir?« Martha war lauter geworden. »Mein ehrenwerter Gatte hätte die letzten Jahre mehr als genug Gelegenheit gehabt, sich um mich zu sorgen. Leider hat er keine dieser Gelegenheiten wahrgenommen. Und wer, sagen Sie, sorgt sich sonst noch um mich? Sie etwa?« Martha hatte sich in Rage geredet. Finster sah ein bedrohliches Funkeln in ihren Augen.

»Was, bitte, geht Sie mein Leben an? Bis jetzt hat es herzlich wenige Menschen gegeben, die sich für mein Leben interessiert haben. Und jetzt, plötzlich, mit einem Mal, interessieren sich alle für mich? Für mich? Dass ich nicht lache! Wenn ich etwas verbrochen haben, dann weisen Sie mir das bitte nach und ich werde für meine Missetaten geradestehen. Da ich mir aber keiner Schuld bewusst bin und ich außer zweimal Falschparken noch nie in meinem Leben irgendetwas Ungesetzliches getan habe, darf ich Sie höflichst bitten, mich in meiner lächerlichen, unbedeutenden, kleinen Existenz in Frieden zu lassen.«

Perplex beschloss Finster: »Gut, Frau Keller, das wäre vorläufig alles. Ich komme ein anderes Mal wieder vorbei. Sie melden sich, falls Ficheltbacher wieder auftaucht, ja?«

»Mit dem größten Vergnügen«, knurrte Martha.

Als Heinrich Finster sich umdrehte und den Laden verließ, gab er den Blick auf Saskia frei.

»Saskia?« Martha erschrak. Wiewiel hatte sie gehört? Saskia blieb wie angewurzelt stehen, wo sie war. Unbeholfen unternahm Martha einen Versuch, die Situation zu überspielen: »Hast du gut geschlafen, mein Schatz?«

Zuerst war sich Saskia nicht sicher gewesen, ob das Gespräch mit dem Polizisten eine Bedeutung gehabt haben könnte, die den Fall überstieg.

»Was ist eigentlich los, Mama?« Saskia würde sich nicht mit beschwichtigenden Floskeln zufrieden geben. Martha wusste, dass sie nicht mehr um den heißen Brei herumreden konnte.

Dr. Peter Apian war vertieft in seine Arbeit. Vorsichtig entfernte er den rechten Schuh samt den schleimigen Überresten des Fußes aus dem Betonblock, der vollständig aus dem Erker in der Marktgasse herausgefräst und in die Pathologie des Landeskrankenhauses Feldkirch gebracht worden war. Der Großteil des Skeletts lag bereits auf Apians metallenem Untersuchungstisch.

Eigentlich wollte Chefinspektor Finster seinen Kollegen freundlich begrüßen. Er nahm sich jedesmal wieder vor, die Pathologie mit professionell-gefasster Haltung zu betreten und sich nur auf die Fakten zu konzentrieren. Das gelang immer nur bedingt und äußerte sich in sehr wortkargem Verhalten seinerseits, solange er sich in unmittelbarer Nähe von übel zugerichteten Leichen befand. Dementsprechend schreckhaft reagierte Apian, als er Heinrich Finster plötzlich neben sich stehen sah: »Heini! Kannst du nicht anklopfen?« Der Doktor hätte fast den Schuh samt Inhalt fallen lassen. »Wenn du mich nochmals so erschreckst, kannst du die Sauerei selber aufputzen!« Finster stand regungslos neben ihm und versuchte den schaurigen Leichnam nicht anzusehen: »Tut mir leid. Was gibt es Neues?«

»Die DNA-Untersuchung läuft. Knochen, Haare, Fingernägel und Zähne sind noch weitgehend intakt. Ich kann zum jetztigen Zeitpunkt mit Bestimmtheit sagen, dass es sich um eine männliche Leiche handelt. Der Mann dürfte zum Zeitpunkt des Todes zwischen fünfzig und sechzig Jahre alt gewesen sein. Die Todesursache ist noch nicht geklärt. Er war aber mit Sicherheit bereits tot, als er einbetoniert wurde: der Kopf und die Gliedmaßen sind post mortem abgetrennt oder gebrochen worden.«

»Damit er in die Erkerausbuchtung passt?«

»Anzunehmen.«

»Todeszeitpunkt?«

»Ich schätze, dass er vor zirka dreißg Jahren gestorben ist.«

»So lange? Und immer noch so viel ... äh ... Schleim an ihm dran?« Finster war erstaunt.

»Ja. Beton konserviert sehr gut. Wir werden später ein Model mit Hilfe eines Computerprogramms anfertigen, das die Konturen und die Position des Opfers zum Zeitpunkt der Einbetonierung genau zeigt. Im Beton ist ein negativer Abdruck der Person perfekt erhalten geblieben. Danach hat die Autolyse eingesetzt und es haben sich Hohlräume gebildet.«

»Mit anderen Worten: Durch die Verwesung ist er zusammengeschrumpft.«

»Genau.«

»Wird man an deinem Körperkonturenmodell auch das Gesicht erkennen können?«

»Normalerweise schon.«

»Sehr schön! Sonst noch etwas, das ich wissen müsste?«

»Und ob! Wirf doch einen Blick auf die Kleidung, die das Opfer anhatte!« Apian führte Finster zu einem anderen Arbeitstisch, auf dem relativ gut erhaltene, dunkle, schleimverschmierte Kleidungsstücke ausgelegt worden waren. Da lagen ein linker, schwarzer Schuh, eine linke Socke, eine schwarze Hose, deren Beine unschön abgetrennt worden waren, ein Hemd unbestimmter Farbe, auch dieses mit gesonderten Ärmeln, und auf einem zusätzlichen Arbeitstisch deneben lag ein auffällig geschnittener, bodenlanger Mantel.

»Na?«, fragte der Pathologe erwartungvoll, »Da staunst du, was?«

»Kann man wohl sagen«, stimmte Finster ihm zu, »ein Pfarrer!«

Martha saß Saskia gegenüber im Gasthof Lingg. Sie hatten einen Fensterplatz bekommen. Vor ihnen erstreckte sich die mittelalterliche Marktgasse mit der Johanniterkirche als Abschluss vor dem Hintergrund der Alpen.

Martha fiel es sehr schwer, mit ihrer Tochter über das Zerbrechen ihrer Familie zu sprechen. Sie wusste nicht recht, wie sie beginnen sollte. Es kam ihr so unwirklich vor, als ob sie nur Theater spielen oder eine andere Wirklichkeit ausprobieren würde.

»Dass ich mich in Brüssel nicht besonders wohl fühle, ist schließlich kein Geheimnis bei uns zu Hause.«

»Ich dachte, du findest deinen Job so toll.«

»Ja, das stimmt, und meine Arbeit ist das Einzige, das ich ungern zurücklassen werde.«

»Und was ist mit Papa?« Die Unsicherheit war Saskia anzuhören.

In Marthas Hals bildete sich ein großer Klumpen. Sie wusste selbst nicht, was mit Piet war. »Ich glaube, ich bin ihm egal.« Martha konnte ihre Tochter dabei nicht ansehen.

Saskia schwieg.

»Er hat mir gestern am Telefon erzählt, dass er wieder einen neuen Auftrag angenommen hat.«

»Was? Ich dachte ...«

»Ich weiß. Er hat es mir so sehr versprochen. Wir wollten alles ruhiger angehen, endlich ein normales Leben führen.«

»Mir hat er es auch versprochen, nicht nur dir. Warum tut er das?«

»Ich weiß es nicht. Ich weiß, er liebt dich sehr, Krümelchen, aber seine Arbeit ist eben sein Leben.«

»Na, toll!«

»Ich weiß. Gestern, als er es mir am Telefon gesagt hat, da ist irgendwas in mir zerbrochen. Ich habe lange genug auf ihn Rücksicht genommen. Ich kann nicht länger warten. Seine Arbeit ist vielleicht sein Leben, aber sie ist nicht mein Leben, und wenn ich nicht aufpasse, dann ist mein Leben schon vorbei, bevor ich an die Reihe komme.« Martha wurde leise: »Ich will mein Leben hier beenden.«

»Mama, jetzt red halt keinen Schwachsinn! Du bist 43 nicht 83! Komm wieder runter!«

»Ja, ich weiß. Manchmal fühle ich mich aber so alt. Wahrscheinlich ist alt nicht das richtige Wort. Vielleicht bin ich nur irgendwie müde.«

»Was passiert denn jetzt? Lässt du dich scheiden?« Martha bemerkte, dass Saskias Hände zitterten.

»Das weiß ich nicht. So weit sind wir alle noch nicht. Ich weiß nur, dass ich irgendetwas in meinem Leben ändern muss, sonst ...« Martha wollte ihre schwarzen Gedanken ihrer Tochter nicht zumuten.

»Sonst was?«

»Was meinst du, Saskia? Kannst du dir vorstellen, hier zu leben? Im September hier zur Schule zu gehen?«

Sie überlegte: »Ich würde meine Freunde in Belgien sehr vermissen. Aber irgendwie ist Feldkirch sowieso mein zweites Zuhause. Ich habe hier auch Freunde, die ich seit meiner Kindheit kenne.«

»Glaubst du, du würdest das mit der Schule schaffen?«

»Wieso denn nicht?«

»Ich meine ja nur, deutsche Rechtschreibung, alle Unterrichtsfächer plötzlich auf Deutsch ...«

»Ich kann doch Deutsch! Schließlich hast du mich zweisprachig erzogen.«

Martha war angetan von der selbstbewussten jungen Frau, die vor ihr saß und war wieder einmal unheimlich stolz darauf, dass dieses Mädchen ihre Tochter war.

»Ich freue mich schon, wenn ich es Şen erzählen werde«, sagte Saskia mit einem Leuchten in den Augen.

»Şen?«, fragte Martha. »Was hat der damit zu tun?«

»Ach nur so«, winkte Saskia ab.

»Gibt es da etwas, das ich wissen sollte?«, fragte Martha ihre Tochter. »Ihr passt doch auf, oder?«

»Mama!«, kam scharf die Empörung.

»Entschuldigung, ich meine ja nur. – Sag mal, du hast Papa noch gar nicht erwähnt. Wirst du ihn denn nicht vermissen?«

Saskia dachte einen Moment nach. »Er ist sowieso meistens nicht da. Ich bin bisher ganz gut damit klargekommen, dass ich ihn nur phasenweise in meinem Leben gesehen habe. Ich schätze, das wird nicht viel anders sein, wenn ich hier wohne. Er wird uns hier doch auch besuchen kommen, odr?«

»Wahrscheinlich. – Ich habe es ihm noch gar nicht gesagt.«

»Dass du hier wohnen willst?«

»Ja, und dass ich ihn verlassen will.«

»Also doch? Ich verstehe jetzt gar nichts mehr. Was willst du eigentlich?«

»Ich weiß nicht so genau, was ich will. Außer einer Sache: Ich will nicht mehr in Brüssel wohnen, ich will hierher ziehen und hier bleiben. Wie sich Piet entscheiden wird, ist seine Sache. Schließlich gehören immer zwei zu einer Beziehung. Auf jeden Fall werde ich eines nicht mehr tun: auf ihn warten.«

»Wenn du hier bist, dann wartest du nicht mehr auf ihn?«

»Hier bin ich zuhause. Hier lebe ich wirklich. In Belgien sitze ich nur meine Zeit ab und warte auf deinen Vater.«

»Wenn du meinst. Aber ganz verstehe ich dich immer noch nicht.«

»Das macht nichts. Die wichtigste Frage, die ich im Moment klären muss, ist, ob du mit mir umziehen willst?«

Saskia seufzte.

»Ich denke«, sagte Martha, »wir haben schon einen sehr guten Anfang gemacht. Wir lassen die Sache ein bisschen ruhen und werden uns dann in einigen Tagen entscheiden. O.k., Krümelchen?«

»O. k., *moeke*.«

»Machst du noch einen kleinen Spaziergang mit mir durch die Stadt? Ich würde gerne wieder einmal zum Spielplatz auf dem Reichenfeld gehen. Da ist es so schön ruhig und grün. Vielleicht können wir auf dem Weg ein Eis essen.«

»Also gut, aber nur eine halbe Stunde, dann bin ich zum Schwimmen verabredet.«

Chefinspektor Finster ging von der Pathologie durch die Carinagasse zur Polizeidienststelle in der Stadtmitte. An der frischen Luft erholte er sich von den Gerüchen des Obduktionssaals. Er nahm sein Handy und wählte eine Nummer.

»Günther.«

»Was gibt es Neues?«

»Es gibt eine Zeugin im Fall Fichtelbacher, eine gewisse Frau Weingartner. Sie wohnt in der Kreuzgasse und hat beobachtet, wie Waldemar Fichtelbacher gestern zur besagten Zeit einem älteren Herrn mit Hund gefolgt ist.«

»Aha. Wer ist diese Frau Weingartner?«

»Ein ältere Dame, um die siebzig, sehr gepflegt, eine persönliche Bekannte von Fichtelbacher. Sie war des Öfteren im Buchladen und hat sich mit ihm über Literatur unterhalten.«

»Könnte sie den Mann mit Hund wiedererkennen, oder können wir mit ihrer Hilfe ein Phantombild anfertigen lassen?«

»Ist schon im Gange. Schwärzler sitzt mit ihr an seinem Computer.«

»Irgendetwas Auffälliges an dem Mann?«

»Kann man wohl sagen: Er trug die Kleidung eines Pfarrers.«

»Eines Pfarrers?«

»Ja, du weißt schon: schwarze Hose, schwarzes Hemd und diesen typischen weißen Dingbumskragen.«

»Ein Collarhemd.«

»Und du wirfst Schwärzler vor, zu viele Fremdwörter zu benutzen?«

»Ich war früher Ministrant. – Die Pfarrer scheinen neuerdings von überall her aufzutauchen.«

»Bitte?«

»Rate mal, was für einen Beruf unser eingemauertes Opfer aus der Marktgasse hatte?«

»Die verfluchte Mumie? War das etwa auch ein Pfarrer?«

»Seiner Bekleidung nach zu urteilen, ja. Männlicher Toter, um die Fünfzig. Todeszeitpunkt vor etwa dreißig Jahren.«

»Das werde ich gleich an Schwärzler weitergeben. Das könnte seine Internetrecherche wesentlich erleichtern.«

»Tu das. Sonst noch etwas?«

»Michelle ist hier.«

»Jetzt schon? Sehr gut. Sie soll warten. Ich bin auf dem Weg zur Dienststelle.«

»Bis dann.«

Sie machten Fortschritte. Heinrich Finster war zufrieden. Er war bei der Ill angekommen und ging gerade über die Heilig-Kreuz-Brücke, als sein Blick auf das Landeskonservatorium fiel. Er beschloss, einen kleinen Umweg zu machen und sich den Tatort Mutilierter Hund anzusehen.

Einige Minuten später stand er an der Stelle hinter der Musikschule Feldkirch, die in Günthers Bericht sehr detailliert beschrieben worden war. Finster konnte sich nicht vorstellen, dass diese Tat unbemerkt am helllichten Tage begangen worden sein konnte. Oder waren die Leute so gleichgültig, dass sie einen Tierquäler einfach duldeten? Bedächtig umrundete er die wenigen, mit Absperrband gekennzeichneten Quadratmeter des Tatortes. Unter einem großen Blatt bemerkte er ein wenig neon-gelbe Farbe. Mit einem kleinen Ast hob er das Blatt vorsichtig an und fand einen Tennisball. Er wunderte sich, dass seiner Kollegin dieser Ball entgangen sein sollte. Das war nicht ihre Art. Er zog eine kleine, verschließbare Plastiktüte aus seiner Jackentasche und manövrierte den Ball vorsichtig hinein, ohne ihn mit den Händen zu berühren.

Ein Fußweg führte unweit des Tatorts zu einer überdachten Fußgängerbrücke über die Ill, dem Ganahl-Steg. Er steckte das neue Beweisstück in seine Tasche und ging zum Steg.

Da stand eine Frau. Sie aß ein Eis und betrachtete das vorbeiströmende Wasser der Ill: Frau Keller.

»Schön hier, finden Sie nicht?«, fragte er.

Sie hatte etwas an sich, er konnte nicht genau sagen, was es war, aber es zog ihn an. Fleur hatte recht, die Frau interessierte ihn – aber das würde er selbstverständlich nie zugeben.

»Guten Tag, Herr Inspektor.«

»Chefinspektor«, korrigierte er sie und bereute seine Eitelkeit im selben Moment.

»Hören Sie, wegen vorhin ...«, begann Martha zögerlich.

»Ist schon vergessen.«

»Nein, es tut mir leid. Ich hätte die Beherrschung nicht verlieren dürfen.«

»Kein Problem.«

»Ich hätte Sie nicht mit meinen Problemen behelligen sollen. Ich hoffe, ich habe Sie nicht allzusehr beleidigt!«

»Wirklich Frau Keller, es ist alles in Ordnung.« Er sah sie offen an und lächelte. Martha nahm seinen Blick auf. Erleichtert erwiderte sie sein Lächeln.

Sie wandte ihren Blick wieder dem Wasser zu. Es war klar und man konnte bis auf den Grund sehen.

»Vor zwei Jahren stand das Wasser bei der Schneeschmelze so hoch, dass die Brücke fast überspült worden wäre«, erzählte er.

»Ja, ich habe es im Fernsehen gesehen«, sagte sie. Sie hätte wohl besser »im Internet« gesagt, überlegte sie und fragte sich, ob er darüber informiert war, dass man österreichische Fernsehsender im Ausland nur mit ein bisschen Schwindeln empfangen konnte und hoffte, dass ihn solche Dinge als Ermittler der Abteilung Leib und Leben nicht interessierten. Das Thema zu wechseln war auf jeden Fall eine gute Idee: »Wie haben Ihrer Tochter die Bücher gefallen?«

»Alina? Ach ja, ich werde sie am Wochenende besuchen und ihr dann die Bücher mitbringen.«

»Wie alt ist sie denn?«

»Sie wird morgen 17.«

»Meine ist auch 17.«

Eine Weile standen sie schweigend nebeneinander. Sie waren allein. Insekten schwirrten durch die warme Mittagssonne und das Rauschen des Flusses schien lauter als vorhin.

»Es ist wirklich schön hier«, sagte Martha. »Ich war mit Saskia sehr oft auf dem Spielplatz hinten im Reichenfeld, als sie noch klein war. Mein Vater ist mit mir öfters zum buddhistischen Kloster spaziert und dann haben wir von da oben«, Martha zeigte auf den Stadtschrofen über ihnen, »hinunter auf Feldkirch geschaut und uns wie die Eigentümer der Stadt gefühlt.« Wieder mussten sie beide lächeln. Heinrich hätte große Lust gehabt, sie zum Mittagessen einzuladen, aber es war ihm klar, dass dies bei laufenden Ermittlungen nicht in Frage kam. Außerdem konnte er dieses Argument überzeugend vor seine eigene Unsicherheit schieben.

»Ich muss weiter, Frau Keller«, sagte er sachlich, »Sie halten uns auf dem Laufenden, in Ordnung?«

»Ganz bestimmt«, versprach sie.

»Machen Sie's gut.«

»Auf Wiedersehen, Herr Chefinspektor«.

Bin ich wirklich gottlos? Wo ist dieser gute Gott? Bei mir hat er sich herzlich wenig blicken lassen! Mein Liebchen, wer darf sagen: Ich glaub an Gott? Magst Priester oder Weise fragen und ihre Antwort scheint nur Spott über den Frager zu sein.

Spott. Alles nur Spott. Von Anfang an. Immer wieder. Verhöhnung. Spott. Wie konnten sie es wagen? Warum? Hat der Teufel ihn geritten? Hat er mich geritten? Im Kern des Pudels war er nicht, der Satan. Wo ist er dann? In wessen Kern?

Werde ich ihn jemals wieder los, den Mephistopheles?

Raus! Hinaus! Raus aus mir!

»Michelle?« Das Mädchen blickte etwas genervt hoch. Sofort sah sie wieder auf ihr Handy. Heinrich Finster fragte sich, ob er das als Affront verstehen sollte oder nicht, als das Mädchen, noch immer völlig auf ihr Gerät fixiert, aufstand und sich in seine Richtung bewegte. Als sie bei ihm angekommen war, hatte sie das Handy offensichtlich ausgeschaltet und hielt es in der Hand, als ob der Gegenstand Teil ihres Körpers sei. Abwartend schaute sie ihn an.

»Ich bin Chefinspektor Finster. Begleitest du mich in mein Büro?« Sie folgte Finster wortlos zu seinem Arbeitsplatz.

»Bitte«, er bot ihr einen Stuhl an und setzte sich an seinen Schreibtisch.

»Das ist meine Kollegin Günther«, informierte er Michelle und deutete auf Fleur, die an ihrem Computer arbeitete. Abteilungsinspektorin Fleur Günther blickte auf und sah Michelle an. Das Mädchen und die Polizistin musterten einander starr und ausdruckslos. Finster sah von einer zur anderen und verbarg ein breites Grinsen.

»Also, Michelle«, begann Finster, »du heißt Michelle Meier und jobbst bei Herrn Fichtelbacher während der Sommerferien, richtig?«

Sie nickte. Finster wunderte sich und überlegte, ob sie überhaupt reden konnte.

»Wann hast du den Herrn Fichtelbacher das letzte Mal gesehen?«

Statt zu antworten begann Michelle wieder ihr Handy zu bearbeiten und hielt ihm gleich danach das Display hin. Darauf stand getippt: »Gestern am späten Vormittag.«

Obwohl es offensichtlich war, musste Finster nachfagen: »Du kannst nicht sprechen?«

Günther wurde hellhörig.

Wieder tippte Michelle etwas ein: »Ist nur vorübergehend.«

»Vorübergehend? Ich verstehe das nicht.«

Michelle tippte wieder: »War am Wochenende auf einem Gig. Bin ein bisschen heiser.«

»Ein bisschen?«

Sie zuckte mit den Schultern und blickte verlegen in eine Ecke.

»Wer hat denn gespielt?«

Auf diese Frage hin schrieb sie fleißig die nächste Antwort. Sie war mit Freunden auf einem Open-Air-Festival in der Schweiz gewesen, die Namen der Bands, die sie auflistete, waren Finster unbekannt, er glaubte aber, sie eventuell schon einmal aus dem Mund seiner Tochter vernommen zu haben, war sich aber nicht mehr ganz sicher. Jedenfalls war Michelle begeistert gewesen, aber nach zwei Tagen und zwei Nächten, in denen sie so gut wie möglich mitgesungen und auch sonst anständig gefeiert hatte, waren ihre Stimmbänder völlig geschwollen und brannten höllisch.

»Soso«, meinte Finster väterlich, googelte gleichzeitig den Namen des Festivals, fand Michelles Angaben bestätigt und war wieder einmal daran erinnert worden, dass er zum alten Eisen gehörte. »Jetzt erklär mir bitte, warum du seit gestern Vormittag nicht mehr im Buchladen warst!«

Wieder schrieb sie ihre Geschichte auf: Fichtelbacher war mit einer Frau, die nicht ganz auf der Höhe gewesen war, in den Buchladen gekommen und hatte Michelle daraufhin in die Mittagspause entlassen. Sie wäre dann, wie verabredet, um halb zwei zum Arzt gegangen, wegen der Halsschmerzen. Der Arzt habe ihr das Sprechen für die nächsten Tage verboten. Daraufhin habe sie Fichtelbacher eine SMS geschrieben, in der sie erklärte, dass es nicht viel Sinn hätte, ohne Stimme zu arbeiten und da sie nicht mehr viel Lust gehabt hatte, in dem langweiligen Laden zu bleiben, hatte sie per SMS gefragt, ob es möglich wäre, den Ferienjob ganz zu beenden.

»Und was hat er geantwortet?«

»Gut«, war zu lesen.

»Gut? Sonst nichts?«

Michelle schüttelte den Kopf.

»Wann hast du diese SMS von ihm bekommen?«

Sie zuckte wieder mit den Schultern und begann zu tippen: Nach dem Arztbesuch, so um zwei, habe sie ihm die SMS geschickt und etwa eine halbe Stunde später sei die Antwort erfolgt.

Finster griff zum Telefon auf seinem Schreibtisch und wählte die Durchwahl zu seinem Kollegen Schwärzler. Er bat ihn, kurz zu ihm ins Büro zu kommen. Michelle schrieb wieder und hielt ihm ihren Text hin: »Tolles Video am Erkerfenster. Weiß man schon, wer es ist?«

Perplex blickte der Chefinspektor das Mädchen an. Die nächste Meldung war: »Ich glaube, es war der Pfarrer.« Finster stutzte. Was wusste sie über einen Pfarrer?

»Wie meinst du das?«

Michelle erklärte, dass sie das Internetforum über den Toten im Erker aufmerksam verfolge und der Meinung sei, dass die Leute keine Ahnung hätten.

»Aber du schon?«, wollte Finster wissen.

Michelle meinte, er solle doch ihre Oma fragen, die sei sowieso dauernd am Fenster und eine Quasseltante sei sie auch noch.

»Deine Oma?«

Die Oma hätte ihr den Ferialjob verschafft, obwohl sie selbst lieber in einer Bar gearbeitet hätte, aber ihre Eltern hätten sich mit der Oma gegen sie verbündet und ihr den Job im Buchladen aufgedrängt. Das sei anständiger, hätten sie gemeint. Und spießiger, fügte Michelle hinzu.

Auf Finsters Frage, was sie genau mit dem Pfarrer gemeint habe, erklärte Michelle, ihre Oma habe einmal erzählt, dass Fichtelbachers Wohnung verflucht sei, schon seit ewigen Zeiten, schon seit dem Mittelalter, und dass er einst den Pfarrer habe kommen lassen, um den Teufel aus seiner Wohung austreiben zu lassen.

Finster machte sich Notizen.

Schwärzler trat ein. »Ah, sehr schön«, meinte der Chefinspektor.

»Michelle, es wäre für unsere Ermittlungen sehr wichtig, wenn sich der Kollege Schwärzler die Daten auf deinem Handy genauer anschauen dürfte, ganz besonders die Korrespondenzen mit Herrn Fichtelbacher.« Etwas verunsichert blickte Michelle vom einen zum andern.

»Keine Sorge, wir werden uns so wenig wie möglich in deine Privatangelegenheiten einmischen und uns nur auf die für den Fall relevanten Informationen beschränken und sie selbstverständlich vertraulich behandeln. Odr?«, mit dem letzten Wort wollte er die versprochene Diskretion von seinem Kollegen bestätigt bekommen.

»Selbstverständlich«, versicherte Schwärzler charmant. Michelle stand auf und wollte Inspektor Schwärzler folgen.

»Eines würde ich noch gerne wissen«, Finster hielt sie zurück, »den Namen deiner Oma.«

Michelle tippte: Else Weingartner.

»Na, mein Schatz, wie geht es dir?« Traudl Moosbrugger war gut gelaunt. »Wie laufen die Geschäfte?«

Martha verdrehte die Augen: »Sehr witzig!«

»Hast du heute Abend schon etwas vor?«, wollte Traudl wissen.

»Was soll ich schon vorhaben? Meinen unglaublich vollen Terminkalender kennst du sowieso am besten.«

»Genau. Und darum dachte ich mir, dass wir zwei heute Abend ins Theater gehen könnten.«

»Ins Theater?«

»Ja, drüben im Innenhof des Palais Liechtenstein wird Goethes Faust aufgeführt.«

»Im Innenhof?«

»Ja, der Platz ist begrenzt und es wird bestimmt eine kleine, feine, exklusive Vorstellung.«

»Und was ist mit Saskia?«

»Saskia ist mit Şen unterwegs.«

»Mit Şen?«

»Sag mal, wirst du jetzt zu meinem Echo, oder hat es dir die Sprache verschlagen?«

Martha seufzte laut: »Du hast recht. Ich sollte wirklich mehr unter die Leute gehen und mehr unternehmen. Also gut, ich gehe mit.«

»Sehr schön!« Traudl strahlte, »Die Vorführung beginnt um acht. Nimm dir deinen Tageslohn, wenn du fertig bist und kauf dir noch etwas Schönes zum Anziehen. Steffi's Boutique ist bis sieben offen.«

»Mama! Du kommandierst mich schon wieder rum.«

»Tut mir leid, Schätzchen. Also dann bis später«, säuselte ihre Mutter und huschte in bester Stimmung aus dem Laden.

Martha bediente zwei Kunden. Dann war der Buchladen leer.

»Faust?«, sagte sie halblaut zu sich selbst, »da war doch ...« Martha holte sich die Bücher über den mittelalterlichen Stadtarzt Doktor Iserin aus den Regalen und suchte die Stelle, an der sie am Vormittag aufgehört hatte zu lesen.

1582 war Doktor Georg Iserin, Stadtarzt von Feldkirch, Vater des berühmten Humanisten Georg Joachim Rheticus, öffentlich enthauptet worden. Der Feldkircher Apotheker und

Konkurrent, Hans Zoller, hatte ihn beim Stadtrat der Hexerei beschuldigt. Der Doktor soll mit dem Teufel im Bunde gestanden haben.

Neben den historischen Fakten gab es auch sagenhafte Berichte über den Doktor, der ein Zauberer gewesen sei. Besagter Doktor Iserin, der auch Doktor Fustes oder Doktor Faust genannt wurde, habe im Haus neben der Johanniterkirche sein Quartier gehabt. Eines Abends sei beobachtet worden, wie ein unbekannter Mann auf des Doktors Haus zugeeilt war. Am nächsten Morgen habe man den Doktor »erwürgt und in seinem eigenen Blute liegend« aufgefunden. Der Unbekannte sei der Teufel gewesen, der durch das Fenster entfloh. Die Blutflecken auf dem Fußboden kämen nach jeder Reinigung wieder zum Vorschein, das Fenster müsse immer eine Öffnung haben und neue Fensterscheiben zerspringen unweigerlich.

Martha lief ein kalter Schauer über den Rücken. Das Haus neben der Johanniterkirche, die zersprungene Fensterscheibe, der schwarze Pudel ... es war ein Pudel gewesen! Sie war sich plötzlich ganz sicher. Fichtelbachers Verschwinden ...

Ihr wurde schlecht. Alles in Fichtelbachers Buchladen veränderte sich, wurde bedrohlich. Suchte die Polizei ihn wegen Mordes? War sie im Laden eines Mörders? Hatte sie einem Verbrecher die Hand gegeben, seinen Kaffee getrunken, seinen Schlüssel angenommen, ihm ihre Unterstützung versprochen?

Von einem Augenblick auf den anderen ekelte sie sich vor allem. Ihre Hände und Arme verkrampften sich. Sie wollte nichts, gar nichts mehr in diesem Laden anfassen.

Wie konnte sie nur so naiv sein? Natürlich musste der Inspektor ihr Verhalten als höchst verdächtig einstufen. Sie musste hier raus! Sofort!

Martha schnappte sich ihre Sachen, stieß einige Bücher um, die auf den Boden fielen, suchte mit zitternden Händen

den richtigen Schlüssel und sperrte das Geschäft hinter sich zu. Benommen und verängstigt stolperte Martha so schnell sie konnte weg von der Marktgasse.

»Frau Weingartner?« Heinrich Finster begrüßte die alte Dame, die geduldig neben Schwärzlers Schreibtisch mit all seinen Computerapparaturen gewartet hatte.

»Ja?«, sagte sie freundlich.

»Das Phantombild ist so gut wie fertig«, informierte Inspektor Schwärzler den Chefinspektor, während er sich mit Michelles Handy wieder an seinen Arbeitsplatz setzte. Michelle erschien hinter Finster.

»Michelle! Was machst du denn hier?«, fragte Else Weingartner. Der Chefinspektor stellte sich vor und erklärte den Sachverhalt: »Frau Weingartner, ich hätte noch ein paar Fragen an Sie. Würden Sie mir bitte in mein Büro folgen?«

»Bitte«, sie war sehr höflich, wirkte aber besorgt, als Michelle ihr ein Küsschen auf die Wange drückte und sich auf den Stuhl setzte, von dem ihre Oma sich erhoben hatte.

In seinem und Fleurs Büro befragte Finster Else Weingartner zu der Geschichte mit dem Pfarrer, die ihre Enkelin angedeutet hatte.

»Ist Michelle in Schwierigkeiten?«, fragte sie und blieb ihm die Antwort schuldig.

»Nein. Warum sollte sie?«, Finster war neugierig.

»Wissen Sie«, begann die Seniorin beunruhigt, »die jungen Mädchen von heutzutage sind nicht mehr das, was sie früher einmal waren.«

Finster nickte ermunternd.

»Die gehen nachts alleine aus«, sie war sichtlich entsetzt. »Und dann trinken sie auch! Gar nicht damenhaft! Mein Vater hätte mich des Hauses verwiesen, wenn ich in so einem Aufzug auf die Straße gegangen wäre. Dann durchstechen sie sich ihre Haut mit Ringen am Bauchnabel! Wie sollen denn aus diesen Mädchen später anständige Frauen werden? Kein respektabler Mann wird sich für sie ernsthaft interessieren!« Tiefe Sorgenfalten gruben sich in Frau Weingartners Stirn.

Finster versuchte, sie zu trösten, indem er seine Tochter Alina erwähnte und meinte, dass diese Phasen wieder vorbeigingen und sich alles zum Guten wenden werde. Als die Wogen etwas geglättet waren, kam er auf seine eigentliche Frage zurück.

»Ja«, erinnerte sie sich, »jetzt, wo Sie es sagen, da fällt es mir wieder ein. Wissen Sie, früher, da war es noch keine Seltenheit, dass der Pfarrer in der Stadt präsent war. Nicht so wie heute, wo die Kirchen fast leer sind. Außerdem gab es noch die Patres von der Stella. Die waren natürlich auch in der Stadt. Und einmal, ich kann mich noch genau daran erinnern, da hat der Waldemar Fichtelbacher schon in seiner jetztigen Wohnung gewohnt, ist er mit einem Pfarrer zu seiner Haustür gegangen. Ich bin zufällig an den beiden vorbeigegangen, als sie eintraten.«

»Kam der Pfarrer, um den Teufel aus der Wohung zu treiben?«

»Wie? Keine Ahnung! Aber wissen Sie, ich hatte so ein komisches Gefühl dabei. Der Herr Fichtelbacher sah nicht so aus, als ob er sich freuen würde, einen lieben Freund bei sich zu Hause zu empfangen. Er sperrte die Tür auf und der Herr Pfarrer stand hinter ihm. Keiner der beiden sagte etwas. Sie hatten mich nicht bemerkt. Sie schienen ganz aufeinander konzentriert zu sein, aber auf eine unangenehme Weise. Der Herr Fichtelbacher hat mir fast leid getan. Ich weiß noch, dass mir der Ausdruck: *wie ein geschlagener Hund* durch den Kopf ging. Ich fand das seltsam. Ich habe mich noch lange Zeit über diesen Gedanken gewundert, aber er sah wirklich niedergeschlagen aus.

Ich weiß nicht mehr genau, was ich danach getan habe, wahrscheinlich habe ich irgendeine Besorgung gemacht, aber was ich noch mit Sicherheit weiß, ist, dass ich den Pfarrer etwas später, als ich wieder durch die Marktgasse ging, an Herrn Fichtelbachers Fenster gesehen habe, an diesem Erker. Der Pfarrer stand mit dem Rücken zum Fenster. Und plötzlich«, die alte Dame sah den Polizisten ernst an, »ist die Scheibe zersprungen.«

»Und dann?«

»Ich bin erschrocken. Plötzlich war die Fensterscheibe kaputt. Mit einem Krach. Einige größere Stücke sind abgebrochen. Ich habe das klirrende Glas, das auf der Straße aufschlug, beobachtet, denn eine Frau mit einem Kinderwagen war gefährlich nahe dran gewesen. Aber zum Glück ist der Frau und dem Kind nichts passiert. Die Rassel des Kindes war aus dem Kinderwagen gefallen, das war alles. Aber sie hat einen ordentlichen Schreck gekriegt, *meiliabr*!«

»Könnte das ein Schuss gewesen sein, Frau Weingartner?«

»Das habe ich mich im Lauf der Jahre auch manchmal gefragt, wenn ich an den Vorfall zurückdachte.«

»Und?«

»Ich weiß es nicht. Es ist zu lange her.«

»Konnten Sie irgendeine andere Ursache für das Zerspringen der Fensterscheibe erkennen?«

»Das weiß ich wirklich nicht mehr. Ich habe überhaupt nicht darauf geachtet. Es war ein kurzer Schreck gewesen und das war alles.«

»Was war mit dem Pfarrer?«

»Der stand noch da. Er muss, so wie ich, auf die Straße geschaut haben. Ich sah ihn kurz von vorn, sehr kurz. Eigentlich habe ich in genau dem Moment wieder zum Erker hinaufgeschaut, als sich dieser Pfarrer wieder wegdrehte und auch weg vom Fenster ging.«

»Und Waldemar Fichtelbacher?«

»Der war nicht zu sehen.«

»Haben sie diesen Pfarrer gekannt?«

»Nein, den habe ich nur dieses eine Mal gesehen.«

»Es ist also nicht derselbe Pfarrer, den sie gestern mit dem Hund vor Fichtelbachers Buchladen beobachtet haben?«

»Nein, der war ja viel dünner.«

»Dünner?«

»Ja, der von gestern, der hatte einen schönen runden Bauch und ein ebensolches Gesicht. Der andere war hager und sehnig und er hatte einen Hut auf, so einen großen schwarzen mit breiter Krempe. Außerdem war der von gestern so ungefähr in meinem und Herrn Fichtelbachers Alter, also um die siebzig. Der Hagere, der müsste heute, wenn er überhaupt noch lebt, schon weit über neunzig sein. Natürlich ist das nur grob geschätzt, aber er war doch wesentlich älter als der Herr Fichtelbacher.«

»Wann war denn diese Begegnung zwischen Fichtelbacher und dem hageren Pfarrer mit Hut?«

»Vor einer halben Ewigkeit. Lassen sie mich nachdenken! Ich war allein unterwegs an diesem Tag. Die Kinder waren in der Schule, ja genau, und ich musste mich beeilen, denn ich musste das Mittagessen rechtzeitig fertig haben, wenn die beiden aus der Schule kamen. Ja, jetzt weiß ich wieder, was ich gemacht habe: Ich habe Carolines Kleid für ihre Firmung abgeholt. Die Schneiderin musste ein paar kleine Änderungen vornehmen. Wenn ich jetzt also zurückrechne, dann war das im Jahre ... 1982.«

»Sind sie sicher?«

»Ja. Im Frühling.«

»Würden Sie den Pfarrer aus dem Jahre 1982 wieder erkennen?«

»Wahrscheinlich nicht. Ich habe ihn nur ganz kurz gesehen. Als er darauf wartete, dass Herr Fichtelbacher die Tür aufsperrte, ist mir nur seine große Hakennase in dem sehr hageren Gesicht aufgefallen. Aber das ist schon so lange her. Erkennen würde ich ihn nicht mehr, denke ich.«

»Aber den von gestern, den haben Sie sich genau gemerkt?« Anscheinend war Finsters Ton schnippischer gewesen, als er es beabsichtigt hatte, denn Frau Weingartner war beleidigt.

»Erstens war es erst gestern, junger Mann, und zweitens ist der Herr Pfarrer von gestern kurz stehen geblieben und hat sich umgedreht. Dabei habe ich sein Gesicht sehr genau gesehen. Und außerdem ist es nicht das erste Mal, dass ich diesem Herrn begegnet bin.«

»Wirklich?«

»Ja, das habe ich doch Ihrem Kollegen schon alles erzählt. Wegen dem Hund habe ich ihn mir gemerkt. Ich finde diesen Hund nicht besonders schön. Pudel habe ich noch nie gemocht, ungeschoren sehen sie ungepflegt und geschoren völlig exaltiert und gekünstelt aus.«

»Wann und wo haben Sie ihn gesehen?«

»Immer in der Innenstadt. Er ist einfach durch die Marktgasse oder durch die Kreuzgasse spaziert. Völlig unauffällig. Wann das war, kann ich nicht so genau sagen. Ich würde sagen, ich habe ihn etwa drei oder vier Mal während der letzten paar Jahre gesehen. Tut mir leid. Genauer kann ich es nicht sagen«, meinte die alte Dame.

»Sagen Sie, haben Sie gestern zufällig auch noch gesehen, dass Waldemar Fichtelbacher dem dicken Pfarrer gefolgt ist?«

»Jedenfalls ist Herr Fichtelbacher kurze Zeit später auch die Kreuzgasse entlang gegangen.«

»In dieselbe Richtung wie der Pfarrer?«

»Ja.«

»Sie haben uns sehr viel weitergeholfen, Frau Weingartner. Vielen Dank!«

»Gern geschehen.«

»Glauben Sie«, Else Weingartner beugte sich näher zu Finster, »dass Herr Fichtelbacher diesen Pfarrer ermordet hat, und dass er der Tote im Erker ist?«

»Haben Sie auch Inernetzugang?« Finster wunderte sich, wie schnell Informationen heutzutage verbreitet wurden. Die offizielle Pressekonferenz mit den Journalisten war erst in ein paar Stunden.

»Michelle hat es mir gesagt, oder besser: sie hat es mir aufgeschrieben.« Sie sah wieder besorgt aus.

»Machen Sie sich keine Sorgen! Wir kümmern uns um alles.«

»Vielleicht sollten Sie sich mehr um den Anstand der jungen Leute kümmern, dann würden solche Verbrechen erst gar nicht passieren.«

»Wir tun unser Bestes. Vielen Dank, Frau Weingartner. Wenn Ihnen noch irgendetwas einfällt, dann rufen Sie uns an. Die Nummer haben Sie ja bereits.«

»Natürlich.«

»Meine Kollegen werden Ihre Zeugenaussage zu Protokoll nehmen. Wenn Sie mir bitte folgen wollen?«

Ein Schüler tritt auf.

SCHÜLER.

Ich bin allhier erst kurze Zeit,
Und komme voll Ergebenheit,
Einen Mann zu sprechen und zu kennen,
Den alle mir mit Ehrfucht nennen.

MEPHISTOPHELES. (IN FAUSTS LANGEM KLEIDE)

Eure Höflichkeit erfreut mich sehr!
Ihr seht einen Mann wie andre mehr.
Habt ihr euch sonst schon umgethan?

Schüler.

Ich bitt' euch, nehmt euch meiner an!
Ich komme mit allem guten Muth,
Leidlichem Geld und frischem Blut;
Meine Mutter wollte mich kaum entfernen;
Möchte gern' was rechts hieraußen lernen.

Mephistopheles.

Da seyd ihr eben recht am Ort.

Schüler.

Aufrichtig, möchte schon wieder fort:
In diesen Mauern, diesen Hallen,
Will es mir keineswegs gefallen.
Es ist ein gar beschränkter Raum,
Man sieht nichts Grünes, keinen Baum,
Und in den Sälen, auf den Bänken,
Vergeht mir Hören, Seh'n und Denken.

Mephistopheles.

Das kommt nur auf Gewohnheit an.
So nimmt ein Kind der Mutter Brust
Nicht gleich im Anfang willig an,
Doch bald ernährt es sich mit Lust.
So wird's euch an der Weisheit Brüsten
Mit jedem Tage mehr gelüsten.

Schüler.

An ihrem Hals will ich mit Freuden hangen;
Doch sagt mir nur, wie kann ich hingelangen?

Mephistopheles.

Erklärt euch, eh' ihr weiter geht,
Was wählt ihr für eine Facultät?

Schüler.

Ich wünschte recht gelehrt zu werden,
Und möchte gern, was auf der Erden
Und in dem Himmel ist, erfassen,
Die Wissenschaft und die Natur.

Mephistopheles.
Da seyd ihr auf der rechten Spur;
Doch müßt ihr euch nicht zerstreuen lassen.
Schüler.
Ich bin dabey mit Seel' und Leib;
Doch freylich würde mir behagen
Ein wenig Freyheit und Zeitvertreib,
An schönen Sommerfeiertagen.
Mephistopheles.
Gebraucht der Zeit, sie geht so schnell von hinnen,
Doch Ordnung lehrt euch Zeit gewinnen.
Mein theurer Freund, ich rath' euch drum
Zuerst Collegium Logicum.
Da wird der Geist euch wohl dressirt,
In spanische Stiefeln eingeschnürt,
… .

»Was?« Traudl schreckte auf.

»Mama!« Martha hatte ihre Mutter mit dem Ellenbogen angestoßen und flüsterte ihr zu, »ich dachte das Stück interessiert dich.«

»Tut es doch«, raunte sie zurück.

»Und warum bist du dann eingeschlafen?«

»Bin ich gar nicht«, behauptete Traudl, zupfte ihr Abendkleid zurecht und konzentrierte sich wieder auf die Vorführung.

Martha schüttelte matt den Kopf. Die Worte der Schauspieler flogen an ihr vorbei wie der Fahrtwind beim Radfahren. Sie fühlte sich müde und schlaff. Und lächerlich. Brachte sie gar nichts zustande? War sie so unfähig? Waren alle Entscheidungen, die sie traf, die falschen? War sie so naiv? Blind? Oder einfach nur dumm?

Ihre Ehe war am Ende. Sie hatte die letzten achtzehn Jahre an einem Ort verbracht, an dem sie sich unwohl und fremd fühlte. Beim Versuch, etwas zu ändern und aktiv in ihr Leben einzugreifen, wurde sie in einen Mordfall verwickelt.

Der Boden unter ihren Füßen schien sich zu verflüssigen. Es war, als ob sich unter ihr ein schwarzer Wasserwirbel auftat und sie darin unterzugehen drohte.

BRANDER.
(...) Dankt Gott mit jedem Morgen
Daß ihr nicht braucht für's Röm'sche Reich zu sorgen!
Ich halt' es wenigstens für reichlichen Gewinn,
Daß ich nicht Kaiser oder Kanzler bin.

Was hatte sie denn schon erreicht in ihrem Leben? Was wollte sie vom Leben? Wer war sie? Was würde von ihr bleiben? Ihr Kopf wurde schwer.

ALLE *singen.*
Uns ist ganz kannibalisch wohl,
Als wie fünfhundert Säuen!

Eine süße Schwere erfasste sie. Ihre Arme und Beine wurden von dem Strudel mitgerissen, lösten sich auf, zogen den ganzen Körper mit sich und verschwanden in der dunklen Tiefe.

DIE HEXE
mit großer Emphase fängt an aus dem Buche zu declamiren.
Du mußt verstehn!
Aus Eins mach' Zehn,
Und Zwey laß gehn,
Und Drey mach' gleich,
So bist du reich.
Verlier' die Vier!
Aus Fünf und Sechs,
So sagt die Hex',

Mach' Sieben und Acht,
So ist's vollbracht:
Und Neun ist Eins,
Und Zehn ist keins.
Das ist das Hexen-Einmal-Eins!

Der Sog hatte sie bis ganz nach unten gezogen, bis auf den Grund. Tiefer ging es nicht. Dort unten war das große Nichts. Nichts.

Alles weg. Alle fort.

Allein. Nur Martha. Ich.

Ich. Niemand – anders.

Ich bin. Ich lebe. Ich habe ein Leben. Meins. Nur meines. Ganz meines.

Für mich? Wirklich? Für mich ganz allein? Ich?

FAUST.
Mich dünkt, die Alte spricht im Fieber.

»Ach, scheiß der Hund drauf!« Die Theaterbesucher in unmittelbarer Nähe von Martha drehten sich zu ihr um. Martha schaute unsicher um sich. Hatte sie das laut ausgesprochen? Verlegen huschte ihr Blick im Publikum umher und landete zum Schluss auf der Bühne.

»Was ist?«, zischte Traudl.

»Nichts!« Marthas Ton ließ keine weiteren Fragen zu.

Sie war wieder aufgetaucht. Der Mahlstrom hatte sie wieder ausgespuckt. In hohem Bogen.

STERNSCHNUPPE.
Aus der Höhe schoß ich her
Im Stern- und Feuerscheine,
Liege nun im Grase quer,
Wer hilft mir auf die Beine?

Die Massiven.
Platz und Platz! und ringsherum!
So gehn die Gräschen nieder,
Geister kommen, Geister auch
Sie haben plumpe Glieder

Plumpe Glieder. Die hatte Martha auch nach diesem Tief- und Höhenflug und der unsanften Landung auf dem Boden bzw. auf dem Stuhl hier im Theater unter einem zauberhaften Sternenhimmel.

Dass ich mich nur nicht selbst vergesse! Heiß' ich mir das doch eine Messe!

Ich habe mich bereits selbst vergessen. Schon lange. Seit damals. Danach war ich nicht mehr ich. Nur noch ein Tier auf der Flucht, gehetzt.

Der ganze Strudel strebt nach oben; Du glaubst zu schieben, und du wirst geschoben.

Ich wurde herumgeschubst, getrieben, versklavt, versaut. Ich bin kein bisschen besser als er. Er hat es mir so gezeigt. So ist das Leben: schlagen und geschlagen werden.

Ich werde nur noch einmal schlagen. Einmal. Dann ist es vorbei.

Mir graut's vor dir.

Tag drei

»Guten Morgen, mein Schäfchen«, Fleur Günther stellte Heinrich Finster einen Pappbecher mit dampfendem Kaffee auf seinen Schreibtisch.

»Womit habe ich das verdient?«

Wie zu erwarten kam keinerlei erkennbare Reaktion von ihr.

»Danke, das ist echt nett«, fügte er hinzu und genoss den ersten Schluck.

»Bitte«, meinte Fleur, »was haben wir bis jetzt?«

»Zusammengefasst haben wir einen Toten: fünfzig- bis sechzigjähriger Pfarrer, der höchstwahrscheinlich im Frühjahr 1982 in das Innere einer Erkersitzgelegenheit verarbeitet wurde, nachdem eine Fensterscheibe in besagtem Erker zersprungen ist. Der Tote wird entdeckt, weil dreißig Jahre später wieder eine Fensterscheibe in demselben Erker zerspringt. Der Wohnungsbesitzer, Waldemar Fichtelbacher, ist seit zwei Tagen unauffindbar, nachdem er laut Zeugenaussage kurz nach Mittag einem dicken Pfarrer mit schwarzem Riesenpudel gefolgt ist. Fichtelbacher schickt gegen halb drei noch eine SMS an seine Hilfskraft und enthebt sie aller Pflichten, geht noch einmal gegen sechzehn Uhr in seinen Laden, trägt laut Frau Keller zu dem Zeitpunkt einen anderen Anzug, übergibt seine Schlüssel und den Laden überraschend Frau Martha Keller, der Tochter einer alten Schulfreundin, die zufällig in seinem Laden gelandet ist. In der Zwischenzeit wird der übel zugerichtete Pudel gefunden, von dem wir vorläufig annehmen, dass es sich um denselben Pudel handelt, den die Zeugen mit dem Pfarrer gesehen haben. Hat die Fahndung nach Fichtelbacher schon etwas ergeben?«

»Bis jetzt noch nicht. Auf der Stuttgarter Antiquariatsmesse ist er nicht erschienen. Die Veranstalter sind informiert und werden uns umgehend Bescheid geben, falls er dort auftauchen sollte. Hast du die Zeitung schon gelesen?«, wollte Günther wissen.

»Selbstredend.«

»Witzig, odr?«

»Typisch Presse. Sensation ist wichtiger als Information.«

»Passt aber doch gut. Ich glaube es fast selbst.«

»Die Doktor-Faust-Geschichte?«

»Passt wie die Faust aufs Auge.«

»Welch Wortwitz, Blümchen! In dir steckt doch eine Poetin!«

»Du musst zugeben, dass der Sachverhalt und die Legende über Doktor Faust in der Marktgasse auffällig viele Parallelen aufweisen.«

»Muss ich das?«

»Ganz objektiv gesagt: ja.«

»Na schön«, seufzte Finster, »offensichtlich kommen wir um den Hokuspokus nicht drumrum. Was wissen wir sonst noch?«

»Waldemar Fichtelbacher bezahlt seine Rechnungen immer pünktlich, lebt nicht über seine Verhältnisse, hat keine Vorstrafen, ist bescheiden und zurückgezogen, freundlich und höflich zur Kundschaft und den Nachbarn.«

»Und die beiden Geschwindigkeitsübertretungen auf der A3 in der Schweiz?«

»Die Kollegen von drüben haben außer den Strafzetteln nichts über ihn. Aber sie hören sich mal für uns um.«

»Verwandte?«

»Sehr schwer aufzustöbern. Kinderlos. Unverheiratet. Einziger Bruder vor vielen Jahren verstorben. Außer einer Cousine in München gibt es keine lebenden Verwandten.«

»Haben wir Kontakt zu ihr hergestellt?«

»Ja, sie heißt Gerda Michaeler, verwitwet und lebt in einem Altersheim in der Nähe ihrer Tochter in einem Vorort von München. Laut der Tochter hatte es zwischen Fichtelbacher und Frau Michaeler seit Jahren keinen Kontakt mehr gegeben. Die Dame kann sich zwar sehr gut an ihren Cousin erinnern, aber dabei handelt es sich meist um Kindheits- und Jugenderinnerungen. Frau Michaeler leidet an zunehmender Demenz. Sollte Fichtelbacher sich melden, wird uns die Tochter von Frau Michaeler informieren.«

»Wie weit sind wir mit der Identifizierung des dicken Pfarrers mit Pudel?«

»Offiziell wissen wir noch nichts. Aber ich habe mir das Jahrbuch noch einmal angesehen, das wir in Fichtelbachers Schreibtisch gefunden haben. Das sind alles junge Gesichter. Haben wir nicht ein Computerprogramm, das die Gesichter altern lässt, damit wir sie mit dem Phantombild vergleichen können? Vielleicht ist unser Pfarrer ein ehemaliger Mitschüler oder ein Lehrer.«

»Genau das machen wir.«

»Servus!« Doktor Peter Apian betrat das Büro der beiden ermittelnden Polizeibeamten.

»Grüaß di!«, sagte Finster.

»Schaut mal, was ich hier habe!« Dr. Apian strahlte sie an und wedelte mit einer Kartonmappe. »Richtig geraten!«, fuhr er fort , »der Bericht ist fertig.«

»Hab ich etwas verpasst?« Inspektor Schwärzler trat ein, wie üblich mit einem Tablet-Computer in der Hand.

»Du kommst gerade zur rechten Zeit«, versicherte ihm Finster.

»Also«, begann Apian, »der Tote ist männlich, war zum Todeszeitpunkt zwischen fünfzig und fünfundfünfzig Jahre alt. Der Kleidung nach zu urteilen handelt es sich um einen Pfarrer oder Pater. Fest steht, dass dem Mann die Extremitäten sowie der Kopf postmortal entfernt worden sind, wahrscheinlich mit einer Art Säge. Die Todesursache konnte bis jetzt noch nicht eindeutig geklärt werden.«

»Das ist nichts Neues. Ist das alles?« Finster hatte mehr erwartet.

»Nein«, fügte Apian bedeutungsvoll hinzu, »wir haben den gesamten Betonblock durchleuchtet und ratet mal, was da zum Vorschein gekommen ist? Die Tatwaffe!«

»Sauber«, meinte Finster anerkennend und Schwärzler pfiff leise durch die Zähne.

»Ein Küchenmesser mit Holzgriff und zwanzig Zentimeter langer Klinge.«

»Und ihr habt keine Kugel gefunden?«, wollte Günther wissen.

»Nein.«

»Nichts, was auf einen Schuss hinweisen könnte?«, hakte sie nach.

»Nein, gar nichts«, versicherte Apian, »an dem Messer war eindeutig das Blut des Opfers und es liegt die Vermutung nahe, dass der Mann erstochen worden ist. Leider ist aufgrund des sehr weit fortgeschrittenen Verwesungszustands eine mögliche Einstichstelle nicht mehr feststellbar, außer das Messer hätte zufällig einen oder mehrere Knochen gestreift und beschädigt. Wir werden die Knochen vollständig reinigen und dann unsere Untersuchungen dahingehend fortsetzen.«

»Fingerabdrücke auf dem Messer?«, fragte Günther.

»Nicht mehr festzustellen. Aber beim Sieben der verflüssigten menschlichen Überreste haben wir auch noch das hier gefunden«, Apian öffnete die Kartonmappe, die den pathologischen Bericht enthielt, und nahm ein verschließbares Plastiksäckchen für Beweismittel heraus.

»Braune Glasscherben?«, fragte Schwärzler.

»Könnte ein Medikamentenfläschchen gewesen sein. Die Laboruntersuchungen in der kriminaltechnischen Untersuchungsstelle laufen. Vielleicht können wir sogar das Etikett teilweise wieder herstellen«, meinte Apian.

»Da ist noch ein Etikett dran?«, wunderte sich Finster.

»Natürlich nur Teile davon und stark beeinträchtigt. Habe ich erwähnt, dass wir eine Brieftasche gefunden haben?«, fragte Apian.

»Wie jetzt?«, fragte Finster, »mit Ausweis, Sozialversicherungsnummer und allem Drum und Dran?«

»Na ja, das Leder war noch ziemlich gut erhalten. Viertausendsiebenhundertvierundfünfzig Schilling haben dem Zahn der Zeit auch ganz gut Stand gehalten«, Apian zeigte ihnen einen weiteren Plastikbeutel, der die dunkelbraun verfärbten und verschmierten Banknoten und Münzen enthielt.

»Etwas mehr als dreihundert Euro«, sagte Günther.

»Dreihundertfünfundvierzig Euro und fünfzig Cent«, verbesserte Apian.

»Eine nicht zu verachtende Summe! Vor dreißg Jahren war das noch um einiges mehr wert als heute«, meinte Günther.

»Demnach war Geld nicht das Tatmotiv«, überlegte Finster.

»Dies hier sieht nach einem Führerschein aus und das hier nach einem Personalausweis«, Apian streckte ihnen das dritte Plastiktütchen entgegen.

»Und damit rückst du erst jetzt raus?«, tadelte ihn Finster.

»Ich wollte mir das Beste bis zum Schluss aufheben«, kokettierte Apian, »im Moment«, fügte er rasch hinzu, bevor sich Finster aufregen konnte, »sind allerdings nur die drei letzten Buchstaben des Nachnamens auf dem Personalausweis zu lesen: -yer. Alles andere ist nicht entzifferbar. Hoffen wir, dass die KTU uns weiterhelfen wird.«

»Wie lange wird das dauern?«, fragte Günther, während Schwärzler seine Finger über den Bildschirm seines Tablets gleiten ließ.

»Kommt drauf an. Ich halte euch auf dem Laufenden«, versprach Apian.

»Danke. Fleur, schickst du bitte die SPUSI noch einmal in die Wohung Marktgasse 6? Sie sollen alles auseinandernehmen, jedes noch so kleine Fuselchen soll eingepackt und analysiert werden.« Fleur nickte und machte sich am PC zu schaffen.

»Sonst noch was?«, fragte Finster in die Runde.

»Die KTU arbeitet an der Rekonstruktion des Gesichts aufgrund des Schädelknochens und des negativen Abdrucks im Beton, der, außer im Mundbereich, wo die Handwerker den Beton beschädigt haben, intakt ist«, sagte Apian. »Und an dem Tennisball, den du am Tatort gefunden hast, war die DNA des toten Pudels und eine unbekannte menschliche DNA zu finden.«

»Der Tennisball gehörte also dem Pudel, war sein Spielzeug«, überlegte Günther. »Ich kann mir nicht vorstellen, dass ich den Ball übersehen habe, als ich den Tatort untersucht habe.«

»Es könnte sein, dass der Hundebesitzer zurückgekommen ist, um um seinen Hund zu trauern«, meinte Finster.

»Du meinst, der Tennisball ist so eine Art Grabbeigabe oder statt einer Kerze gedacht?«, fragte Günther.

»Wäre möglich«, sagte Finster. Dann wandte er sich an Schwärzler, »und was gibt es bei dir Neues?«

»Seit den Zeitungsberichten von heute Morgen ist die Fan-Gemeinde zahlenmäßig explodiert«, erzählte Inspektor Schwärzler, »die Doktor-Faust-Story findet unheimlich großen Anklang, sie ist so schön schaurig. Ironischerweise wird diese Woche Goethes Faust im Palais Liechtenstein aufgeführt, und zwar vier Mal. Morgen ist die letzte Vorstellung. Öl ins Feuer der Fans. Das kann kein Zufall sein! Es gibt Diskussionen über den bevorstehenden Weltuntergang, allerlei radikale und rassistische Vorschläge und Kommentare, sowie Ideen zur kommerziellen Ausbeutung des Geschehens, und natürlich sind die unzähligen Geistergeschichten und urban legends nicht außer acht zu lassen. Ich bin gespannt, was nach den offiziellen Fernsehnachrichten heute Abend im Netz los sein wird. Kann sogar sein, dass der Bericht in den österreichweiten Nachrichten gesendet wird. Hoffentlich nicht!« Schwärzler seufzte. »Interessant, beziehungsweise realistisch sind aber elf Kommentare, wobei Leute behaupten, die Identität des Opfers zu kennen. Neun davon konnte ich mit den Vermisstenanzeigen aus den achtziger Jahren abgleichen. Und schaut euch mal das an.«, Der uniformierte Inspektor stellte sich so hin, dass die anderen seinen Computerbildschirm sehen konnten, »eine der als vermisst gemeldeten Personen aus dem Jahre 1982 ist der ehrwürdige Herr Kaplan, Doktor der Theologie, Philosophie und der klassischen Sprachen des Altertums, Martin Joachim Geyer. Und hier«, sagte Schwärzler, »kommt das Foto.« Gespannt starrten alle vier auf den Computer.

»Schau einer an!«, sagte Finster, »eine Hakennase.«

Martha saß bei einem späten Frühstück und nippte genüsslich an ihrem Kaffee. Ihre Mutter war in der Stadt unterwegs und Saskia schlief noch; sie würde vor Mittag wahrscheinlich nicht freiwillig aufstehen.

Martha wusste nicht, wie sie sich fühlen sollte. Alles war in der Schwebe. Aber sie war völlig ruhig. Nicht entspannt, sondern ruhig. Bis jetzt hatte sie nicht gewusst, dass Ruhe ein sehr aktiver Zustand sein konnte. Es war eine erwartende Ruhe, ein Abwarten und ein Vorbereiten.

Nach ihrem verzweifelten Sprung in ihren eigenen Abgrund während der gestrigen Vorstellung hatte sie wieder etwas Mut gefasst. Immerhin hatte sie der Abgrund wieder ausgespuckt. Worauf der neue Mut basierte, konnte sie nicht sagen. Sie war völlig planlos, haltlos. Losgelöst von allem.

Piet hatte sich seit ihrem Telefongespräch vor drei Tagen nicht mehr gemeldet. Musste es wirklich so sein, dass sie sich für immer hinten anstellen musste, hinter seinem Job, hinter allen Kriminellen dieser Welt? Waren die wirklich wichtiger als sie?

Martha hatte es nie so sehen wollen. Piet hatte immer die richtigen Worte gefunden, um seine Entscheidungen als die einzig richtigen darzustellen. Er war sehr überzeugend, selbstbewusst, zielsicher.

Und sie? Martha? Sie war unsicher, weniger selbstbewusst und – anpassungsfähig. Das wurde schließlich von einer Immigrantin erwartet: Anpassung, Dankbarkeit, Lernbereitschaft.

Welch eine Verhöhnung! Wie ignorant! Diejenigen, die lautstark verkündeten, dass sie sich, sollten sie jemals auswandern, selbstverständlich an die Gepflogenheiten eines anderen Landes anpassen würden, waren dann ausnahmslos die verbohrtesten, konservativsten und unflexibelsten Menschen, denen jede noch so kleine Veränderung in ihrem Leben unheimlich zu schaffen machte.

Martha hatte keine Lust mehr. Keine Lust, sich anzupassen. Keine Lust, die Ignoranz anderer zu ertragen. Keine Lust, sich einen Platz in irgendeiner Gesellschaft erkämpfen zu müssen. Keine Lust, auf einen Mann zu warten, dessen Liebe irgendwo in der Vergangenheit, gut verpackt, in einem einbruchsicheren Safe deponiert worden war. Keine Lust und keine Kraft.

Ihr Leben in Brüssel aufzugeben war leichtsinnig, unvernünftig und notwendig.

Sie verscheuchte ihre schweren Gedanken und nahm noch einen Schluck Kaffee. Der Tag versprach viel Licht und Wärme. Martha begann in der Zeitung zu blättern und machte sich ein Brötchen mit Marmelade. Als sie beim Lokalteil angekommen war, musste sie die Überschrift des Leitartikels zweimal lesen: Doktor Faust in der Marktgasse von Feldkirch.

Hatte sie noch alle Sinne beisammen? Sie hatte niemandem von ihrer Lektüre gestern erzählt. Konnte das Universum ihre Gedanken lesen? Wahrscheinlicher war es, dass andere Menschen auch Bücher lesen konnten, ganz besonders Journalisten sagte man nach, dass sie lesen konnten. Martha!, schalt sie sich selbst, sei doch nicht so sarkastisch!

Traudls Telefon klingelte. Martha war sich nicht sicher, ob sie den Hörer abnehmen sollte oder nicht. Schließlich wohnte sie nicht hier. Sie beschloss, den Anrufbeantworter seine Arbeit tun zu lassen. Nach dem siebten Klingeln schaltete sich das Gerät ein. »Dag schatjes – sprich: ›dach s-chatjes‹ – Het is hier met papa. Hier ist Papa. Martha hast du dein Handy wieder mal ausgeschalten? Ich rufe euch später nochmals an. Ich habe eine kleine Überraschung für euch. Dikke knuffel. Dicke Umarmung. Salukes. Tschüss.«

Unwillkührlich war Martha aufgesprungen und zum Telefon gerannt. Doch sie war zu spät. Piet hatte bereits wieder aufgelegt, bevor sie abgenommen hatte. Was für eine Überraschung? Warum hatte das Handy nicht geläutet? Hatte er seinen Job aufgegeben? Eine kleine Überraschung, Martha!: Hatte er den Auftrag abgelehnt? Durfte sie sich so viele Hoffnungen machen? Würde er sich doch für sie und Saskia entscheiden? Lieber keine großen Hoffnungen! Keine Hoffnungen – keine Enttäuschungen.

»Was wird jetzt passieren, Mama?«

Martha wirbelte herum. Schlaftrunken stand Saskia in der Tür des Gästezimmers.

»Hast du mich jetzt erschreckt, Krümelchen!«

»Bei dem Lärm!«

Saskia schlurfte an ihrer Mutter vorbei in Richtung WC. In demselben Tempo setzte sich Martha wieder an den Frühstückstisch. Nach einer Weile gesellte sich Saskia zu ihr: »Also, sag schon!«

»Was?«, fragte Martha.

»Was passiert jetzt? Was wirst du ihm sagen?«, wollte Saskia wissen.

»Es tut mir leid, Krümelchen. Diese Situation ist nicht leicht für dich. Für mich zwar auch nicht, aber du hast das nicht verdient.«

»Ja, ja, laber, laber. Mitleid kann ich später auch noch mit mir haben. Also, was ist jetzt? Hierbleiben oder nicht? Scheidung oder nicht?«

»Eine Scheidung ist momentan nicht das Thema«, sagte Martha ruhig. »Ich werde aber hierbleiben. Auch wenn dein Vater sich für seinen Job entscheidet. Ich will nicht mehr. Natürlich wünsche ich mir, dass du und Papa auch hier bei mir sein werdet. Aber ich kann niemanden zwingen.«

»Na ja, zur Zeit schaut's doch ganz gut aus.«

»Wieso? Wie meinst du das?«

»Şen hat gesagt, dass die Wohnung über Oma Traudl im September leer sein wird und morgen kommt Papa.«

»Was?«

»Na, das ist doch seine Überraschung.«

»Woher weißt du das?«

»Ich habe ihn darum gebeten, herzukommen.«

»Wie ... aber ... wann hast du ... ich meine ... was hast du ihm ...?«

»Wie sagt Oma Traudl doch so schön: ich bin eine reife junge Dame und, nicht zu vergessen, wahnsinnig intelligent.« Saskia grinst von einem Ohr zum anderen.

»Tss«, Martha brachte keinen Ton mehr heraus.

»Wo ist übrigens dein Handy?«

»Mein Handy?«

»Ja, das Ding mit dem man unter anderem telefonieren kann.«

»Mein Handy! Um Gottes willen! Es wird doch nicht ...« Martha ging zur Garderobe und durchwühlte ihre Handtasche. Nichts. »Ich gehe nicht wieder dahin.«

»Wohin?«, fragte Saskia.

»In den Buchladen. Ich muss das Handy gestern im Laden vergessen haben. Ich gehe nicht wieder in diesen Laden.«

»Soll ich es für dich holen?«, bot Saskia an.

»Nein, auf gar keinen Fall!« Marthas Ton ließ keine Widerrede zu. »Es reicht schon, dass ich in diesen Unsinn involviert bin. Aber dass du auch noch irgendwie mit diesem Verbrechen in Berührung kommst, werde ich auf keinen Fall zulassen.«

»Schon gut, ich wollte nur helfen.«

»Danke, Krümelchen, ich weiß. Ich glaube, ich werde die Polizei anrufen.«

»Um dein Handy aus dem Laden zu holen?«

»Ja. Schließlich ist sie ja mein Freund und Helfer, nicht wahr?«

»Mama!«

»Ich habe ein ungutes Gefühl. Lieber mache ich mich lächerlich, als dass ich ein unnötiges Risiko eingehe. Außerdem kann ich bei der Gelegenheit die Schlüssel für den Laden gleich abgeben.«

»Du willst also nicht mehr in dem Laden arbeiten?«

»Zumindest nicht, bis diese Sache restlos geklärt ist.«

Martha ertappte sich dabei, wie sie an ihren Fingernägeln kaute. In einigem Abstand vom Haus Marktgasse 23 wartete sie auf Chefinspektor Heinrich Finster.

»Grüß Gott, Frau Keller«, Finster kam gut gelaunt auf sie zu.

»Grüß Gott«, sagte Martha nervös. Sie drehte unruhig den Schlüsselbund hin und her. »Es tut mir leid, dass ich Sie mit so einer Lappalie behellige.«

»Kein Problem«, meinte Finster großzügig.

»Ich weiß, es klingt kindisch und abergläubisch, aber gestern habe ich zufälligerweise diese Doktor-Faust-Sage in einem der Bücher gelesen und heute morgen lese ich dieselbe Geschichte in der Zeitung. Seither graut es mir vor diesem Laden und vor seinem Besitzer. Ist er ein Mörder?«

»Das versuchen wir herauszufinden.«

»Tut mir leid, ich bin wieder so durcheinander und benehme mich wirklich kindisch.«

»Wollen Sie mir die Schlüssel geben und mir sagen, wo ungefähr Ihr Handy zu finden ist?«

»Ja, natürlich«, Martha überreichte ihm die Schlüssel. Sie war froh, dass er da war. Gemeinsam gingen sie zur Eingangstür des Ladens. Es war schon spät am Vormittag. Drinnen war nichts Auffälliges zu erkennen. Finster schloss die Tür auf und trat ein. Der übliche Klingelton, der das Eintreten von Kundschaft ankündigte, ertönte. Martha folgte ihm zögerlich.

Der Polizist schritt durch den Verkaufsraum. Martha schloss die Tür hinter sich und blieb stehen. Etwas stimmte nicht. Sie konnte nicht genau sagen, was es war. Alles war ruhig. Alles war so, wir sie es gestern verlassen hatte.

»Das Handy müsste im Hinterzimmer auf dem Tischchen neben der Kaffeemaschine liegen«, teilte sie Finster mit. Er nickte kurz, war aber stehen geblieben. Mit der Hand gab er Martha ein Zeichen, still zu sein. Hatte er etwas gehört? Sie lauschte angestrengt in den Raum.

Finster zückte plötzlich seine Dienstpistole. Martha war bis dahin gar nicht aufgefallen, dass er eine solche bei sich trug.

»Hallo?«, fragte er in Richtung Hinterzimmer, »Herr Fichtelbacher? Sind Sie das?«

Da! Martha hatte es fast überhört. Ein leises Stöhnen. Chefinspektor Finster versuchte den beißenden Geruch zu ignorieren. Er wusste, dass der Anblick, der hinter der halboffenen Tür auf ihn wartete, kein angenehmer sein würde. »Herr Fichtelbacher?« Wieder war ein gequältes Atmen zu hören.

Mit gezogener Waffe näherte sich der Inspektor der Tür. Der Geruch wurde scharf. Finster versuchte flach zu atmen. Vorsichtig stieß er die Tür auf.

Auf dem Boden des Hinterzimmers lag ein alter, hagerer Mann. Er trug eine fleckige, graue Anzughose, die offensichtlich auch seinen Darminhalt miteinschloss, dem scharfen Fäkaliengestank nach zu urteilen. Das aufgeknöpfte, ursprünglich helle Hemd gab den Blick auf den dürren Oberkörper frei. Finster bemerkte dabei mehrere alte Narben, die alle dicht nebeneinander lagen und parallel verliefen.

»Herr Fichtelbacher? Können Sie mich hören?« Finster steckte seine Waffe wieder ein. Er war sich nicht sicher, ob der Mann vor ihm Waldemar Fichtelbacher war. Finster kannte nur sein Foto aus dem Jahrbuch, das ihn als Achtzehnjährigen zeigte. Er griff nach seinem Telefon und rief einen Krankenwagen in die Marktgasse.

Finster ging um den Mann herum. Er wies keine sichtbaren Verletzungen auf. »Können Sie mich hören?«, fragte er wieder vergeblich. Finster schaltete sein Handy aus. Er hielt das spiegelglatte Display unter die Nase des Mannes. Nach einem langen Moment beschlug sich die Oberfläche. Er atmete schwach.

Martha und Gertraud Keller sahen den Sanitätern beim Abtransport unter den Lauben vor dem Laden zu. Die Fahrtrage mit dem Patienten wurde an ihnen vorbei zum Rettungswagen geschoben. Obwohl er eine Sauerstoffmaske über Mund

und Nase gestülpt hatte, erkannten die beiden Frauen Waldemar Fichtelbacher.

Gertraud hakte sich bei ihrer Tochter ein. Finster und Günther traten aus dem Laden und ging auf die zwei Frauen zu, die sich gegenseitig stützten. Finster hielt Fichtelbachers Brieftasche, seinen Reisepass und sein Handy sowie Marthas Telefon in Händen.

»Frau Keller?« Beide Frauen sahen die große Polizistin an. »Abteilungsinspektorin Günther und Chefinspektor Finster«, stellte sie sich vor, »Entschuldigen Sie, aber wir müssen Ihnen noch ein paar Fragen stellen. Wäre jetzt ein günstiger Moment oder möchten Sie uns lieber später in der Polizeidienststellte aufsuchen?«

»Nein, das ist schon in Ordnung«, sagte Martha beherrscht und blickte dem abfahrenden Rettungswagen nach.

»Sie sind die Frau Mutter?«, erkundigte sich Finster.

»Ja, Gertraud Keller. Ich war grad beim Einkaufen und habe auf dem Nachhauseweg den Tumult hier bemerkt. Wie geht es ihm?«

»Schwach, aber vorläufig stabil«, sagte Finster.

»Was ist passiert?«, wollte Traudl wissen.

»Im Moment ist das noch völlig unklar. Sie kennen Herrn Fichtelbacher schon lange?«, fragte Günther.

»Ja, in der ersten Klasse Gymnasium sind wir nebeneinander gesessen. Wir haben uns sehr gut verstanden. Dann hat er die Schule gewechselt und wir haben uns aus den Augen verloren.«

»Und wann haben Sie ihn danach wiedergesehen?«, fragte Finster.

»Hin und wieder sind wir uns zufällig über den Weg gelaufen. Aber es waren nur kurze Begegnungen. Ich hatte oft das Gefühl, dass er mir aus dem Weg gegangen ist. Schade eigentlich. Aber er war ganz verändert.«

»Wie verändert?«, wollte Günther wissen.

»Nicht mehr so offen und unterhaltsam. Wir hatten immer eine Gaude. Das hat uns auch manchen Ärger eingehandelt. Ich musste huntert Mal schreiben: Ich darf während des Unterrichts nicht schwätzen.«

»Und später?«

»Na ja, das ist schon so lange her. Ich weiß noch, dass ich mir nach einer unserer kurzen Begegnungen dachte: Jetzt, wo er bei den Jesuiten ist, hält er sich wohl für etwas Besseres und wir sind nicht mehr gut genug.«

»Wir?«

»Wir aus der alten Klasse, der Heli, der Simon, die Ruth und ich. Wir anderen vier blieben während unserer Schulzeit gute Freunde. Der Heli und die Ruth haben später geheiratet. Aber auch hier ist der Kontakt immer spärlicher geworden. Der Heli ist letztes Jahr an einem Herzleiden gestorben, das habe ich in der Zeitung gelesen. Waldemar wollte jedenfalls nichts mehr mit uns zu tun haben. Also, gesagt hat er das nicht, aber er hat nie wieder etwas mit uns unternommen, hat sich fern gehalten.«

»Und er hat nicht gesagt warum?«

»Nein, über das ›Servus‹ sind wir ohnehin kaum hinausgekommen. Er hat immer irgendwohin müssen und ist weggegangen. Irgendwann haben wir es alle aufgegeben.«

»Was können Sie uns sonst noch über ihn erzählen? Alles könnte wichtig sein.«

»Ich wusste, dass er in den Siebzigern das Buchgeschäft hier übernommen hat. Aber es interessierte mich nur noch am Rande. Was er zwischen der Matura und der Eröffnung des Ladens gemacht hat, weiß ich nicht. Ich war noch nie in dem Laden, bis vorgestern, als mir meine Enkelin erzählte, dass Martha dort ist.«

»Wissen Sie etwas über einen Kaplan Geyer?«

»Kaplan Geyer?«, Traudl überlegte.

»Er wurde vor dreißig Jahren zusammen mit Waldemar Fichtelbacher gesehen, im Jahre 1982. In diesem Jahr wurde der Kaplan als vermisst gemeldet. Es ist gut möglich, dass Herr Fichtelbacher der letzte war, der den Kaplan lebend gesehen hat«, wurde sie von Finster informiert.

»Nein, der Name sagt mir nichts. In meiner Familie sind wir damals auch noch regelmäßig in die Kirche gegangen, aber das wurde immer seltener. Mittlerweile sind wir alle ausgetreten. Ich weiß nur noch den Namen des Dompfarrers, aber an einen Kaplan kann ich mich nicht erinnern. Sagen Sie, ist der Kaplan der Tote im Erker?«

»Vermutlich. Dürfte ich noch die Namen von Ihren ehemaligen Schulfreunden haben?«

»Natürlich, das waren der Helmut Schnutt und die Ruth Reiter, also mittlerweile auch Schnutt. Und der Simon, wie hieß der gleich mit Nachnamen? Ach ja, Simon Mutter. Aber mit Adressen kann ich Ihnen leider nicht weiterhelfen.«

»Das finden wir schon raus, Frau Keller«, versicherte Günther, die sich die Namen notierte.

»Es kann bestimmt nicht schaden, mit dem Simon zu reden. Der hat den Waldemar am besten gekannt. Vielleicht weiß er mehr«, fügte Traudl hinzu.

»Hier ist Ihr Telefon, Frau Keller.« Finster gab Martha das Handy zurück. »Es lag neben der Kaffeemaschine, wie Sie gesagt haben.«

»Danke.«

»Wenn das Handy nicht gewesen wäre, wäre Herr Fichtelbacher vielleicht schon tot«, sagte er.

»Wenn ich die Spukgeschichte über Doktor Faust nicht gelesen hätte, dann wäre ich heute Morgen zurück ins Geschäft gegangen und dann wäre ich vielleicht am Boden gelegen«, sagte Martha nüchtern.

»Wieso?«, fragte ihre Mutter bestürzt.

Martha zuckte mit den Schultern: »Jedenfalls wollte ich nicht von ihm überrascht werden. Offensichtlich hat mich mein Gefühl nicht getäuscht. Er ist zurückgekommen. Er muss einen Zweitschlüssel gehabt haben.«

»Wir gehen jetzt besser«, meinte Traudl, »wenn Sie erlauben.«

»Aber natürlich«, versicherte Finster, »Falls Ihnen noch etwas einfällt oder Sie noch etwas brauchen, wissen Sie ja, wo Sie uns erreichen können.«

Sie verabschiedeten sich. Finster blickte den beiden Frauen nach. Seine Kollegin stand ausdruckslos da, wie üblich. Doch ihre verschränkten Arme und die zu lange andauernde Gesprächspause waren ein Fingerzeig.

»Was?«, fragte Finster.

»Du schmachtest, Heini«, sagte Fleur trocken.

»Tu ich nicht«, protestierte er.

»Wenn Sie noch was brauchen …«, äffte sie ihn nach.

»Pff«, mehr fiel ihm zu seiner Verteidigung nicht ein.

»Wahnsinn«, Günther bestaunte das Resultat moderner Polizeitechnik. Inspektor Schwärzler hatte das Paket von der KTU geöffnet und präsentierte Finster und Günther das Gesicht des Toten im Erker.

»3D-Drucker«, erklärte Schwärzler. »Toll, nicht?« Er stellte die Plastik auf Finsters Schreibtisch. Diesesmal hatte er seinen Laptop mitgebracht. Nach einigem Knopfdrücken waren auf dem Bildschirm zwei Fotos zu sehen.

»Das hier ist das Foto von Martin Joachim Geyer im Alter von 54 Jahren aus dem Maturajahrbuch 1962. Daneben ist das eingescannte Bild des 3D-Ausdrucks, der aufgrund der negativen Abdrücke im Beton gemacht wurde.« Nach einem

Mausklick waren die beiden Gesichter mit grünen Punkten übersät, die in einem systematischen Netzwerk miteinander verbunden waren. Schwärzler zeigte ihnen das Ergebnis des Gesichtserkennungsverfahrens: »Stimmt überein!«

»Dann können wir jetzt also mit Sicherheit sagen, dass der Tote im Erker wirklich Kaplan Geyer ist«, stellte Finster fest.

»So ist es«, bestätigte Schwärzler. »Es gibt noch mehr. Das hier sind die Produkte der Alterungssimulation der Fotos von Fichtelbachers Jahrbuch.« Der uniformierte Kollege zeigte den beiden einen anderen Bildschirm: »Hier ist das Foto eines gewissen Ewald Gantner im Alter von 24 Jahren. Er war Novize des Jesuitenordens und ehemaliger Schüler der Stella Matutina. Er wird in dem Jahrbuch erwähnt, weil er in diesem Jahr sein Studium der Theologie erfolgreich beendet hatte. Hier ist das digital gealterte Gesicht. Und hier ...«, Schwärzler wirbelte den Cursor herum, »ist das Phantombild, das mit Hilfe der Zeugin Weingartner erstellt worden ist.« Das Gesichtserkennungsprogramm zeigte wieder eine Übereinstimmung an.

»Wunderbar, dann wissen wir, wo wir weitermachen werden.«

»Moment!«, hielt ihn Schwärzler zurück. »Es gibt noch eine schlechte Nachricht. Das hier«, sagte Schwärzler, »ist Waldemar Fichtelbachers Foto aus seinem Reisepass, ausgestellt 2004, und das hier ist er mit 18 Jahren.« Er ließ die Fotos erscheinen. »Und das hier ist die Alterssimulation des Jahrbuchfotos.« Das Bild, das jetzt zu sehen war, hatte mit dem Passfoto enorme Ähnlichkeit, aber der Computer proklamierte, dass es sich nicht um dieselbe Person handle.

»Wie schaut's aus?«, wollte Finster wissen. Günther teilte ihm den letzten Stand der Dinge mit. Die Ärzte konnten noch nichts Genaues sagen, die Untersuchungen liefen. Wahrscheinlich handelte es sich um eine Benzodiazepinvergiftung, ein starkes Beruhigungsmittel mit hoher Suchtgefahr. Der vermeintliche Herr Fichtelbacher war noch nicht ansprechbar.

»Der Fall wird immer interessanter. Rate mal, was laut KTU in dem Medikamentenfläschen war, das bei Geyers Leiche gefunden wurde?«

»Benzodiazepin?«

»Dasselbe Beruhigungsmittel! Wann wird der Patient vernehmungsfähig sein?«

»Schwer zu sagen«, meinte Günther. »Ich bleibe auf jeden Fall im Krankenhaus. Ich will die Erste sein, die mit ihm spricht, wenn er aufwacht.«

»Mach das!«

»Und was tust du?«

»Ich schaue mir an, was die SPUSI so alles findet. Der Tatort Marktgasse 6 wird noch einmal genauestens unter die Lupe genommen; sie sollen sich auch den Buchladen vornehmen. Vielleicht finden sie dort noch etwas.«

»Gut. Viel Erfolg!«

Finster beendete das Gespräch und steckte sein Handy ein. Er war mittlerweile an der Fichtelbacherschen Wohnung angekommen. Das Spurensicherungsteam in den weißen Schutzanzügen huschte wie eine Heimsuchung von Spukgestalten durch die Räume. Schweigend und eifrig zerstückelten sie Zentimeter für Zentimeter eines Lebens, das penibel darauf bedacht gewesen war, sämtliche Spuren zu verwischen.

»Grüß Gott!«, sagte Finster lautstark im Hausflur, »Chefinspektor Finster. Darf ich reinkommen?«

»Ja, wir sind mit dem Wichtigsten schon fertig«, wurde er von einer Kollegin informiert.

»Irgendwelche neuen Erkenntnisse?«

»Und ob! Kommen Sie mit ins Wohnzimmer. Sehen Sie? Unter dem Spannteppich befindet sich ein alter Parkettboden.« Sie reichte ihm eine orangefarbene Plastikbrille und setzte sich selber eine ebensolche auf die Nase. Dann positionierte sie ein Kästchen mitten auf dem Boden und schloss ein Kabel an, an dessen Ende eine Verdickung war, die an ein Mikrophon erinnerte, sich aber als forensische Lichtquelle entpuppte, die einen großen Fleck auf dem alten Holzboden sichtbar machte.

»Blut?«, fragte Finster.

»M-hm«, bestätigte sie. »Trotz exzessivem Schrubben«, sie deutete auf unzählige dünne, parallel verlaufende Kratzspuren, »und verschiedener Reinigungsmittel«, sie zeigte auf hellere Flecken im Holz, »ist die Blutspur wieder zum Vorschein gekommen.«

»Verteufelt«, stellte Finster fest.

»Wie bitte?«

»Ach, nichts.«

»Sie denken an die Faust-Legende?«

Finster zuckte mit den Achseln: »Können wir davon ausgehen, dass dies hier der Tatort ist, an dem Kaplan Geyer ermordet wurde?«

»Wir haben Stücke des Parketts herausgesägt. Hoffentlich ist genug Blut in den Ritzen eingeschlossen und somit von den Reinigungsmitteln unberührt geblieben. Dann können wir eine DNA-Analyse machen und mit der des Opfers im Erker vergleichen.«

»Auf jeden Fall handelt es sich hier um eine erhebliche Menge Blut, deren Verlust zum Tod führte«, meinte Finster.

»So ist es. Es ist auf jeden Fall ein Tatort.«

»Sonst noch etwas?«

»Das soll Ihnen der Kollege erklären. Meier!«

Meier tauchte in der Tür auf. Finster wurde aufgefordert, ihm ins Büro zu folgen. So tat es auch die Kollegin mit dem forensischen Licht.

»Bis jetzt«, erklärte Meier, »haben wir die Fingerabdrücke von zwei Personen identifizieren können. Rund um dieses Gästebett hier«, Meier deutete ihm, die orange Brille wieder aufzusetzen und hieß seine Mitarbeiterin, die Lichtquelle zu betätigen, »finden sich gehäuft die Abdrücke der einen Person.« Finster betrachtete die zum Leuchten gebrachten Abdrücke, die Teile der Wand, die Möbelstücke und einige Bücher übersäten.

»Im Schlafzimmer sieht es genauso aus, nur handelt es sich um die Fingerabdrücke einer anderen Person«, sagte Meier.

»Hier wohnen zwei Leute!« Finster war verblüfft.

»Sieht ganz so aus«, bestätigte Meier.

»Wissen wir, wem die Abdrücke gehören?«

»Wir leiten sie an die KTU weiter. Die gleichen die Fingerabdrücke und die DNA mit den vorhandenen Daten im Computer ab.«

»Wie lange wird das dauern?«

»Das dürfen Sie mich nicht fragen. Es kommt auf die Wartezeiten an.«

»Ach ja«, warf die Kollegin ein, » die Bibliothek ist auch interessant.«

Finster stand im Türrahmen zur kleinen Bibliothek. Viele der Bücher lagen jetzt gestapelt am Boden. Ein weiterer Kollege stand im Zimmer und verstaute seine Utensilien in einem SPUSI-Koffer.

»Hinter den Brockhauslexika haben wir das hier gefunden«, sagte dieser und überreichte Finster ein kleines gerahmtes Schwarzweiß-Foto. Es zeigte ein etwa ein Jahr altes Baby in weißem Häubchen in einem antiquierten Kinderwagen und daneben einen etwa drei Jahre alten Jungen. Beide pausbackig, in ihren schönsten Kleidern, mit strahlenden Augen auf etwas oder jemanden rechts hinter dem Fotografen fixiert.

»Außerdem ist bemerkenswert, dass sich eine Reihe von Büchern mit der Bewältigung von Traumata, hervorgerufen durch sexuellen Missbrauch, beschäftigen.« Es wurde auf einen hüfthohen Stapel auf dem Fußboden verwiesen. Finster ergriff das oberste Buch, es trug den Titel: Die verlorene Kindheit. Umgang mit sexueller Kindesmisshandlung.

»Warum ist das bisher niemandem aufgefallen?«, wollte Finster wissen. Im Stillen schalt er sich selbst für seine eigene Unachtsamkeit.

»Alle Bücher zu diesem Thema sind mit anderen Umschlägen versehen worden«, der Mann zeigte auf einen Haufen papierener Buchumschläge mit Titeln wie: Bürgerliches Wertesystem in Goethes Faust, Schillers und Goethes Briefwechsel und Übersicht der deutschen Literatur des 19. Jahrhunderts.

Als Finster zur Tür hereinkam sah Fleur Günther von ihrem Handy auf und knipste das Spiel weg.

»Ist er schon aufgewacht?«, fragte Finster leise.

Günther schüttelte den Kopf: »Wird wahrscheinlich nicht vor morgen Früh die Augen aufschlagen, sagt der Arzt.« Langsam trat Finster an das Krankenbett heran, an dem seine Kollegin seit dem Vormittag gewacht hatte. Der alte Herr, der darin lag, hatte eine Sauerstoffmaske über Mund und Nase gestülpt und erhielt Medikamente durch eine Infusionspumpe und einen Venenkatheder. Er sah entkräftet und matt aus.

»Schwärzler war mit der Fingerabdruckmaschine da«, sagte Günther.

»Und?«

»Ist nicht im System erfasst.«

»Das wäre ja auch zu einfach gewesen.«

»Eine Speichelprobe hat er auch mitgenommen.«

»Gut.«

»Die Sauerstoffmaske kann man leider nur ganz kurz abnehmen. Wir haben es versucht, weil Schwärzler ein Foto für das Gesichtserkennungsprogramm machen wollte. Der alte Herr bekommt ohne die Sauerstoffzufuhr sofort heftige Atemprobleme. Das Foto muss also warten.«

Finster seufzte.

»Was die Narben betrifft, die unser Patient an den Armen und am Oberkörper aufweist, so handelt es sich um das typische Erscheinungsbild von selbstverletzendem Verhalten, abgekürzt SVV, auch bekannt als ›Ritzen‹. Der Arzt hat gesagt, dass es meist in der Pubertät auftritt, um Wut oder Selbsthass abzubauen. In den meisten Fällen sind die Ursachen in unerträglichen Spannungszuständen oder Persönlichkeitsstörungen zu suchen.«

»Auch als Reaktion auf sexuellen Missbrauch?«

»Zum Beispiel.«

Finster berichtete von den versteckten Büchern in der Wohung Marktgasse 6.

Günthers und Finsters Handy machte sich gleichzeitig bemerkbar. Beide betrachteten ihre Displays. Schwärzler hatte die neuesten Ergebnisse seiner Nachforschungen geschickt.

Die Fingerabdrücke des alten Herrn im Krankenhaus waren zwar nicht polizeilich erfasst, aber stimmten mit denen überein, die in der Fichtelbacherschen Wohnung überall und ganz gehäuft beim Gästebett sichergestellt worden waren.

Außerdem hatte Schwärzler die Adresse von Ewald Gantner herausgefunden: der Pfarrer lebte in Niederösterreich und arbeitete in drei kleinen Gemeinden, konnte aber bis jetzt noch nicht kontaktiert werden. Die Pfarrersköchin sagte, er sei auf einem Seminar in Vorarlberg in der Nähe von Dornbirn und hatte das Hotel genannt.

Zuletzt schickte Schwärzler das digitalisierte Schwarzweiß-Foto, das die SPUSI vor ein paar Stunden in Fichtelbachers Bibliothek gefunden hatte. Eine Alterssimulation der Fotos wäre nicht wirklich brauchbar, da die Gesichter zu jung waren und eine computersimulierte Alterung zu ungenau ausfallen würde.

»In diesem Fall«, meinte Finster, »schlage ich vor, wir bitten einen Kollegen, deine Wache hier zu übernehmen und wir beide fahren zu Gantners Hotel.«

»Einverstanden.«

»Ich denke, ein Besuch bei Fichtelbachers Cousine Gerda Michaeler ist morgen angesagt.«

»Gute Idee.«

»Kommst du mit?«

»Nein, fahr nur alleine. Ich habe für morgen Ruth Schnutt und Simon Mutter auf die Inspektion bestellt. Hoffentlich können uns Fichtelbachers ehemalige Schulfreunde helfen. Außerdem sollte einer von uns in Feldkirch sein, wenn unser Fichtelbacher-Doppelgänger aufwacht.«

Die Rezeptionistin des Hotels Sonne konnte Günther und Finster nur erklären, dass der Herr Pfarrer Gantner dort vier Tage lang gewohnt hatte. Er sei aber gestern abgereist.

»Ist Ihnen irgendetwas aufgefallen an Pfarrer Gantner?«, wollte Günther wissen. »Alles könnte wichtig sein«, fügte Finster hinzu.

»Na ja«, meinte die Gefragte, »er hat hier ein Zimmer gebucht, weil er ein Hotel wollte, das Hunde zulässt. Wir sind ein tierfreundliches Hotel«, sie drückte ihnen eine Broschüre in die Hand. »Gekommen ist er mit seinem Pudel, aber abgereist ist er ohne ihn. Er sah bedrückt aus, wollte aber nicht erzählen, wo der Hund war oder was passiert war.«

»Wissen Sie, wo er nach seiner Abreise hingegangen ist?«, fragte Günther.

»Nein, er hat mit seiner Bankomatkarte bezahlt und ist abgereist. Er war sehr wortkarg.«

»Können wir sein Zimmer sehen?«

Die Dame konsultierte ihren Computer: »Ja, es ist zur Zeit nicht belegt. Natürlich wurde das Zimmer bereits gründlich gereinigt.«

»Von wem?«

»Moment, ich hab's gleich – von Jasna.«

»Ist Jasna zu sprechen?«

Die Rezeptionistin reichte den beiden Ermittlern den Zimmerschlüssel. Sie selbst wollte Jasna suchen und dann zu ihnen bringen.

Das Zimmer war schlicht, sauber, mit Hundekorb und Fressnapf versehen. Günther und Finster durchsuchten die Schränke und Schubladen, sahen unters Bett und unter den Hundekorb: nichts. Alles sauber und kahl.

Es klopfte an die Tür. Die Rezeptionistin führte eine Frau mittleren Alters in einfärbiger Mantelschürze herein.

»Jasna?«, fragte Finster. Die Frau nickte. »Ich höre«, fuhr er fort, »Sie haben hier gestern sauber gemacht.« Sie nickte wieder.

»Ist Ihnen dabei irgendetwas aufgefallen, irgendetwas Besonderes?«

Die Frau überlegte. Zuckte kurz mit den Schultern: »Nein. Alles normal. Viele schmutzige Taschentücher waren im Papierkorb. Vielleicht vom Schnupfen? Hab ich mir gedacht. Ist aber ungewöhnlich im Sommer.«

»Hätte auch vom Weinen sein können«, meinte Günther zu Finster.

»Haben Sie etwas gefunden? Hat er irgendwelche Gegenstände zurückgelassen?«, wollte Finster wissen.

»Hundespielzeug. War voller Spucke vom Hund und ganz kaputt. Hab ich weggeworfen. Und gutes Trinkgeld. Zehn Euro.«

»Trinkgeld? Haben Sie den Schein noch?«, fragte Finster.

Die Frau sah ihn bedenklich an.

»Wir werden Ihnen das Geld natürlich ersetzen«, fügte er schnell hinzu. »Es ist wegen der Fingerabdrücke.«

Jasna führte sie zu ihrem Spind im Keller. In ihrem Portemonnaie waren vier Scheine im Wert von zehn Euro.

»Das wird wohl nicht viel Sinn haben, alle auf Fingerabdrücke untersuchen zu lassen. Das wird zu unspezifisch«, sagte Günther.

»Dieser hier lag im Zimmer«, sagte Jasna und streckte ihr einen Schein mit einem kleinen Riss an der Längsseite entgegen.

»Tja dann«, meinte Finster zufrieden und verstaute den Schein in einem verschließbaren Plastiksäckchen, »steht unserem Feierabend nichts mehr im Weg. Bedienen Sie auch Tagesgäste in Ihrem Restaurant?«

»Ja, sehr gern«, die Rezeptionistin lächelte professionell.

Tag vier

Martha setzte sich in den Schatten neben Saskia auf die Wartebank und sah ihrer Tochter zu, wie sie eifrig konzentriert irgendwelche Mechanismen auf ihrem Telefon handhabte, was sie blendend zu unterhalten schien. Normalerweise störte Martha die abwechlungslose akustische Begleitung zu den Computerspielen, aber im Moment war sie abgestumpft und gleichgültig.

In wenigen Minuten würde Piets Zug einfahren. Es war kurz vor halb zehn am Vormittag. Martha hatte keinen blassen Schimmer, wie sie ihm begegnen sollte. Sie hatte seit dem Telefonat in der Marktgasse vor drei Tagen nicht mehr mit ihm geredet. Er hatte gesagt: »Ich muss.« Sie hatte gesagt: »Aber ich muss nicht mehr.« Dann hatte sie aufgelegt.

Sie machte sich ein wenig Sorgen um Saskia. Martha befürchtete, dass ihre Tochter sich bereits als erfolgreiche Kupplerin und die Sache als erledigt und in Ordnung gebracht betrachtete.

Ihr schlechtes Gewissen meldete sich wie eine eiskalte Dusche. Trotz der sommerlichen Temperaturen fröstelte sie ein wenig. Wie egoistisch sie doch war! Alles nur wegen ihr, ihren Wünschen, ihren Gefühlen. NEIN! VERDAMMT NOCH MAL! Wegen diesem typisch weiblichen und völlig irrationalen Denken, wie Piet es oft genug nannte, würde sie keine Depression riskieren. Jeder holte sich, was er brauchte, der Ehemann, das Kind. Sie hatte auch das Recht, sich zu holen, was sie brauchte. Und sie musste selbst dafür sorgen. Jemand anders würde es nicht für sie tun.

Sei stark Martha! ermutigte sie sich selbst. Lass dich nicht von der Gewohnheit verführen, alles beim Alten zu lassen. Hör nicht auf rationale Argumente! Lass dich auf keine Diskussion ein! Darin ist er unschlagbar. Bleib stur!

Saskias Handy piepste und trillerte wie verrückt. »Yes!« verkündete sie triumphal. Offensichtlich hatte sie irgendein Level geschafft. Martha lächelte mühsam.

Der Lautsprecher meldete die Einfahrt des Zuges. Martha und Saskia standen auf. Der Zug fuhr ein. Schwer, rot, ein gewaltiger Arm aus der Ferne, dessen Reichweite Martha sich nicht entziehen konnte.

Und dann stand er da. Piet. Groß. Schlank. Selbstbewusst. Zielsicher.

Saskia wedelte mit den Armen und rief ihn. Martha war eine Statue. Piet sah sie. Saskia lief auf ihn zu. Sie fielen sich in die Arme, lachten. Sie kamen auf Martha zu.

»Hallo«, Piet lächelte. Ein kurzer Kuss. Eine flüchtige Umarmung.

»Hallo«, sagte Martha. »Wie war die Reise?«

»Geht so. Nachtzüge sind ned grad fein.« Piet hatte Marthas Dialekt mit den Jahren angenommen. Gewisse Ausdrücke und Redensarten sprach er wie ein Einheimischer aus, sehr zum Vergnügen von Traudl und anderen Vorarlberger Zuhörern.

Widerwillig ging Martha den Bahnsteig entlang, im Sog einer sprudelnd schwatzenden Saskia, die das dringende Bedürfnis verspürte, Piet alles zu erzählen, was in den letzten zwei Wochen passiert war. Das meiste beinhaltete Şen auf irgendeine Weise, sogar die Berichte über den Buchladen.

Sie waren gerade die Treppe zur Bahnhofshalle hinaufgestiegen, als Martha ein bekanntes Gesicht sah: Chefinspektor Finster. Einen schwarzen Rucksack geschultert, studierte er seine Reisepapiere. Martha und Finster entdeckten sich.

»Frau Keller«, sprach er sie an.

»Herr Chefinspektor«, erwiderte sie seinen Gruß. »Sie wollen verreisen?«

»Beruflich, eine Tagesreise.«

»Sie beide haben sich ja bereits ausgetauscht«, Martha stellte Finster ihren Mann vor. Der spitze Unterton war nicht zu überhören. Hände wurden geschüttelt, der Augenkontakt auf das Notwendige beschränkt.

»Sie behandeln den Fall ›Marktgasse 6‹.« Es war eher eine Feststellung von Piet Van Vlaanderen als eine Frage. Finster konnte nicht behaupten, dass er sich sonderlich wohl fühlte in der Gegenwart von Marthas Ehemann.

»Ja, genau.«

»Haben Sie schon einen Hinweis auf Fichtelbachers Aufenthaltsort?«

»Nein. Wir arbeiten dran. Sie sind gut informiert«, stellte Finster fest.

»Das ist mein Job«, sagte der andere.

»Natürlich.« Finster fragte sich für einen ganz kurzen Moment, ob dieser Van Vlaanderen von der Europol auch Gedanken lesen konnte. Er wagte es nicht mehr, Martha anzusehen und schalt sich gleichzeitig einen kindischen Trottel, der sich gefälligst auf seine Arbeit konzentrieren solle.

»Wenn Sie irgendwas brauchen, melden Sie sich«, bot Piet an. »Kontaktieren Sie einfach Martha.«

Etwas überrascht und unsicher über dieses Angebot bedankte sich Finster und erklärte, dass er sich jetzt zu seinem Bahnsteig begeben müsse. Man verabschiedete sich, wünschte sich alles Gute und ging auseinander.

Martha wusste nicht, was sie von dieser Begegnung halten sollte. Piet war sehr berechnend und tat nichts ohne Grund. Wollte er sich vor Martha großzügig präsentieren? Inwieweit hatte er sich über den Fall informiert und wieviele Informationen waren ihm zugänglich? Tat er das aus Interesse an ihr oder an der Polizeiarbeit? Bot er Finster die Zusammenarbeit an, weil er hilfsbereit war, oder weil er damit Einsichten in den Fall bekommen konnte? Du denkst zu viel! hatte Piet ihr schon so oft gesagt. Na und? Besser zu viel als zu wenig.

»Wie geht es Oma Traudl?«, fragte er Martha, als Saskia eine Atempause machte.

»Gut. Du kannst sie gleich selber fragen«, meinte Martha.

Sie waren nur zehn Gehminuten von Traudls Wohnung entfernt. Piet hatte einen Trolley-Koffer und so gingen sie zu Fuß in die Stadt hinein, machten Small Talk, vermieden die wichtigen Themen, zogen sie unausgesprochen in einer bremsenden Gedankenwolke hinter sich her.

»Frau Schnutt?«

Die ältere Dame stand wortlos von ihrem Stuhl auf. Fleur Günther war und blieb ein imposanter Anblick. Ganz egal wie freundlich sie zu den Leuten war.

»Würden Sie bitte mit ins Vernehmungszimmer kommen?« Abteilungsinspektorin Günther führte Ruth Schnutt in das kleine, helle Büro, das Finster und sie sich teilten.

»Ich habe gehört, es geht um Waldemar Fichtelbacher«, begann Frau Schnutt noch ehe sie sich gesetzt hatte.

»Genau.«

»Ist das nicht sein Haus, in dem man vor ein paar Tagen den eingemauerten Toten gefunden hat?«

»Richtig. Sie kannten ihn während der Schulzeit?«

»Ja.«

»Was können Sie mir über ihn erzählen? Alles könnte wichtig sein.«

»Mal sehen, wir waren in der ersten Klasse zusammen. Wir waren eine Clique, der Waldemar, die Gertraud, der Simon und mein Mann und ich. Mein Mann ist letztes Jahr verstorben, wissen Sie.« Sie musste eine Pause einlegen. Verlegen begann Ruth Schnutt in ihrer Handtasche nach einem Taschentuch zu kramen und fand eines.

»Soll ich Ihnen ein Glas Wasser bringen?«, fragte Fleur und war schon auf dem Weg zum Wasserhahn. Sie stellte das Wasserglas vor die alte Dame: »Geht's?«

»Ja, danke. Jetzt, wo wir davon sprechen, kommen all diese Erinnerungen wieder hoch. Wir waren so jung, Kinder waren wir. Das Leben lag noch vor uns und die Welt lag uns zu Füßen. Das dachten wir jedenfalls. Wir waren immer zusammen, haben alles zusammen gemacht, wir fünf, und wir haben uns geschworen, dass es auch immer so bleiben sollte.« Sie schneuzte sich. »Für immer sollte ein einziges Schuljahr werden. Dann ging Waldemar weg, in die Stella Matutina. Wir vier blieben zusammen. Aber er fehlte uns.«

»Wissen Sie noch, warum er die Schule gewechselt hat? Gab es Probleme?«

»Nein, ganz bestimmt nicht. Waldemar war sehr gut in der Schule. Außer dem üblichen Schwätzen und ein paar harmlosen Blödeleien hat unsere Clique nichts angestellt. Ich glaube mich daran zu erinnern, dass es etwas mit seinem Bruder zu tun hatte.«

»Aha, und was?«

»Ich weiß es nicht mehr so genau. Wenn mich meine Erinnerung nicht trügt, dann war der Bruder schon ein Jahr bei den Jesuiten. Waldemar ist zu uns ans Gymnasium gekommen, weil sie für ihn angeblich in der Stella keinen Platz mehr hatten. Aber dann ist irgendetwas passiert mit seinem Bruder und er ging daraufhin ins Jesuitenkolleg.«

»Wissen Sie noch, was mit dem Bruder passiert ist?«

»Nein, tut mir leid. Das war damals schon ein Mysterium. Waldemar hat nicht darüber gesprochen und dann, als er die Schule gewechselt hat, ist der Kontakt abgebrochen.«

»Fällt Ihnen sonst noch etwas ein zu seinem Bruder?«

»Ich glaube, er hieß Ewald oder so ähnlich.«

»Ewald?« Günther dachte an Ewald Gantner. Sie suchte das Phantombild und die Alterssimulation von Pfarrer Gantner hervor und legte sie auf den Schreibtisch.

»Kennen Sie diesen Mann?«

Ruth Schnutt studierte die Bilder genau: »Nein, ich denke nicht. Wer ist das?«

»Ein Mann namens Ewald Gantner. Haben Sie Waldemar Fichtelbachers Bruder gekannt?«

»Nein, ich kann mich nur an dieses Gerücht erinnern, dass etwas passiert war mit dem Bruder. Mehr weiß ich leider nicht.«

»Kennen Sie diesen Mann?« Günther zeigte ihr eine Vergrößerung von Fichtelbachers Passfoto.

»Sieht er jetzt so aus, der Waldemar? Mensch, der ist aber alt geworden!«

»Sie können also bestätigen, dass dieser Mann Waldemar Fichtelbacher ist?«

»Na ja, ich habe ihn seit unserer Jugend nicht mehr gesehen. Also mit Sicherheit kann ich das nicht bestätigen, aber so ganz spontan würde ich sagen: ja.«

»Und was ist mit diesem hier?« Die Polizistin zeigte ihr ein Bild von Kaplan Geyer.

Interessiert kniff Frau Schnutt die Augen zusammen. Sie nahm das Foto von Geyer in die Hand: »Ich komme nicht drauf, ich komme nicht drauf. Dieses Gesicht kommt mir wirklich bekannt vor, aber ich kann weder einen Namen zu dem Gesicht finden, noch woher ich diesen Menschen kenne.«

»Das ist Kaplan Martin Joachim Geyer.«

»Nein, so heißt der nicht.«

Günther horchte auf.

»Also irgendwie hab ich eine völlig andere Assoziation mit diesem Gesicht, keinen Geistlichen. Irgendeinen informellen

Namen. Nur einen Vornamen, oder sogar einen Spitznamen. Irgendwas mit Freizeit, Natur, Berg oder Ausgehen, oder alles das zusammen. Es liegt mir auf der Zunge und ich könnte mir in den ...«, sie stockte und lächelte verlegen. »Es will mir einfach nicht mehr einfallen.«

»Vielen Dank, Frau Schnutt. Sie haben uns sehr geholfen. Wenn es Ihnen wieder einfällt, woher sie Kaplan Geyer kennen und unter welchem Namen, dann melden Sie sich bitte bei uns, in Ordnung? Es ist wichtig.«

»Ganz bestimmt. Ich werde mit bemühen.«

»Oma«, Piet lächelte seine Schwiegermutter an und drückte ihr links und rechts einen Kuss auf die Wange. Seit Saskias Geburt sprach er sie mit Oma an. Traudl drückte ihn kurz. Sie mochte Piet.

»Wie war die Reise?«, fragte sie ihren Schwiegersohn.

»Halt eine Nacht im Zug. Alles tut weh«, sagte er und rieb sich das Genick.

»Setzt euch erst mal. Ich mache euch Kaffee. Hast du schon gefrühstückt?«

»Ja, danke. Aber einen Kaffee nehme ich gern.«

Saskia stellte Piets Koffer ins Gästezimmer zu dem Bett, in dem auch ihre Mutter schlief. Martha blieb zwischen dem Esstisch und dem Fenster stehen und fühlte sich fehl am Platz. Piet setzte sich an den Tisch. Er sah müde aus. Traudl kochte Kaffee, stellte einen Servierteller mit zurechtgeschnittenen Kuchenstückchen und Keksen auf den Esstisch sowie eine Schale mit frischen Trauben.

Saskia kam aus dem Schlafzimmer zurück und setzte sich auf Piets Schoß. Er nahm sie in seine Arme. Obwohl sie den Körper einer jungen Frau hatte, sah Martha ein kleines Mädchen, das seinen Papa liebte. »Meisje – sprich mäischje – wie geht es meiner kleinen Prinzessin? Hast du mich vermisst, mijn bolleke – sprich mähn bolleke?«

»Aber natüüüürlich, Papa!«

»Komm, Saskia, wir zwei gehen einkaufen«, verkündete Traudl. »In der Neustadt gibt es eine neue Boutique und heute ist Eröffnung mit Sektempfang und Kennenlernpreisen.«

»Wirklich? Und das fällt dir erst jetzt ein?«, fragte Saskia.

»Ich habe heute die ›Spendierhosen‹ an«, meinte ihre Oma. »Die Gelegenheit würde ich mir nicht entgehen lassen. Also, kommst du?«

Saskia sah ihre Mutter fragend an. Als Martha sie mit einer Kopfbewegung zum Mitgehen ermunterte, löste sie sich von Piet, gab ihm noch einen Kuss auf die Wange und folgte Traudl nach draußen.

Der Luftzug der ins Schloss fallenden Tür wirbelte die fröhliche Leichtigkeit aus der Wohnung. Zurück blieb dumpfe Schwere. Weder Martha, die noch immer zwischen Tisch und Fenster stand, noch Piet, der mit steifem Genick am Tisch saß, hatten sich weiter bewegt. Ein Stillleben.

Dann drehte Martha sich um und sah aus dem Fenster. Sie sah ihre Mutter und ihre Tochter die Straße entlang gehen. »Weswegen bist du gekommen?«, fragte sie, ohne ihn anzusehen. Keine Antwort. In einem entfernten Winkel ihrer Fantasie spielte sich eine blasse Szene ab, in der Piet aufstand, auf sie zukam und mit trockenem Mund und feuchten Händen gestand, dass er nur ihretwegen gekommen sei, dass er sie liebe wie am ersten Tag und dass er ohne sie kein vollständiger Mensch sei.

Sie drehte sich um. Sah ihn an. Er stierte vor sich hin. Atmete schwer aus. Eine weitaus greifbarere Szene formte sich vor Marthas innerem Auge, in der Piet die Stimme von Saskia am Telefon hörte, woraufhin ihm das Herz aufging und er sein kleines Mädchen nicht unglücklich machen wollte. Martha kam in dieser Szene nur als dekorativer Hintergrund vor.

Martha musste schlucken. Sie verschränkte die Arme. Sie wollte nicht, dass er ihre Hände sah. Sie war sich nicht sicher, ob sie zitterten. »Wie geht das jetzt weiter?«, fragte er.

»Das kommt auf alle Beteiligten an. Ich will hier sein. Saskia ist siebzehn. Du bist abwesend. Ich bin immer mehr allein. Es sieht nicht danach aus, als ob sich das ändern würde. Ich möchte lieber hier allein sein, als einsam in Brüssel. Ich werde nicht jünger. Die Möglichkeit, irgendetwas auf später zu verschieben, schwindet zusehends. Später ist jetzt.«

Keine Reaktion.

»Warum bist du gekommen?« Marthas Ton war sanfter. »Wegen Saskia?«

Stille.

»Weißt du was? Lass mich doch in Ruhe! Wenn du dich weigerst, mit mir zu reden, dann muss ich das akzepieren. Ich kann niemanden zwingen, mit mir zusammenzusein. Aber es gibt Menschen auf dieser Welt, die meine Gesellschaft nicht als lästige Pflicht betrachten. Geh doch endlich! So weit und so lang wie du willst. Aber erwarte bitte nicht, dass ich auf dich warte! Nicht mehr!«

»Martha! Jetzt sei halt nicht so!« Er versuchte versöhnlich zu klingen.

»Wie bin ich denn?«

»Was soll ich denn machen?«

»Lass dir etwas einfallen!«

Er sah sie an. Da war wieder dieser Blick, der Seien-wir-doch-vernünftig-Blick. Gleich würde er mit seiner üblichen Predigt anfangen.

In Martha fiel eine Tür zu. Sie konnte und wollte sich seiner alten Litanei nicht aussetzen. Sie wollte weg, hastete am Esstisch vorbei und stieß ein Trinkglas zu Boden. Es zerbrach. Einige kleinere Glasscherben schlitterten geräuschvoll über den gefliesten Küchenboden. Die scharfkantigen Reste des kaputten Glases lagen vor Marthas Füßen, die in offenen Sandalen steckten. »Himmelhergottzack noch amol!« Sie würde nicht weinen. Wut. Besser wütend als weinend. Umständlich stieg sie über die Scherben. Ein scharfes Knirschen verriet, dass sie auf ein Stück Glas getreten war. Sie hob ihre Sohle. Ein großer Splitter war steckengeblieben. Sie wollte ihn entfernen, ihn herausziehen, schnitt sich in den Finger. Ein kleiner Schnitt, der sofort einen satten, roten Blutstropfen freigab.

»Verdammte Scheiße!« Wut. Wut war gut, befreiend. Das Blut begann zu rinnen. Schnell. Erstaunlich viel. »Muss das unbedingt auch noch sein?« Mehr Wut. Es tropfte auf den Boden. Auf Marthas Kleid. Sie umklammerte den verletzten Finger. Das Blut bahnte sich einen Weg durch die engen Zwischenräume der schützenden Hand.

Da stand Piet mit der Küchenrolle neben ihr. Er riss ein Stück ab, faltete es auf die geeignete Größe, öffnete vorsichtig ihre Finger, umwickelte die Wunde, führte sie behutsam an den Scherben vorbei zu einem Stuhl.

Er begann, die Scherben aufzuräumen. Holte den Staubsauger. Saugte den Boden, die Unterseite ihrer Schuhsohle. Holte Pflaster und Desinfektionsmittel. Er setzte sich neben sie, versorgte die Wunde, reichte ihr den Rest der Küchenrolle, um sich die Tränen von den Wangen zu wischen, sich zu schnäuzen.

»Wenn es dir wirklich so wichtig ist, dann werden wir das arrangieren«, sagte Piet und blickt kurz in ihre Augen. »Die Arbeit bei der EDU ist kein Honiglecken, aber ich bin gut und einer muss es machen.« Er war fertig mit dem Pflaster an Marthas Finger.

»Möchtest du dir hier eine Wohnung suchen? Und eine Arbeit?«, fragte er sie ernst. Martha nickte und schniefte noch einmal kurz. »Und Saskia?«

»Sie ist verliebt, in Şen von nebenan.«

Er nahm ihre Hand. Sie erwiderte die Berührung. Ein tiefer Seufzer.

»Und was wird aus uns?«

»Frau Michaeler?« Chefinspektor Finster begrüßte die alte Frau im Ohrenbackensessel. Sie lächelte ihn an.

»Mama?« Ihre Tochter, Corinna Seidbert, berührte die Mutter am Arm, als sie sie auffällig laut ansprach. Frau Seidbert hatte sich bereit erklärt, den Chefinspektor bei dem Besuch im Altersheim zu begleiten, wofür er ihr sehr dankbar war.

»Ah, Corinna, was machst du denn hier? Müsstest du nicht in der Schule sein?«

»Ich bin neunundvierzig, Mama.« Es war Gerda Michaeler anzusehen, dass es ihr peinlich war, einen solchen Fehler begangen zu haben.

»Hier ist jemand, der möchte dich etwas über Waldemar Fichtelbacher fragen«, erkärte die Tochter langsam und mit kräftiger Stimme. Zu Finster meinte sie: »Es ist nur das Kurzzeitgedächtnis, das nachzulassen beginnt. An die alten Zeiten kann sie sich noch sehr genau erinnern.«

»Über Waldemar Fichtelbacher?«, fragte Frau Michaeler neugierig.

»Ja, Mama, er ist extra aus Österreich gekommen, um mit dir über deinen Cousin Waldemar Fichtelbacher zu reden.«

»Aus Österreich?« Frau Michaler schien erfreut. »Ja, wissen Sie, da bin ich aufgewachsen. Schöne Zeit, damals. Wir hatten eine schöne Zeit.«

»War Waldemar Fichtelbacher auch dabei, bei der schönen Zeit?« Finster hatte seine Lautstärke an die der Tochter angepasst.

»Aber ja, der Waldemar und der Eduard. Schöne Zeiten, viele Wanderungen. Schwimmen sind wir auch gegangen. Jeden Sommer. Und ich hatte einen so schönen, neuen Badeanzug. Der letzte Schrei war das.«

»Wer ist Eduard, Frau Michaeler?«

»Na, über den wollten Sie doch mit mir sprechen!«

»Ich wollte über Waldemar Fichtelbacher sprechen.«

»Ach, den anderen Fichtelbacher.«

»Wie meinen Sie das?«

»Die beiden Fichtelbacher-Brüder sind immer nur im Zweierpack unterwegs gewesen. Eduard war der ältere von den beiden. Er hat sich immer um alles gekümmert. Er war nur fünfzehn Monate älter als Waldemar, aber er war immer der Vernünftige. Hat gut gesorgt für seinen kleinen Bruder.« Sie kicherte. »Schon bald war der Waldemar sogar etwas größer als Eduard, aber er blieb immer der Kleine, was er auch tat. Sie sahen sich sehr ähnlich, die beiden. Wer sie nicht kannte, der hätte sie für Zwillinge halten können. Ich konnte die beiden immer voneinander unterscheiden. Eduard hatte etwas dunklere Haare und Waldemar hat so eine Krümmung am kleinen Finger.«

»Was ist mit dem Eduard passiert? Er ist früh verstorben, richtig?«

»Verstorben? Wann ist der Eduard gestorben?«

»Ist er nicht gestorben?«

»Aber nein, Eduard ist nach Brasilien gegangen.«

»Wirklich? Wann denn?«

»Na, er war doch ein so hervorragender Schüler, dass sie ihn in diesem brasilianischen Jesuitenkolleg genommen haben, in São Luis. Diese Jesuiten halten doch alle zusammen. Mir waren sie noch nie geheuer: Geheimgesellschaft, Freunderlwirtschaft. Das waren doch ursprünglich die Spione des Papstes. Ach!«, sie winkte ab. »Die Tante Erna, also die Mutter, hat so oft erzählt, wie schön er es dort hat. Ich habe ihre Schwärmereien jetzt noch im Ohr. Etwas übertrieben, fand ich. Aber sie hat jedesmal eine Träne verdrückt, die Tante. Sie war sehr traurig darüber, ihren Eduard nicht mehr in der Nähe zu haben. Wahrscheinlich hat sie sich selbst davon überzeugen müssen, dass er es dort so gut hat.«

Finster machte sich eifrig Notizen: »Wann war das? Wie alt war Eduard Fichtelbacher, als er nach Brasilien ging?«

»Das war, warten Sie mal, er was noch ziemlich jung. Er war doch erst zwei Jahre bei den Jesuiten bei uns in Feldkirch gewesen. Und schon nach zwei Jahren ist er für ein Auslandsstudium auserwählt worden. Das war bemerkenswert.«

»Und wie lang ist er geblieben?«

»Na, für immer! Schließlich hatte er es da so gut, laut Tante Erna. So was gibt man doch nicht wieder auf. Er ist jetzt Professor dort, an eben dieser Schule in Brasilien.«

»Kam er nie auf Besuch?«

»Ich glaube schon, dass er Tante Erna besucht hat. Aber ich kann mich nicht erinnern, ihn wiedergesehen zu haben. Ich bin selber mit Anfang zwanzig weggezogen. Da ist der Kontakt dann spärlicher geworden.«

»Und Waldemar Fichtelbacher?«

»Der Waldemar ist in Feldkirch geblieben. Aber er hat seinen Bruder sehr vermisst. Verständlich. Die beiden haben alles immer zusammen gemacht, die waren wie Pech und Schwefel. Und dann war er plötzlich allein. Er war nicht mehr derselbe. Er zog sich sehr zurück, vermied die Menschen. Wenigstens konnte der Waldemar dann in die Jesuitenschule gehen, da ein Platz frei geworden war durch Eduards Abreise. Vielleicht war das ein kleiner Trost für ihn.«

»Wann haben Sie Waldemar zum letzten Mal gesehen?«

»Das kann ich nicht sagen. Wir haben seit Jahren keinen Kontakt mehr. Ich weiß bestimmt, dass er zu unserer Hochzeit gekommen ist, aber danach ... kann ich wirklich nicht sagen. – Was ist denn mit den beiden? Haben sie etwas angestellt?«

»Das möchten wir herausfinden. Kennen Sie diesen Mann?« Finster zeigte ihr das Bildnis von Kaplan Geyer.

»Nein, den kenne ich nicht.«

»Sind Sie sicher?«

»Ja, ganz sicher.«

»Und dieser hier?« Er ließ sie die Bilder von Pfarrer Gantner sehen.

»Nein, den kenne ich auch nicht.«

»Ist das Waldemar Fichtelbacher?« Er hielt ihr die Vergrößerung des Passfotos hin.

»Der ist aber alt geworden!«

»Ist das Waldemar oder Eduard?«

»Schwer zu sagen. Die Harre sind grau und weiß und sein kleiner Finger ist nicht zu sehen. Tut mir leid.«

»Es könnte also jeder von den beiden Brüdern sein?«

»Ja.«

»Vielen Dank, Frau Michaeler. Sie haben uns sehr weitergeholfen.« Finster bedankte sich auch bei der Tochter und ging.

Auf der Rückfahrt im Zug kontaktierte er Schwärzler mit den Anweisungen, alles über Eduard Fichtelbacher in Erfahrung zu bringen und die Schule in Brasilien zu kontaktieren. Schwärzler seinerseits konnte Finster mitteilen, dass einige der Fingerabdrücke auf dem Geldschein aus dem Hotel Sonne mit denen des Tennisballs übereinstimmten, der bei dem verstümmelten Hund gefunden worden war. Pfarrer Gantner konnte also mit dem Tatort Mutilierter Pudel in Verbindung gebracht werden. Doch um sicher zu sein, müssten seine Fingerabdrücke abgenommen werden. Leider war er noch immer unauffindbar. Seine Köchin konnte es sich nicht erklären. Es sei nicht seine Art, sich nicht zu melden.

Der mögliche Waldemar Fichtelbacher sei noch nicht aufgewacht. Apian hätte inzwischen immerhin seine DNA mit der des menschlichen Blutes vom Tatort Mutilierter Pudel abgleichen können. Damit war der Herr im Krankenhaus der Hauptverdächtige auch in diesem Fall der Tierquälerei. Eine frische Schnittwunde an der rechten Hand erhärtete diesen Verdacht.

Finster telefonierte mit Günther.

»Fichtelbachers Bruder müssen wir mal genau unter die Lupe nehmen«, meinte Fleur Günther.

»Und ob! Schwärzler ist schon damit beauftragt. Sag mal, hat der mysteriöse Herr Fichtelbacher im Krankenhaus eine Krümmung an einem seiner kleinen Finger?«, fragte Finster. »Wenn dem nämlich so ist, dann handelt es sich laut der Münchner Cousine um Waldemar.«

»Ich kann gleich den diensthabenden Kollegen anrufen.«

»Tu das!«

»Oma?«

Gertraud Keller sah ihre Enkelin an.

»Was passiert jetzt?«, wollte Saskia wissen.

»Das kommt darauf an, wie sich die beiden entscheiden.«

»Was glaubst du?«

»Schwer zu sagen.«

»Das hilft mir auch nicht weiter.«

»Ich denke, deine Mutter muss jetzt etwas für sich selbst tun.«

»Und was?«

»Das kann ich dir nicht beantworten. Das kann nur sie selber wissen. Wahrscheinlich muss sie es aber noch herausfinden.«

»Pfff ...« Saskia wurde ungeduldig. »Jetzt waren wir in fünf verschiedenen Geschäften. Ich habe eine neue Hose, ein T-shirt, ein Tuch, Lidschatten. Können wir jetzt nach Hause gehen? Ich will Papa auch noch sehen, bevor er wieder in der europäischen Landkarte verschwindet. Außerdem ist es Zeit zum Mittagessen.«

»Saskia«, begann Traudl vorsichtig, »wenn wir wieder zurückgehen, was erwartest du dann vorzufinden?«

Das Mädchen zuckte mit den Schultern.

»Was wünscht du dir denn vorzufinden?«

»Keine Ahnung. So genau habe ich mir das nicht überlegt.«

»Hast du dir überlegt, wie du dich verhalten wirst, wenn du zuhause eine große Enttäuschung vorfinden würdest?«

»Wie meinst du das: eine Enttäuschung?«

»Na, wenn nicht alles wieder gut wird. Wenn sich die beiden nicht wiederfinden.«

»Er kommt immer wieder zurück.«

»Das stimmt. Er wird immer wieder zu dir zurückkommen.«

»Mama gehört zu mir. Er kommt zu uns beiden. Es geht gar nicht anders.«

»Ich frage mich ...«, Traudl beendete ihren Satz nicht. Saskia seufzte.

»Ich schreibe ihnen eine SMS: Dürfen ... wir ... heim ... kommen? Wir ... haben ... Hunger!«

»Vielen Dank Herr Mutter, dass Sie es einrichten konnten«, sagte Günther höflich.

»Keine Ursache.« Der untersetzte Mann nahm auf dem ihm zugewiesenen Stuhl vor Günthers Schreibtisch Platz.

Er erinnerte irgendwie an eine Bulldogge. Seine Wangen hingen rechts und links tief von den Knochen. Seine Lippen waren dick, fast aufgeschwollen und durch die dicken Brillengläser wirkten seine Augen wie exotische Fische, die in einem viel zu kleinen Aquarium hin und her schwammen.

»Sie waren mit Waldemar Fichtelbacher befreundet?«

»Wer?« Er drehte ein Ohr in ihre Richtung.

»Waldemar Fichtelbacher«, wiederholte Günther.

»Ach ja, genau, der Waldemar«, murmelte er durch seine wulstigen Lippen. Er sah auf seine Armbanduhr, war aber offenbar so zerstreut, dass er gleich ein weiteres Mal nach der Zeit sah. Günther machte sich um die Sinnhaftigkeit dieser Befragung Sorgen.

»Was können Sie mir über ihn erzählen?«, fragte sie.

»Ja, wir waren zusammen auf der Schule, damals. Wir waren befreundet, der Waldemar und ich ...« Er schien in Erinnerungen abzudriften.

»Herr Mutter, wann haben Sie Waldemar Fichtelbacher zuletzt gesehen?«

»Tja, also er hat ja hier den Buchladen, den hier im roten Haus, in der Marktgasse, und na ja, da habe ich ab und zu reingeschaut, aber er war nie da.«

»Wie meinen Sie das?«

»Manchmal hatte ich den Verdacht, der will mir aus dem Weg gehen. Einmal bin ich in seinen Laden gegangen, nachdem ich ihn viele Jahre nicht mehr gesehen hatte. Ich habe mich gefreut, ihn wiederzusehen nach so einer langen Zeit. Ich habe ihn begrüßt, gefragt wie es ihm geht, was er alles gemacht habe und so weiter. Er hat freundlich gelächelt, aber ich hatte nicht den Eindruck, dass er sich gefreut hat, mich zu sehen. Erzählt hat er auch nichts. Und als ich gesagt hatte, dass er sich verändert habe, musste er plötzlich ganz dringend etwas erledigen und hat sich ins Hinterzimmer verzogen.

Wenn ich danach am Laden vorbeigekommen bin und er mich bemerkt hat, dann hat er immer so getan, als ob er mich nicht gesehen hätte und dann ist er immer gleich verschwunden. Ich war schon ein bisschen enttäuscht, wissen Sie. Der beste Freund der Kindheit will nichts mehr mit einem zu tun haben. Sehr enttäuscht, sehr. Und ich weiß beim besten Willen nicht, was ich ihm getan haben könnte, beim besten Willen nicht ...«

»Kannten Sie seinen Bruder, Eduard Fichtelbacher?«

»Den Eduard? Nein, den kannte ich nicht. Doch ich glaube, einmal, bei einem Sommerfest, da war er dabei. Aber er war älter, nicht war? Der große Bruder. Aber nein, eigentlich kannte ich den nicht. Aber Waldemar hat oft von ihm gesprochen. Und dann ist der Waldemar zu den Jesuiten, in die Stella, die Stella Matutina, und dann war ich nicht mehr interessant für ihn. Kein Zeit, keine Zeit. Sehr enttäuschend, wirklich.« In der Tat sah Simon Mutter traurig aus, als er davon erzählte. Günther meinte, die Haut an seinen Wangen hinge noch ein wenig tiefer als zuvor.

»Ist das Waldemar Fichtelbacher?« Sie schob ihm das Foto aus dem Pass von 2004 über den Schreibtisch.

»Ja, ja, das ist er.«

»Oder ist das Eduard Fichtelbacher?«

»Wie? Warum? Ich kenne den Eduard nicht. Weiß ich nicht.«

»Aber Sie haben ihn doch einmal getroffen, auf einem Sommerfest.«

»Ja, auf einem Sommerfest, auf einem Sommerfest, hinten im Reichenfeld, beim alten Schwimmbad, wo sie jetzt diese Dings haben, diese Bar mit den jungen Leuten.«

»Das Pool Bar Festival?«

»Ja, genau dort, da war ein Sommerfest, mit großem Feuer zum Grillen. Oder war es oben auf dem Stadtschrofen? Da wo jetzt ... wo jetzt ...«

»... das Friedensstupa des buddhistischen Klosters ist?«, ergänzte Günther seinen Satz fragend.

»Ja, ja, ja, ich denke es war da oben, denn wir sind raufgelaufen, auf den Stadtschrofen, wir ...«

»Wer wir?«

»Wir jungen Leute von damals. Wir alle.«

»Wer war noch dabei, Helmut und Ruth Schnutt?«

»Ja und die Gertraud Mossbrugger.«

»Und wer noch?«

»Noch andere, aber wer ...?« Er sah etwas verloren aus.

»War dieser Mann auch dabei?«, sie schob ihm die Rekonstruktion von Kaplan Geyers Gesicht hin.

»Ja, ja, der Winnetou.«

»Winnetou? Der Indianerhäupling?«

»Ja, der hat das ganze Fest organisiert und die Wanderung zur Felsenau.«

»Zum Schwimmbad?«

»Ja, zuerst schwimmen, dann wandern über die Letze, dann Grillen, dann Lieder singen, Lagerfeuerromantik, Sterne zählen. Die ganze Jugendgruppe. Zum Anwerben für die katholische Jungschar. Genau, so war das.«

»Ach, und wie war dieser Ausflug? Ist irgendetwas vorgefallen?«

»War schön. Weiß ich noch. Ich war ganz verliebt, ganz verliebt, ja wie hieß das Mädchen doch noch? Wie hieß sie? Es will mir nicht mehr einfallen.«

»War etwas Besonderes mit den Fichtelbacher-Brüdern?«

»Old Firehand und Old Surehand, ja, so war das, Old Firehand.«

»Wer war das? Die Fichtelbachers?«

»Ja das waren seine persönlichen Helfer, vom Winnetou. Die durften seine Sachen tragen, die zwei, nur die zwei. Wir nicht, wir anderen, nur die zwei.«

»Das war wohl eine Ehre?«

»Ja, Pfeil und Bogen durften die tragen und das Jagdmesser, und sie hatten einen Strich mehr.«

»Einen Strich mehr?«

»Kriegsbemalung im Gesicht, die Fichtelbachers hatten einen Strich mehr, höherer Rang, mussten das Feuer bewachen und so was, der Waldemar und der Eduard.«

»War das ein Problem für die anderen Kinder? Gab es Eifersüchteleien?«

»Weiß ich nicht. Ich war schon ein bisschen eifersüchtig, immerhin war ich sein bester Freund, aber da, da durfte ich nicht mitmachen, weil sein Bruder dabei war, da war ich Luft. Ich habe mich dann gar nicht mehr für die beiden interessiert. Ich habe mit dem schönen Mädchen gesprochen, wie hieß sie gleich nochmal? Und dann bin ich gegangen. Ich musste zum Abendessen zu Hause sein. Dann haben sie mich ausgelacht. Ich sei ein Muttersöhnchen, haben sie gesagt: Der Mutter ist ein Muttersöhnchen! Das haben sie gesungen. Schon sehr enttäuschend, wenn der beste Freund einen im Stich läßt. Aber dann ist er sowieso zu den Jesuiten, der Waldemar.«

»Gleich nach diesem Sommerausflug?«

»Bald, ja, er ist nach diesem Sommer nicht mehr zu uns ans Gymnasium gekommen, sondern zu den Jesuiten gegangen.«

»Haben Sie Waldemar Fichtelbacher nach diesem Sommerfest wiedergesehen?«

Er dachte nach. Seine dicken Lippen zitterten dabei ein wenig. »Ja, das war, das war, eben dann, wie ich gesagt habe, in dem Buchgeschäft, viele Jahre später, wir waren schon Männer in den besten Jahren, aber er wollte noch immer nichts von mir wissen. Sehr enttäuschend, schade, ja.«

»Kennen Sie diesen Mann?« Sie zeigte ihm ein Foto von Pfarrer Gantner als jungem Mann und ein aktuelles Bild.

»Den da, den Jungen, den kenne ich, ja, der war auch auf dem Ausflug. Der hat gesungen und mit der Gitarre gespielt, lauter christliche Lieder und gepredigt hat er auch, zur Jungschar sollen wir kommen, hat er gesagt. Wie toll es dort ist hat er erzählt und für die Würstchen hat er Gott gedankt, ja, ein bisschen viel gebetet hat er für meinen Geschmack. Ich bin nicht zur Jungschar, wissen Sie. Aber der, der war ganz Feuer und Flamme für die Jungschar und Jesus.«

»Dann hat er wohl den richtigen Beruf gewählt. Er ist Pfarrer geworden. Er heißt Ewald Gantner.«

»Ja, das passt, ein Pfarrer, das passt wie die Faust aufs Auge.«

»Haben Sie Ewald Gantner nach diesem Sommertag noch einmal gesehen?«

»Nein, nein, ich denke nicht, ich wüsste nicht wo. Nach diesem Sommerfest bin ich eine Woche zu meiner Tante an den Bodensee gefahren. Ich weiß das noch, weil ich mir die ganze Zeit am Bodensee überlegt hatte, ob ich dem Waldemar einen Brief schreiben soll oder nicht und was denn drinstehen sollte. Aber ich habe nicht geschrieben und dann war wieder Schule, ohne Waldemar Fichtelbacher, aber sonst ganz normal, einfach wieder Schule.«

»Ich mache schon auf!« Saskia sprang fröhlich auf, als sie den Klingelton der Haustür hörte. »Şen kommt mich abholen«, verkündete sie. »Er wird dir gefallen, Papa!«

Doch sie fand nicht Şen, sondern die stoische Miene von Abteilungsinspektorin Günther vor.

»Entschuldigen Sie die Störung, ich würde gern Frau Gertraud Keller sprechen.«

»Da haben Sie aber Glück. Wir sind erst seit einer Viertelstunde zurück.« Saskia führte die Polizeibeamtin in die Küche und setzte sich zum Rest der Familie an den Tisch.

»Setzen Sie sich!«, forderte Saskia die Besucherin auf.

»Frau Inspektor«, Traudl war etwas überrascht. »Meine Tochter und meine Enkelin kennen Sie ja bereits. Darf ich Ihnen meinen Schwiegersohn vorstellen, Piet Van Vlaanderen. Sozusagen ein Kollege von Ihnen.«

»Angenehm«, sagte Günther in ihrer trockenen Art. Bei Piets Anblick musste sie innerlich schmunzeln. Sie dachte an ihren lieben Kollegen, und dass er gegen diesen Konkurrenten wohl kaum Chancen hatte.

»Ich hätte noch ein paar Fragen, Frau Keller«, sagte Günther zu Traudl.

»Bitte, nur zu! Möchten Sie einen Kaffee?«, fragte Traudl. »Schätzchen, bist du so lieb?« Leicht seufzend stand Saskia auf und fragte nach wegen Milch und Zucker.

Günther nahm dankend an.

»Können Sie sich an einen Sommerausflug während Ihrer Jugend erinnern, der zur Anwerbung neuer Mitglieder der katholischen Jungschar diente?«

Traudl überlegte.

»Es muss in den Sommerferien nach der ersten Klasse Gymnasium gewesen sein. Ihre Clique war angeblich vollständig dabei«, half ihr Günther auf die Sprünge.

»Ja, jetzt, wo Sie es sagen. Da war dieser Tag im Sommer. Wir haben gegrillt und Lieder gesungen.«

»Waldemar und Eduard Fichtelbacher waren auch dabei.«

»Eduard? Sein Bruder? Hm. Ich hatte diesen Ausflug völlig vergessen. Jetzt, wo Sie es mir wieder in den Sinn gebracht haben, kommen ein paar Bilder zurück.«

»Was ist an dem Tag passiert?«

»Ich glaube, da war irgendwas mit Cowboys und Indianern oder so. Da war doch so ein Häuptling. Der war aalglatt. Genau, den mochte ich nicht. Außerdem schenkte er seine Aufmerksamkeit nur den Buben und nicht uns Mädchen. Da war ich beleidigt.«

»Ist etwas Besonderes vorgefallen?«

»Da war doch ein Unfall oder so was. Hat sich nicht der Waldemar in den kleinen Finger geschnitten, weil er das große Messer hatte und die Grillspieße für alle geschnitzt hat? Dann ist er mit einem Riesenverband rumgelaufen und, genau, jetzt fällt es mir wieder ein, er sagte, jetzt seien seine kleinen Finger beide kaputt. Der eine war leicht verkrüppelt, etwas krumm, und der andere hatte eine tiefe Schnittwunde mit Verband.«

»War sein Bruder Eduard auch dabei?«

»Das weiß ich nicht mehr so genau. Es war ein schöner Tag, sehr romantisch, besonders das Lagerfeuer am Abend und das gemeinsame Singen. Ja, eigentlich waren das nur christliche Lieder, stimmt. Aber für die katholische Jungschar wurde nicht geworben. Da war ich bereits Mitglied. Es war irgend ein anderer christlicher Jugendverein. Ich weiß nicht mehr welcher.

Jedenfalls bin ich zusammen mit Ruth zeitig nach Hause gegangen. Wir waren Mädchen. Das bedeutete damals noch etwas anderes als heutzutage. Über den Begleiter habe ich mich geärgert, denn er hatte nicht einmal Zeit, sich von uns zu verabschieden. Er war natürlich wieder intensivst mit den Jungs beschäftigt, spielte Mutprobe und solche Sachen mit denen und ließ uns Mädchen links liegen.«

»Spielte er auch mit Waldemar und Eduard solche Spiele?«

»Wie gesagt, an den Eduard kann ich mich nicht mehr erinnern. Ich kann mich nur noch an Waldemars verletzten Finger erinnern und an den schaurigen Indianerhäuptling, der eigentlich eher an einen Vampir erinnerte.«

Saskia stellte eine Tasse Kaffee vor die Polizistin.

»Vielen Dank.«

»Wissen Sie denn schon mehr?«, erkundigte sich Martha.

»Je mehr wir in Erfahrung bringen, desto verworrener wird die Geschichte. Wie es aussieht, haben wir es hier mit zwei Doppelgängern zu tun, die sich ein Leben teilen.«

»Wie meinen Sie das?«, fragte Saskia.

»Im Moment sieht es danach aus, als ob Waldemar Fichtelbacher seine Identität mit seinem Bruder Eduard teilt. Angeblich lebt Edurad seit Jahrzehnten in Brasilien, aber das müssen wir noch feststellen.«

»Welcher von beiden ist der Mann, den wir im Laden gefunden haben?«, fragte Martha.

»Müssen wir auch noch feststellen. Den Aufenthaltsort des zweiten Bruders kennen wir noch nicht«, erklärte Günther.

»Kannst du nicht was machen, Papa? Du bist doch bei der Europol.« Saskias jugendlicher Enthusiasmus brachte die Erwachsenen in Verlegenheit.

»So leicht geht das nicht, Krümelchen!«, raunte ihr Martha zu.

»Wenn ich etwas tun kann, dann lassen Sie es mich wissen«, sagte Piet knapp aber bestimmt.

»Vielen Dank, wir werden bei Gelegenheit darauf zurückkommen«, meinte Günther. Sie zeigte Traudl ein Foto. »Ist das der schaurige Winnetou?«

»Ja, genau«, rief Traudl verdutzt aus. »Das ist er, nur etwas älter. Wie heißt er?«

»Kaplan Martin Joachim Geyer. Der Tote im Erker.«

Du lieber Gott! was so ein Mann
Nicht alles, alles denken kann!
Beschämt nur steh' ich vor ihm da,
Und sag' zu allen Sachen ja.
Bin doch ein arm unwissend Kind,
Begreife nicht, was er an mir find't.

Ich habe es nie begriffen. Nie! Warum? Warum muss dieses Elend immer weiter gehen? Mein Bruder, so völlig anders als ich, hat es nicht geschafft, den Teufelskreis zu durchbrechen, das Schlechte in der Vergangenheit zu lassen. Wie hätt'st du, armer Erdensohn, dein Leben ohne mich geführt?

»Danke für die Spätschicht, Kollegen!«, meinte Finster.

»Geht wohl nicht anders, wenn der Chef untertags blau macht und auf Reisen geht«, hänselte Günther. Schwärzler grinste.

»Ha, ha! Auf der Rückreise ist die Klimaanlage ausgefallen. Von wegen blau machen! Also, was gibt's Neues? Hat die Fahndung nach Pfarrer Gantner und dem zweiten Fichtelbacherbruder schon etwas ergeben?«

»Bis jetzt noch nicht«, sagte Günther. Sie fasste die wichtigsten Informationen aus den vorhergehenden Interviews zusammen und reichte Finster ihren Bericht. Sie fügte hinzu: »Der Mann im Krankenhaus hat einen auffällig gekrümmten kleinen Finger. Es handelt sich also um Waldemar Fichtelbacher. Er ist immer noch nicht ansprechbar. Die Ärzte haben uns auf morgen Früh vertröstet. Allerdings müssen wir damit rechnen, dass sich der Patient an nicht viel erinnern wird, denn Benzodiazepin hat unter anderem eine amnestische Wirkung, was bedeutet, dass die Erinnerung für die Zeit der Wirkdauer fehlt.«

»O. k., Schwärzler?«

»Ja, also, nachdem ich endlich jemanden gefunden hatte, der Englisch spricht, und das ist gar nicht so leicht in Brasilien, na ja, jedenfalls gibt es an der Jesuitenschule in São Luis keinen Lehrer oder Professor namens Eduard Fichtelbacher. Es hat auch nie einen gegeben. Es hat nicht einmal einen Österreicher im Lehrkörper gegeben, auch nicht beim sonstigen Personal; nicht einmal einen Deutsch sprechenden Menschen gibt es an der Schule oder hat es in den letzten dreiundzwanzig Jahren dort gegeben. So lange arbeitet der Mann, mit dem ich telefoniert habe, dort, der Englischlehrer übrigens. Die Akten von füher sind natürlich nicht digitalisiert. Der Englischlehrer hat versprochen, die Akten von 1953 bis 1960 im Archiv zu suchen und nachzusehen, ob ein Eduard Fichtelbacher in der Zeit als Schüler in São Luis war. Er hat allerdings bezweifelt, dass die Akten so lange im Kolleg aufbewahrt werden. Er hat versprochen sich zu melden, sobald er etwas findet. Die Kollegen vom brasilianischen Zoll haben uns Einsicht in ihre Datenbanken gewährt, die aber nur bis 1980 zurückreichen. Darin jedenfalls ist auch kein Eduard Fichtelbacher zu finden. Dann bleiben uns noch die Daten der Stella Matutina. Schließlich sollte so ein Austausch mit Brasilien irgendwo vermerkt sein. Allerdings erfolgte die Digitalisierung erst, nachdem das Jesuitenkolleg geschlossen wurde.«

»Und?«

»Das müssen wir zu Fuß machen. Online war nichts vorhanden. Einen einzigen ehemaligen Lehrer von damals habe ich noch aufgestöbert. Ihr habt morgen Vormittag einen Termin bei Pater Meininger im Seniorenheim. Er hat von 1958 bis 1979, also bis zur Schließung, in der Stella Mathematik unterrichtet. 1962 ist Fichtelbachers Maturajahr. Pater Meininger dürfte ihn noch gekannt haben. Vielleicht kann er uns sogar etwas über mögliche Missbrauchsfälle erzählen.«

»Was ist mit der Stiftung Opferschutz? Haben sich die Fichtelbacherbrüder dort gemeldet?«, fragte Finster.

»Wird überprüft, Chef!«, meinte Schwärzler professionell und wollte aufstehen.

»Ach, gehst du auch nochmal den Schweizer Kollegen auf die Nerven, bitte? Vielleicht hat es mit den zwei Strafzetteln wegen überhöhter Geschwindigkeit doch etwas auf sich«, bat der Chefinspektor.

Schwärzler nickte und wünschte den beiden einen schönen Feierabend.

»Hommr's pressant?«, wollte Finster spitz wissen.

»Na ja«, Schwärzler grinste breit.

»Wie heißt denn die Glückliche?«

»Findet's doch raus!«

Schwärzler machte die Tür hinter sich zu und ließ eine ganz leicht enttäuschte Günther und einen gähnenden Finster im Büro zurück.

»Und, Papa? Habe ich dir zu viel versprochen? Er ist doch wirklich süß, odr?«, schwärmte Saskia, während sie den Tisch für das Abendessen deckte. Piet, der gerade eine Weinflasche entkorkte, hob skeptisch die Augenbrauen. Was sollte er dazu sagen? »Bist du nicht noch ein bisschen zu jung für einen Freund?«, war alles, was ihm einfiel.

»Papa, bitte, ich bin siebzehn!«, protestierte Saskia.

»Eben!«, konterte er.

»Also ich kenne den Şen Hinteregger schon seit er in den Kindergarten geht und er war immer ein netter, fröhlicher Junge«, kam Traudl, die sich am Kühlschrank zu schaffen machte, ihrer Enkelin zu Hilfe.

»Siehst du!«, sagte Saskia schnippisch und stellte das geschnittene Brot auf den Tisch.

»Ja, und dich kennen wir auch schon seit du Windeln anhattest und dich fanden wir auch ein nettes aber grantiges Mädchen«, meinte Martha grinsend und steckte damit alle an. Es war ein herrlicher, lauer Sommerabend und die Luft war voller Insekten, die in den letzten Sonnenstrahlen schwirrten wie flüchtige Gedankenblitze vor dem Erlöschen.

Tag fünf

»Guata Morga!«, wünschte Inspektor Schwärzler seinem Chefinspektor, als dieser in der Dienststelle eintrudelte. Finster erwiderte den Gruß mit einem nicht ganz überzeugenden Nicken und dem direkten Gang zur Kaffeemaschine.

»Chef? Hast du schon gesehen, wer in deinem Büro auf dich wartet?«, fragte Schwärzler geheimisvoll.

»Wenn es nicht die Fleur ist, dann wirst du es mir bestimmt gleich sagen, habe ich recht?«

»Der Gantner.«

»Pfarrer Gantner?«

»Derselbe!«

»Sapprlot!« Finster stellte die volle Kaffeekanne wieder ab. Er gab Schwärzler mit einem Handzeichen zu verstehen, dass dieser das Aufnahmegerät installieren sollte und hastete dann zu seinem Büro. Ein untersetzter Mann mit grauem schütterem Haar saß in einem grauen Anzug auf einem Stuhl beim Schreibtisch.

Finster sprach ihn an: »Grüß Gott.«

»Grüß Gott.« Sie gaben sich die Hand. Finster setzte sich neugierig an seinen Arbeitstisch: »Herr Pfarrer Gantner, nehme ich an.«

»Ja«, sagte der knapp und stierte auf den Boden. Finster kreuzte die Hände und sah ihn interessiert an.

Er entschied sich dafür, keine Fragen zu stellen, sondern zu warten.

»Sie wissen, warum ich hier bin?«, fragte der Pfarrer nach einer Weile. Finster nickte.

Schwärzler betrat den Raum zusammen mit Fleur Günther, die eben eingetroffen war. Er begann, Kamera und Stativ bereit zu stellen.

»Das ist Kollegin Günther«, stellte Finster sie vor. Günther und der Pfarrer grüßten sich wortlos. Sie setzte sich. Schwärzler verließ den Raum, um von seinem Computerbildschirm aus die Aufzeichnung des Gesprächs zu verfolgen.

»Es ist Ihnen doch recht, wenn wir mitschneiden?«, fragte Finster.

Ohne auf die Frage zu antworten, begann der Mann zu erzählen.

»Wissen sie, damals, das waren noch ganz andere Zeiten. Oder zumindest verwenden wir diesen Satz immer wieder gerne als Ausrede für unsere eigenen Schwächen, um unsere Fehler zu entschuldigen. Ich habe alles gewusst, alles mitbekommen, aber nicht sehen wollen, was vor sich ging. Das waren doch noch Kinder, wir waren alle noch Kinder. Ich war damals Anfang Zwanzig. Ich war Novize des Jesuitenordens und glaubte ganz fest an die Lehren der Kirche. Ich beschäftigte mich tagein tagaus mit Jesus. Das war mein Leben. Die Patres waren mein Vorbild. Ich wollte so werden wie sie.

Als er anfing, mich mitzunehmen auf seine Ausflüge mit den Kindern, da bewunderte ich ihn für sein Engagement. Er interessierte sich wirklich für die Kinder, schenkte ihnen Aufmerksamkeit, dachte sich Spiele und Abenteuergeschichten aus.

Ich bin immer wieder fassungslos. Wissen Sie auch warum? Wissen Sie, was mich am meisten aus der Bahn wirft? Dass mein eigenes Ich, mein Unterbewusstsein, mein eigenes Gehirn mir solche Streiche spielen konnte. Wissen Sie, was mir damals durch den Kopf ging? Als es zum ersten Mal passierte, das war auf einem dieser Ausflüge im Sommer, als die meisten Kinder schon nach Hause gegangen waren.

Da hat er den Fichtelbachers eine besondere Ehre erwiesen. Die beiden Kinder bekamen die Spitznamen Old Firehand und Old Surehand aus den Karl-May-Romanen. Genauso verlogen wie die Indianergeschichten war auch der Geyer. Er machte seine Auserwählten zu seinen speziellen Gehilfen, sagte ihnen, sie seien etwas Besonderes, auserwählt eben. Nur wozu er sie auserwählt hatte, das war den Kindern erst klar, als es zu spät war.

Er hat gesagt, er käme gleich wieder, wolle den beiden etwas zeigen, etwas, das nur echte Blutsbrüder miteinander teilten. Als die drei zurückkamen von ihrem Ausflug in den Wald, da war mir beim Anblick von Waldemar sofort klar, dass etwas nicht stimmte. Der Eduard sah etwas gefasster aus.

Mein erster Gedanke war, dass sie Blutsbruderschaft geschlossen hatten. Doch Waldemar hatte schon vorher einen Verband am Finger gehabt und weitere Schnittwunden waren bei keinem zu sehen. Es war kein Stolz in den Kindergesichtern zu entdecken, nur Scham bei Eduard und Verwirrung bei Waldemar. Er sah satt und selbstgefällig drein.

Wissen Sie, was ich dann dachte? Ich dachte: Nein, das wäre doch ungerecht! Das ist doch Blödsinn! Das wäre unendlich gemein den beiden gegenüber! Können Sie sich vorstellen, dass das gesamte Wesen eines normal intelligenten Menschen so ein fadenscheiniges, nichtiges Argument, das er sich selber ausgedacht hat, als ausreichend ansieht, um jahrelang, das was vor sich geht, nicht als das wahrzunehmen, was es ist? Das ist mit mir geschehen, als ob ich ein handlungsunfähiges Objekt wäre, ein Stück Holz, das von einem Haufen auf einen anderen geworfen wird, ohne irgendeine Möglichkeit, selbst zu handeln. Und mich hat er dazu angehalten, die Kinder für unsere Jungjesuiten zu begeistern, die er leitete. Ich sollte sie anwerben, nur die Buben. Das waren zwei hübsche Kinder, die Fichtelbachers. Der Eduard war schon ein Jahr auf der Schule bei uns. Er hat den Geyer offensichtlich schon bald kennengelernt. Nach diesem Sommerausflug lief er weg, der Eduard. Alle anderen waren inzwischen nach Hause gegangen. Waldemar war ganz verstört. Geyer hat ihn nach Hause gebracht. Dann wollte er zurückkommen und mir bei der Suche nach Eduard helfen.

Ich hatte ihn gefunden, den Eduard, im Wald versteckt. Er hatte sich übergeben und zitterte am ganzen Leib. Ich setzte mich neben ihn. Wir saßen einfach nur da. Ziemlich lange. Nach einer Weile sagte er: Ich gehe nicht wieder zurück! Nie wieder! Ich musste nicht fragen wohin oder warum. Ich wusste, was er meinte. Trotzdem nahm ich eine Rolle ein, tat so, als ob eigentlich alles in Ordnung und das Problem ein lösbares sei.

Ich hatte die Idee mit dem Austauschprogramm. Ich dachte mir, dann wäre er weg, weg vom Geyer. Ich konnte doch nicht wissen, dass der so freigewordene Studienplatz sofort an seinen Bruder weitergegeben würde.«

»Ist Eduard wirklich in Brasilien gewesen?«, unterbrach ihn Finster.

»Ja, er war in São Luis, für ein Jahr. Die beiden haben sich geschrieben. Da ich derjenige war, der die Post der Schüler erledigte, kamen die Briefe auch wirklich an, ohne Zensur, meine ich. Die beiden Brüder wussten über einander Bescheid. Nach Waldemars Selbstmordversuch kam Eduard wieder zurück.«

»Waldemar hat versucht, sich das Leben zu nehmen?«, fragte Günther.

»Ja, er hatte sich Schlaftabletten besorgt. Ich habe ihn rechtzeitig gefunden und ihn ins Krankenhaus gebracht. Ich musste Waldemar schwören, bei allem was mir heilig war, niemandem die Warheit zu sagen. Wir erzählten der Schulleitung, es handle sich um eine Lebensmittelvergiftung. Aber Eduard kannte die Wahrheit und schrieb uns, er käme wieder nach Hause zu seinem Bruder, um ihm zu helfen.«

»Aber niemand wusste davon«, stellte Finster fest, »außer Ihnen. Habe ich recht?«

Der Pfarrer nickte stöhnend.

»Die beiden haben sich das Leid geteilt, nicht wahr?«, fragte Finster.

Er blickte zu Boden.

»Sagen Sie, Herr Pfarrer, wie ist es möglich, dass dieser Schwindel nie aufgeflogen ist?«, wollte Günther wissen.

»Glück, nehme ich an. Auf dem Dachboden des Schulgebäudes gab es mehrere Versteckmöglichkeiten. Wir haben dort eine doppelte Wand entdeckt und eine Art Zimmer eingerichtet, in der sich jeweils ein Junge verstecken konnte, während der andere als Waldemar die Schule besuchte.«

»Und das über Jahre hinweg?«

»Wir rechneten damit, jederzeit entdeckt zu werden. Wir dachten anfangs nicht, dass dieses Versteckspiel lange gutgehen könnte. Es gab viele Momente, in denen die Sache fast aufgeflogen wäre.«

»Was haben Sie während der Schulferien gemacht?«

»Ich habe den Eduard oft mitgenommen auf die Alm meines Onkels, auf der ich im Sommer mitgeholfen habe. Er war dort Hütebub. Und im Winter war die Alm ohnehin leer. Manchmal ist der Eduard in den Ferein nach Hause und hat seiner Mutter von Brasilien erzählt. Er hat sogar Portugiesisch gelernt. Zeit genug hatte er ja in seinem Versteck auf dem Dachboden und auf der Alm. Waldemar hat aus Solidarität auch Portugiesisch gebüffelt.

Mit der Zeit konnte ich die beiden selbst nur noch mit Mühe auseinander halten. Sie sahen sich sehr, sehr ähnlich. Beide haben immer versucht, ihre Hände zu verstecken, wegen Waldemars krummem Finger. Sie waren auch fast gleich groß. Sie trugen die Haare immer ganz kurz, dann fiel die unterschiedliche Farbe nicht auf. Bei jedem Wechsel im Versteck erzählten sie sich ganz genau, was an jedem Tag passiert war, um nicht überrascht zu reagieren. Und sie hielten sich aus allem raus, zogen sich so gut wie möglich zurück, versuchten, gute Noten zu bekommen, was ohne Probleme gelang.«

»Sie wollen uns also im Ernst weismachen, dass von der dritten bis zur achten Klasse Gymnasium niemand etwas von dem Schwindel bemerkt hat?«, fragte Finster ungläubig. Der Pfarrer zuckte mit den Schultern: »Offensicht bin ich nicht der einzige, der nur das gesehen hat, was er sehen wollte. Ehrlich gesagt, hätte ich nicht gedacht, dass wir damit durchkommen. Aber es war so.«

»Nicht einmal die eigenen Eltern haben etwas gemerkt?«, fragte Günther.

»Der Vater war im Krieg gefallen. Und die Mutter, Erna Fichtelbacher, war sehr naiv und nicht sonderlich gescheit. Sie hat einfach alles geglaubt, was ihr erzählt wurde. Sie war immer stolz auf ihre beiden Buben, der eine bei den Jesuiten in Feldkirch, der andere sogar in Brasilien. Ihre Welt war in Ordnung. Jedenfalls schien es so.«

»Was geschah nach der Matura?«, fragte Finster.

»Eduard ging zuerst wieder auf die Alm. Nach ein paar Wochen holte ihn Waldemar nachts mit einem bunt bemalten VW-Bus ab. Die beiden wollten durch die Welt fahren. Wohin, das wussten sie selbst nicht so genau, Hauptsache weg. Sie wissen, wie das in den sechziger und siebziger Jahren mit den Hippies war. Man konnte den beiden das Bedürfnis nach Freiheit und Vergessen nicht übelnehmen. Ich selbst ging nach Wien, um Theologie und Philosophie zu studieren. Nach Vorarlberg kam ich nur noch sporadisch. Als ich Ende der neunziger Jahre zufällig einen der beiden im Buchladen in der Feldkircher Marktgasse endeckte, da wusste ich nicht, wie ich reagieren sollte. Anfangs hielt ich mich fern. Ich war zwar sehr neugierig und hätte gern gewusst, wie es den beiden ergangen war, aber ich war mir nicht sicher, ob sie sich freuen würden, mich zu sehen. Irgendwann, vor ein paar Jahren, ging ich doch in den Laden hinein. Ich wusste nicht, welchen Fichtelbacher ich vor mir hatte. Er jedenfalls tat so, als ob er mich nicht kenne. Ich spielte das Spiel mit und ging wieder.«

»Sie gaben sich nicht zu erkennen? Nie?«, fragte Günther.

»Ich glaube, er wusste genau, wer ich war. Ich war drei oder vier mal im Laden und habe ein Buch gekauft. Ich wollte warten, bis er etwas sagt. Aber er sagte nichts.«

»Was ist mit Ihrem Pudel passiert? Was war beim letzten Besuch anders?«

»Ich war vor vier Tagen wieder im Laden. Ich habe ein paar Bücher gekauft und diesmal habe ich ihn angesprochen. Ich wusste nicht, ob ich Waldemar oder Eduard vor mir hatte. Wir waren nicht allein und ich musste vorsichtig vorgehen. Ob wir uns nicht kennen würden, habe ich gefragt, von früher. Er tat überrascht, sagte aber nichts dazu. Er versuchte, das Thema zu wechseln und lobte meinen Hund, den Blackie. Er sei ein schönes Tier. Ich bestätigte das und sagte, er sei mein bester Freund und ständiger Begleiter. Der Hund kenne mich besser als irgendein Mensch. Wir würden alles miteinander teilen.«

Gantner musste schlucken.

»Ich fragte ihn, ob er auch einen so treuen Begleiter hätte. Ich hoffte, auf diese Art herauszufinden, wie es dem anderen Fichtelbacherbruder erginge. Er lächelte nur und wickelte das Geschäft ab. Ich fragte ihn, ob es in der Nähe einen schönen Ort gäbe, um den Blackie spazieren zu führen. Ich hoffte, dass er den Hinweis verstehen würde und wir somit einen Treffpunkt ausmachen könnten. Er nannte mir das Reichenfeld hinter der ehemaligen Stella Matutina. Er sagte, es sei dort um die Mittagszeit schön kühl an einem so heißen Tag. Ich freute mich, denn ich verstand diese Bemerkung als Zusage, mich treffen zu wollen. Ich bezahlte und sagte, dass der Spaziergang im Reichenfeld bestimmt schön werde.

Es war noch Vormittag und ich ging durch die Stadt, trank einen Kaffee, las in den Büchern, die ich gekauft hatte, aß eine Kleinigkeit. Um die Mittagszeit schlenderte ich wieder durch die Marktgasse. Ich wollte noch einmal beim Laden vorbeischauen, bevor ich mich zum Reichenfeld begab.

Zuerst hatte ich ihn nicht gesehen. Da saß eine Frau auf einem Stuhl, die verstört zu Boden blickte und mich nicht sah. Doch gleich darauf kam er aus der Tür zum Hinterzimmer mit einer Kaffeetasse. Ich hob die Hand und winkte ihm zu. Er erschrak bei meinem Anblick und ließ die Tasse fallen. Das war nicht die Reaktion, die ich erwartet hatte. Ich erschrak ebenfalls und machte mich davon.«

»Und er ging Ihnen nach«, stellte Finster fest.

»Ja. Zuerst hatte ich ihn nicht bemerkt. Ich war verwirrt und wusste im ersten Moment nicht, was ich tun sollte. Wollte er mich nun treffen, oder nicht? Hatte ich den anderen Bruder angetroffen, der über das vorhergehende Gespräch nicht informiert worden war? Ich folgte meinem ursprünglichen Plan und ging zum Reichenfeld. Ich wusste nicht, wie ich mich verhalten sollte und setzte mich auf eine Bank. Wenig später setzte er sich neben mich.«

Pfarrer Gantner machte eine Pause.

»Was passierte dann?«, drängte Günther weiter.

»Ich wusste nicht, was ich sagen sollte. Er schwieg. Ich schwieg. Sogar Blackie spürte die Spannung und legte sich hin. Es war ziemlich warm und ich war in schwarz gekleidet. Nicht nur darum begann ich zu schwitzen. Ich öffnete meinen Hemdkragen. Ich musste etwas sagen. Je länger ich wartete, desto bizarrer und unbehaglicher wurde die Situation. Er blieb starr sitzen.

Schließlich sagte ich: Ist schön geworden, nicht, in Gelb und Weiß? und deutete auf die ehemalige Jesuitenschule vor uns. Ich wusste nicht, was ich sonst sagen sollte. Er sah mich langsam an. Es war etwas Wildes in seinem Blick, das mich alarmierte. Ich stand auf und ging weg. Als ich in dem kleinen Waldstückchen, fast bei dem überdachten Steg über die Ill war, da war er plötzlich neben mir.

Was willst du?, zischte er mich an. Ich war so perplex, dass ich zuerst keine Antwort wusste. Er fragte mich, ob ich Geld wolle. Ich sagte ihm, dass ich mich nur erkundigen wolle, wie es zwei alten Freunden von mir ginge, weiter nichts. Er fragte mich, was mein Schweigen kosten würde. Ich sagte, dass ich kein Geld wolle und dass ich mich geirrt hatte, denn die beiden Freunde aus den alten Zeiten gäbe es offensichtlich nicht mehr.

Er fragte, wo ich das Material versteckt hätte. Ich verstand nicht, was er meinte und sagte ihm das. Er wiederholte die Frage. Er war aggressiv, außer sich. Dann zog er ein großes Messer aus seiner Brusttasche und hielt es mir an die Kehle. Ich bekam Angst. Ich fragte ihn, was er wolle, was ich tun solle. Er sagte, er wolle das Erpressermaterial haben. Ich versicherte ihm, ich hätte keines. Ich wüsste nicht, wovon er spräche. Blackie muss verstanden haben, dass ich berdoht wurde. Er ist ... er war kein besonders ausgebildeter Hund. Außer Sitz! und Platz! konnte er nur noch Bälle apportieren. Trotzdem begann er zu knurren und zu bellen, als er das Messer sah.

Als der Hund sich einmischte, sagte er: Natürlich! Das hätte ich mir gleich denken können. Der beste Freund des Menschen. Ihr teilt alles miteinander, nicht? Du bist schlauer, als ich dachte. Im Hundechip! Gutes Versteck. Das Messer war immer noch an meiner Kehle. Er nahm Blackies Leine aus meiner Hand.

Ich hatte keine Ahnung, wovon er sprach. Ich hatte ihm keine Veranlassung gegeben, sich bedroht zu fühlen. Ich hatte über fünfzig Jahre keiner Menschenseele von den Fichtelbachers erzählt. Warum sollte ich jetzt damit anfangen? Es ergab keinen Sinn.

Er zog Blackie mit sich fort, zwischen die Bäume. Er sah sich um. Ich folgte seinem Blick. Es war niemand da. Er band die Leine an einem Baum fest. Bevor ich verstand, was passierte, hatte er einen großen Stein aufgehoben und auf Blackies Kopf geschmettert. Ich konnte nicht glauben, was ich sah.

Blackie lag reglos am Boden. Er begann die Haut abzutasten. Ich fragte ihn, was er getan hatte. Er sagte, er suche den Chip unter der Haut. Wissen Sie, Blackie war nicht mehr der Jüngste. Er hatte viele, kleine und größere Knöllchen am Bauch, die laut Tierarzt harmlos waren. Er muss diese für mögliche Chips gehalten haben und begann Blackie zu häuten. Ich machte einen Schritt auf ihn zu, um ihn davon abzuhalten. Aber er richtete das Messer auf mich und sah mich mit so einem Irrsinn in den Augen an, dass ich nicht näher kam. Als er weitermachte, sah ich, dass Blackie bereits tot war. Dann ging ich weg.«

»Hat er den Chip gefunden?«, fragte Finster.

»Es gibt keinen Chip. Es gibt auch kein Erpressermaterial.«

»Wissen Sie, wo Eduard Fichtelbacher jetzt ist?«

»Nein, ich habe keine Ahnung. Ich weiß auch nicht, wo Waldemar ist. Ich weiß nicht, welchem der beiden ich begegnet bin und ob beide noch am Leben sind oder nur einer.«

»Können Sie sich an sonst noch irgendetwas erinnern? Hat Sie wirklich niemanden gesehen? Mitten am Tag? In einem öffentlichen Park?«

Gantner dachte nach: »Doch, natürlich waren Menschen im Park. Als wir hinter der Musikschule waren und er Blackie getötet hat, da waren wir allein. Zumindest habe ich niemanden bemerkt. Aber weiter vorne im Park waren ein paar wenige Leute. Ich glaube auf der Bank, auf der wir saßen, da war noch jemand. Ja, da war ein Mann mit einem Fahrrad, das hatte er an einen nahen Baum gelehnt.«

»Wie sah dieser Mann aus?«, fragte Günther und erinnerte sich an einen Radfahrer, den sie am Tatort gesehen und fotografiert hatte. Sie zog ihr Smartphone aus der Tasche und suchte das Foto.

»Weiß ich nicht mehr. Ganz normal. Er hatte sein Mittagessen dabei, ein belegtes Brötchen oder so was. Und er starrte die ganze Zeit sein Telefon an.«

»Ist es dieser Mann?«, fragte Günther und zeigte ihm das Foto, das sie am Tatort Mutilierter Hund gemacht hatte.

»Möglich. Könnte sein, ja. Ich habe wirklich nicht auf ihn geachtet.«

»Der Man saß neben Ihnen?«

»Nein, er saß neben Fichtelbacher.«

»Also der Herr Fichtelbacher saß in der Mitte?«

»Richtig.«

»Wer saß als erster dort?«

»Zuerst der essende Radfahrer, dann kam ich und setzte mich ans andere Ende der Bank zusammen mit Blackie. Und dann kam Fichtelbacher. Er setzte sich in die Mitte.«

»Wie lange saßen Sie drei auf dieser Bank?«

»Keine Ahnung, fünf bis zehn Minuten vielleicht.«

»Hat der Radfahrer etwas gesagt oder getan?«

»Nein, er hat sich sehr intensiv mit seinem Essen und seinem Telefon beschäftigt.«

»Konnte Fichtelbacher das Display des Telefons sehen?«

»Wie bitte?«

»Konnte Fichtelbacher sehen, was der Radfahrer auf seinem Telefon sah?«

»Wenn er rübergeschaut hat, ja. Aber ich war sehr nervös, mir war heiß.«

Günther wandte sich an Finster: »Schwärzler soll den Radfahrer finden. Wir müssen wissen, was Fichtelbacher auf dem Display gesehen hat.« Zur Kamera gewandt sagte sie: »Kommst du, Christian?«

»Was haben Sie danach gemacht? Wo waren Sie in den letzten fünf Tagen?«, fragte Finster.

»Ich brauchte ein bisschen Abstand. Ich musste das alles erst begreifen. Um Blackie trauern.«

»Ihre Köchin macht sich Sorgen.«

»Das tut mir leid. Ich habe sie heute morgen angerufen und ihr gesagt, dass es mir gut geht.«

Schärzler trat ein und Günther reichte ihm ihr Smartphone mit besagtem Foto.

»Sie können momentan leider noch nicht nach Hause fahren, Herr Pfarrer«, informierte ihn Finster. »Sie müssen sich noch eine Weile zu unserer Verfügung halten. Wo wohnen Sie so lange?«

Der Pfarrer nannte ihm die Adresse einer kleinen Pension, die keine Haustiere erlaubte. Die Frage, wie lange der Pfarrer noch in Vorarlberg bleiben müsse, konnte Finster ihm nicht genau beantworten, versprach aber eine möglichst baldige Aufklärung des Falles.

»Noch eine Frage, Herr Pfarrer, was für Bücher haben sie vor fünf Tagen bei Fichtelbacher gekauft?«

»Sagen von Vorarlberg, Georg Joachim Rheticus aus Feldkirch und Jost Bürgi, ein Genie aus dem Toggenburg von Schöbi-Fink und Burg und Dom zu Feldkirch von Manfred Getzner«, antwortete der Pfarrer.

Nach Pfarrer Gantners Abschied gingen Günther und Finster zu Schwärzler, der an seinem Schreibtisch beschäftigt war.

»Könnte es sein, dass Pfarrer Gantner zur falschen Zeit am falschen Ort war?«, meinte Finster. »Ich gehe jede Wette ein, dass sich der Radfahrer das Foto von diesem Jimmi Navratil, dem Maurerlehrling, angeschaut hat. Oder das Video von XXL-Baby.«

»Du meinst also«, sagte Günther, »dass Fichtelbacher sich aus dem Kauf der Bücher, die sich mit der lokalen Geschichte und der Legende von ›Doktor Faust in der Marktgasse‹ beschäftigen, und den Bildern aus dem Internet die falsche Schlussfolgerung zusammengereimt hat.«

»Genau das meine ich.«

»Es muss für ihn so ausgesehen haben, als ob Gantner nicht nur um das geteilte Leben der beiden Brüder, sondern auch um den Mord an Geyer wusste. Er dachte, dass Gantner gekommen war, um ihn und seinen Bruder zu erpressen.«

»Sieht so aus. Schwärzler, kannst du veranlassen, dass Frau Keller noch einmal nach dem Messer befragt wird? Sie schien zwar keines an Fichtelbacher bemerkt zu haben, als dieser den Laden auf so stürmische Weise verließ, aber wir fragen noch mal nach. Zusätzlich muss jemand den Weg vom Laden zum Reichenfeld abgehen und nachprüfen, ob man auf dem Weg dahin ein größeres Messer erstehen kann. Wir müssen alle Geschäfte abklappern. Und dann muss jemand alle möglichen Rückwege vom Reichenfeld zum Laden überprüfen und in den Bekleidungsgeschäften nachfragen, ob Fichtelbacher unterwegs einen neuen Anzug gekauft hat. Vielleicht finden wir den alten Anzug, der Hundeblutspuren aufweisen muss.«

»Wird erledigt«, sagte Schwärzler. »Der Radfahrer heißt Max Hindrich, wohnhaft in Franstanz und er wird in seiner Mittagspause um zwölf Uhr dreißig in die Dienststelle kommen«, teilte Schwärzler ihnen mit.

Finster und Günther waren sprachlos.

»Gesichtserkennungsprogramm. Hindrich ist Finanzbeamter und im System erfasst«, bot Schwärzler als Erklärung an. Die beiden anderen tauschten beeindruckt anerkennende Blicke aus.

»Ist Waldemar Fichtelbacher schon ansprechbar?«, fragte Günther.

»Die Kollegen, die ihn im LKH Feldkirch bewachen, sagen, er komme zusehends zu sich, aber er sei noch immer sehr schwach«, informierte sie Schwärzler.

»Haben die Schweizer Kollegen von sich hören lassen?«

»Anscheinend gibt es eine Spur. Sie gehen einem Hinweis im Zusammenhang mit dem Fall eines minderjährigen Prostituierten aus Thailand nach, der vor einigen Jahren erstochen wurde.«

»Wirklich? Das wird ja immer komplizierter!«, bemerkte Finster.

»Wenigstens ist es eine Spur. Erstaunlicherweise hat die Befragung aller Anrainer und der Angestellten und Besucher des Landeskonservatoriums sowie der Musikschule rein gar nichts ergeben. Kaum zu glauben, dass niemand etwas gesehen hat, als Fichtelbacher den Hund verstümmelte.«

»Danke, Schwärzler. Hervorragende Arbeit! Jetzt müssen wir nur noch Eduard Fichtelbacher finden!«, sagte Finster.

»Darf ich außerdem an den Termin bei Pater Meininger erinnern? Ihr solltet in fünfundzwanzig Minuten dort sein.«

»Na dann! Meine Blume«, er wandte sich an Fleur, »das Finanzamt befindet sich auf dem Weg zum Altersheim. Wir können also zwei Fliegen mit einer Klappe schlagen.«

Max Hindrich bestätigte Finsters Vermutung. Er konnte sich noch sehr genau an alle Einzelheiten erinnern. Bei schönem Wetter nehme er öfters den Weg über das Reichenfeld. An diesem Tag habe er sich den Vormittag frei genommen, um im Garten zu arbeiten und somit erst um die Mittagszeit den Weg zur Arbeit angetreten. Er hatte sich zu besagtem Zeitpunkt tatsächlich das Foto des ›Toten im Erker‹ angesehen und den – zugegebenermaßen spärlichen – Bericht dazu gelesen. Der neben ihm Sitzende hatte auf jeden Fall freie Sicht auf den Bildschirm seines Smartphones gehabt. Auch er hatte die Spannung zwischen den beiden alten Herren deutlich gespürt und war froh gewesen, dass sie sich nach kurzer Zeit wieder entfernten. Als er auf seinem Nachhauseweg die Frau Inspektor und den Hund gesehen habe, habe er sofort an den Pudel des Pfarrers gedacht, habe sich jedoch gleich für seine unprofessionelle Neugier geschämt und sei weitergefahren.

Jetzt saßen Finster und Günther im Gemeinschaftsraum des städtischen Altersheims. Pater Meininger saß in seinem Rollstuhl am Tisch. Er war eingeschlafen, mitten im Satz. Vor ihm stand eine dampfende Tasse Kaffee. Finster stupste ihn sanft an: »Herr Meininger?« Nichts. Ein lauter Schnarcher ertönte und ließ den Schläfer wieder erwachen.

»Herr Pfarrer Meininger, wir sind von der Polizei. Wir möchten Ihnen ein paar Fragen stellen«, erklärte Finster mit lauter Stimme.

»Das sagten Sie bereits. Meine Ohren sind noch völlig in Ordnung. Sie brauchen nicht zu brüllen«, meinte der alte Herr beleidigt.

Finster entschuldigte sich und fragte ihn, ob er sich an die Fichtelbacher-Brüder erinnern könne.

»Wann war das, sagen Sie?«

»Waldemar Fichtelbacher hat 1962 in der Stelle Matutina maturiert. Sein Bruder ging 1954 nach Brasilien.« Finster gab ihm das Jahrbuchfoto, das Fichtelbacher als jungen Mann zeigte.

»Das ist zu lange her. Das weiß ich nicht mehr. Ich hatte hunderte Schüler. Mit der Zeit, kommt es einem so vor, als ob sie alle gleich aussähen. Junge Menschen eben. Die kommen und gehen.«

»Können Sie sich an einen Kaplan Geyer erinnern?«, fragte Günther. Jetzt veränderte sich der Gesichtsausdruck des Paters.

»Das war ein echter Jesuit«, meinte er. Es klang jedoch nicht sehr anerkennend.

»Wie dürfen wir das verstehen?«, fragte Günther.

»Er konnte sich aus allem herausreden. Eine Konfrontation war sinnlos. Wie ein Fisch wand er sich aus allem, was nach Arbeit oder Verantwortung roch. Mit ihm zu verhandeln war, als ob man versuchte, Quecksilber mit einer Gabel aufzuheben.«

»Gab es Probleme mit Kaplan Geyer?«

»Nichts Konkretes. Nie irgendwas Konkretes. Immer nur Vermutungen. Immer ein ungutes Gefühl, verstehen Sie?«

»Können Sie uns das näher erklären?«

»Als in den Achtzigern die Leute mutiger wurden und die vielen Missbrauchsfälle ans Tageslicht kamen, da musste ich sofort an den Geyer denken. Leute wie er sind schuld daran, dass die Menschen nicht mehr an Gott glauben. Wie auch? Ich hoffe, es schockiert Sie nicht, dass ein Pater so offen redet, aber ich bin zu alt, als dass mir Regeln und Vorschriften noch etwas ausmachen würden.«

»Wissen Sie etwas über eine versteckte Kammer im Dachboden der ehemaligen Stella?«

»Also doch!«

»Wie, also doch?«

»Hin und wieder tuschelten oder scherzten die Schüler über die Kammer des Schreckens, die irgendwo in der Schule versteckt sein soll und in der sich fürchterliche Dinge abspielten. Die Schüler machten sich ab und zu damit gegenseitig Angst, meist im Spaß. Sie sagten Dinge wie: Wenn du mich deine Hausübung nicht abschreiben lässt, dann stecke ich dich in die Kammer des Schreckens! Niemand wusste, wo sie sich befinden sollte und ob sie überhaupt existierte. Ich habe mich nicht weiter darum gekümmert.«

»Sind Schüler während Ihrer Zeit als Lehrkraft an der Schule misshandelt worden oder verschwunden?«, fragte Finster.

»Offiziell nicht.«

»Und inoffiziell?«

»Da gab es diesen jungen Burschen, einen Novizen, den fand ich immer reichlich seltsam.«

»Warum?«

»Er hatte ein ähnliches falsches Lächeln im Gesicht wie der Geyer. Doch einmal, da erwischte ich ihn in einem Moment, in dem er sich unbeobachtet fühlte. Das falsche Lächeln war wie weggeblasen. Er sah stattdessen sehr ernst und traurig aus, richtig niedergeschlagen, so als ob er die ganze Last der Erde auf seinen Schultern tragen müsste. Kurze Zeit später hat er, ohne sich zu verabschieden, die Schule verlassen. Man sagte uns, er sein nach Wien gegangen, um zu studieren.«

»Wie hieß der Novize?«

»Ja, wie hieß der noch?«

»Ewald Gantner?«, bot Günther an.

»Genau! Sie kennen ihn auch?«

»Flüchtig«, sagte Finster. »Wann war das? Wann hat er die Stella verlassen? 1962?«

»Nein, früher. Ich habe 1958 dort angefangen zu unterrichten. Und dieser Novize war nur ein Jahr lang gleichzeitig mit mir an der Schule. Dann ist er weg.«

»1959?«

»Während der Sommerferien, ja.«

»Sind Sie sicher?«

»Ganz sicher.«

»Vielen Dank, Sie haben uns sehr weitergeholfen.«

»Warum haben Sie uns angelogen?«, Finster blickte Pfarrer Gantner direkt in die Augen.

»Was meinen Sie?«

»Sie haben den Fichtelbachers nicht bis zum bitteren Ende Beistand geleistet! Sie haben sie ihrem Schicksal überlassen!« Günthers Blick war Einschüchterung genug.

Der alte Mann konnte Günther nicht lange standhalten. Er sackte in sich zusammen.

»Sie haben die beiden mit Geyer allein gelassen!«, konstatierte Finster.

»Drei Jahre ging die Sache gut. Dann hat er uns erwischt«, sagte Gantner kleinlaut. »Er hat die Dachkammer entdeckt.«

»Und dann?«

»Dann hat er gedroht, mich anzuzeigen, mich exkommunizieren zu lassen. Allen zu erzählen, ich hätte die Kinder zu unsittlichen Praktiken gezwungen und nicht er. Er war gut vorbereitet, ehe er mich damit konfrontierte. Er hatte Fotos gemacht von dem Versteck, mit meinen Kleidern oder anderen persönlichen Sachen drin, die mich belasten und der Kindesentführung überführen sollten. Er war mir und Eduard auf die Alm gefolgt. Hatte auch dort Fotos gemacht; hatte Waldemar bei der Mutter besucht und sich nach Eduard erkundigt. Er erzählte der Mutter in Waldemars Beisein, er werde selber bald nach Brasilien fliegen und wolle Eduard besuchen.

Er versprach, niemandem etwas zu sagen, wenn ich wegginge. Er würde sich um alles kümmern. Um alles kümmern, hat er gesagt. Dass die beiden von da an weitaus mehr zu leiden hatten als bisher, war klar.

Als Geyer auch bei meinen Eltern auftauchte und ihnen erzählte, er wolle einen Artikel über meine besonderen Leistungen im hiesigen Kirchenblatt schreiben, verfiel ich in Panik. Ich ließ die beiden im Stich. Ich ging über Nacht weg, ohne mich zu verabschieden.

Es war eine Kurzschlusshandlung. Ich konnte mich an niemanden wenden. Wem würde man glauben? Dem Herrn Kaplan oder mir und einer fantastischen Geschichte von zwei Kindern, die sich ein Leben und eine Leidensprozedur teilten? Ich wusste nicht, wie es weitergehen sollte. Ich hoffte einfach nur, dass es bald vorbei sein würde. Für alle. Egal wie. Als ich in Wien angekommen war, bin ich eher mechanisch als bewusst zu unseren Ordensleuten gegangen. Ich habe mich um nicht viel gekümmert. Das meiste wurde für mich erledigt. Ich musste nur noch jeden Tag aufstehen, wie eine Marionette.«

»Sie sagen, Sie hatte keinen Kontakt mehr seit 1959. Woher wussten Sie, dass die Fichtelbacherbrüder drei Jahre später mit einem VW-Bus eine Weltreise antraten?«, wollte Finster wissen.

»Mein Onkel ließ Eduard weiterhin auf der Alm übernachten, wann immer er wollte. Eduard war ein guter Arbeiter.«

»Warum haben Sie sich nach all den Jahren wieder bei ihnen gemeldet?«, fragte Günther. »Wollten Sie sich bei den Fichtelbachers entschuldigen?«

»Muss ich das? Bin wirklich ich derjenige, der etwas falsch gemacht hat?«

»Sie suchten nach Vergebung. Nach einem Abschluss, bevor es zu spät ist«, stellte Günther fest.

Er zuckte mit den Schultern.

Finster sah ihn eindringlich an: »Sie hat er auch missbraucht, nicht wahr?«

»Ich habe ihn oft abgelenkt, damit er die Kleinen in Ruhe ließ, aber ich habe ihnen das nie gesagt.« Dem alten Mann rannen dicke Tränen über die Wangen.

Faust: O wär' ich nie geboren!
Margarethe: Was steigt aus dem Boden herauf?
Der! der! Schick ihn fort!
Was will der an dem heiligen Ort?
Er will mich!
Faust: Du sollst leben!
Margarethe: Dein bin ich, Vater! Rette mich!
Ihr Engel! Ihr heiligen Scharen,
Lagert euch umher, mich zu bewahren!
Heinrich! Mir graut's vor dir.
Mephistopheles: Sie ist gerichtet!
Stimme von oben: Ist gerettet!
Mephistopheles (zu Faust): Her zu mir!

»Vielen Dank, Frau Keller, dass Sie es einrichten konnten, noch einmal auf die Dienststelle zu kommen.« Finster sah Martha ein wenig zu lange an.

»Keine Ursache. Ich möchte gerne fragen, ob Sie in dem Fall schon weitergekommen sind, aber als Polizistengattin weiß ich ja, dass Sie Zivilpersonen keinerlei Auskünfte geben dürfen«, antwortete Martha. Finster versuchte sein charmantestes Lächeln.

»Wie geht es Ihrem Mann?«, fragte Günther, hauptsächlich um Finster in die Wirklichkeit zurückzuholen und vielleicht auch, um ihn ein bisschen zu ärgern.

»Gut, danke. Er ist heute Morgen wieder abgereist. Die Arbeit, Sie verstehen«, Martha konnte ihre Enttäuschung nur schlecht verbergen. Ganz im Gegensatz dazu bemerkte Günther ein kurzes Aufleuchten in den Augen des Chefinspektors.

»Was wir noch wissen wollten, Frau Keller, ist, ob Sie sich daran erinnern können, dass Herr Fichtelbacher ein großes Messer bei sich hatte, als er vor vier Tagen die Kaffeetasse beim Anblick des Pfarrers fallen ließ und ihm Hals über Kopf gefolgt ist«, erklärte Finster.

Martha dachte nach, konnte sich aber an kein Messer erinnern.

»Gut, das wär's dann auch schon, Frau Keller. Vielen Dank«, meinte Günther sachlich.

»Was passiert jetzt mit dem Buchladen, wenn ich fragen darf?«, wollte Martha wissen.

»Er bleibt bis zur Aufklärung des Falles geschlossen. Dann kommt es auf die Eigentümer an. Wieso?«, fragte Finster.

»Ich denke darüber nach, hierherzuziehen, und das geht natürlich nicht ohne eine Arbeit. Der Laden hat mir an sich sehr gut gefallen und die Idee, mich selbstständig zu machen, geht mir im Kopf herum. Ich dachte vielleicht an eine Kombination aus Caféhaus und Buchgeschäft. Na ja, mal schauen, was sich ergibt.« Martha lächelte verlegen, schüttelte beiden die Hand und ging.

Sie spürte den warmen Händedruck des Chefinspektors noch eine Weile in ihrer Hand. Ein angenehmes Kribbeln. Jetzt spinn halt nicht rum!, schalt sie sich. Du hast wirklich andere Sorgen, meine Liebe! Langsam schlenderte sie durch die mittelalterlichen Straßen von Feldkirch. Sie setzte ihre Sonnenbrille auf die Nase und blickte nach oben.

Wie schön die Stadt war! Fröhlich bunte Häuser in allen Farben schmiegten sich aneinander, die Giebel, wie schicke Hüte oder kunstvolle Frisuren als schmückenden Abschluss oben drauf, umrandet von den göttergleichen Bergen, die den Menschen fortwährend die Bescheidenheit ihrer eigenen Existenz vor Augen hielten. Martha atmete tief, sog die Stimmung in sich ein. Das hier ist der Nabel der Welt, dachte sie, meiner Welt.

Sie zog ihren Fotoapparat aus der Tasche und machte einige Bilder von der Stadt und der alles überblickenden Schattenburg. ›Would you like me to take a picture of you?‹, sprach sie ein Mann im Polohemd und Schildkappe an. Warum nicht?, dachte sie sich. Der Mann war ein Tourist aus den Vereinigten Staaten. Er wartete auf seine Familie, die in einem Geschäft etwas länger brauchte, und hatte Martha auch für eine Touristin gehalten.

Erstaunlich, wie sich ein Ort verändern kann, wenn man selbst verändert ist, wunderte sich Matha. Ich habe zuvor kaum nach oben geschaut in Feldkirch, immer nur nach vorn, gerade aus. Ich nehme die Stadt anders wahr, wie eine Besucherin, eine Touristin. Und gleichzeitig nimmt mich der Ort anders wahr. Martha fühlte sich wie verwandelt. Beschwingt machte sie noch mehr Fotos von allem, was sie umgab.

Verdutzt betrachtete sie den Bildschirm ihres Fotoapparates, als sie Saskia und Şen erkannte, die unter einem Sonnenschirm an einem Tisch saßen und sich einen Eisbecher teilten. Sie hatten Martha nicht bemerkt, waren ganz mit sich selbst beschäftigt. Saskia sah glücklich aus. Strahlend.

Martha wollte sich die Eifersucht über das junge Glück nicht eingestehen. Sie wollte sich für ihre Tochter freuen. Aber sie schaffte es nur bedingt und dachte nur an ihre eigene Einsamkeit, schämte sich für ihren Egoismus. Sie wandte sich ab und spazierte in eine andere Richtung, bog in eine der schmalen, dunklen Gassen der Stadt, in denen man das Mittelalter fast noch mit der Hand anfassen konnte.

BUMM!

»Können Sie denn nicht aufpassen?«, herrschte sie jemand an. Martha stammelte eine Entschuldigung. Sie war genauso erschrocken wie der ältere Herr, mit dem sie zusammengestoßen war. Noch mehr erschrak sie darüber, dass sie sich Auge in Auge mit Waldemar Fichtelbacher im Jogginganzug befand.

Ungläubig starrte sie ihn an. Er starrte zurück, nur einen Moment lang, dann ging er hastig weiter. Martha brachte kein Wort heraus. Sie hatte ihren Fotoapparat noch immer in der Hand. Sie schoss ein paar Fotos von seiner Rückenansicht. Dann war er um die Ecke verschwunden.

Martha zweifelte an ihrer Wahrnehmung. Sie besah sich die Fotos des vermeintlichen Waldemar Fichtelbacher. Könnte es sein Bruder sein? Sahen sich die beiden wirklich so ähnlich? Nach einigen Momenten ging sie ihm nach. Doch als sie aus der Gasse heraus kam, war er nirgends mehr zu sehen.

Sie seufzte tief. Dann schlug sie den Weg zurück zur Polizeidienststelle ein.

»Frau Weingartner?« Finster wunderte sich, die ältere Dame auf der Dienststelle anzutreffen.

»Komme ich ungelegen, Herr Inspektor?«, fragte sie vorsichtig.

»Nein, ganz und gar nicht. Nehmen Sie bitte Platz. Was kann ich für Sie tun?«, fragte Finster erwartungsvoll.

»Ich weiß wirklich nicht, ob es wichtig ist, aber mir ist noch etwas eingefallen. Ich habe nochmal über alles nachgedacht. Ich hatte Ihnen erzählt, dass eine Frau mit Kinderwagen unter dem Fenster in der Marktgasse war, als es zersprang, im Jahre 1982. Ich habe Ihnen gesagt, dass eine Rassel aus dem Kinderwagen gefallen war. Je länger ich darüber nachdenke, desto weniger glaube ich, dass der Gegenstand eine Rassel war, die aus dem Kinderwagen gefallen ist.«

Sie machte eine Pause und schwieg nachdenklich. Der Polizist wartete.

»Ich weiß noch, dass die Mutter wirklich entsetzt aussah. Ich hatte bisher angenommen, dass es aufgrund des Schocks und der Sorge um ihr Kind war. Aber ich habe mich gefragt, warum sie das Kind so hastig aus dem Wagen genommen hat. Natürlich, um es zu beruhigen. Aber ich glaube, da war noch mehr. Ich glaube, der Gegenstand ist nicht aus dem Kinderwagen gefallen. Es wäre möglich, dass das Ding aus dem Fenster gefallen ist und neben dem Kinderwagen auf dem Boden aufschlug oder sogar zuerst auf den Kinderwagen aufschlug, abprallte und dann auf dem Boden landete.«

»Und warum glauben Sie das?«

»Die Mutter hatte das Kind blitzschnell in den Arm genommen, wich einige Schritte zurück und starrte auf den Gegenstand. Dann lief sie weg. Einen Augenblick später kam sie zurück, denn sie hatte den Kinderwagen stehen gelassen. Sie trug das Kind immer noch im Arm und schleifte den Wagen hinter sich her, als sie endgültig weghastete.«

»Und der Gegenstand?«

»Den hat sie liegengelassen.«

»Sie meinen also, dass dieser Gegenstand von innen auf die Fensterscheibe geworfen wurde und somit die Scheibe zerstört hat.«

»Es könnte sein.«

»Wie sah der Gegenstand aus?«

»Schwarz. Darum habe ich auch angefangen zu zweifeln. Haben sie schon einmal eine schwarze Babyrassel gesehen?«

Ein Klirren. Von Glas? Metall? War etwas zersprungen? Martha wollte sich umblicken, um die Ursache für das Malheur zu suchen. Doch das war leichter gedacht als getan. Ihr Kopf dröhnte. Ihr war schecht. Das Atmen fiel ihr schwer. Wo war sie?

Um sie herum war es dunkel. Nur sehr wenig Licht drang zu ihr. Das andauernde Geschaukel und Gewackel erzeugte Brechreiz. Sie wollte sich am Ohr kratzen. Es juckte. Warum konnte sie sich nicht am Ohr kratzen? Was war los? Warum tat ihre Hand nicht, was sie ihr befahl? Was war denn verdammt nochmal los mit ihr?

Gedanken versuchten sich aus ihrem Unterbewusstsein hochzuarbeiten. Alles war wie ein dicker Nebel, eine zähe Masse. Was war passiert? Sie hatte Fichtelbacher fotografiert, von hinten. Sie wollte die Fotos zur Polizei bringen. Ihr war schlecht. Sie würde sich übergeben müssen, wenn das Wackeln nicht bald aufhörte. Nein, bitte nicht kotzen! Sie hatte ihn noch einmal gesehen, den Fichtelbacher, in seinem Jogginganzug, war ihm nachgegangen, Richtung Bahnhof, zum

Parkplatz neben dem Friedhof, bei den Bahngleisen. Er war zu einem blauen alten Lieferwagen gegangen. Da war er gestanden, bei der offenen Tür zum Laderaum. Sie hatte den Wagen auch fotografiert. Hatte er das gesehen?

Nein, bitte nicht kotzen. Wegen dem breiten Industrieklebeband über ihrem Mund bekam sie kaum Luft. Nicht kotzen!

Er hatte sich umgedreht, hatte sie gesehen, sie angelächelt. Sie hatte zurückgelächelt. »Frau Keller«, hatte er freundlich gesagt. »Wie macht sich mein Laden? Passen Sie gut auf ihn auf?« Sie war verwirrt gewesen, war stehen geblieben, wusste nicht, was sie sagen sollte.

»Ihre Frau Mutter wird sich bestimmt freuen, von Ihnen zu hören«, hatte er lächelnd verkündet. Was? Was meinte er? Was war mit Traudl? Was sollte das bedeuten? Er beugte sich in den Laderaum und macht sich dort mit etwas zu schaffen, das sie nicht sehen konnte. Sie ging einige Schritte näher. »Wie meinen Sie das?«, fragte sie unsicher, als sie schon fast beim Lieferwagen angekommen war. Er hatte sie nicht gehört oder ignoriert, machte weiter, womit auch immer, mit dem Oberkörper tief in den Laderaum gebeugt. Sie trat noch näher an ihn heran, stand fast neben ihm, den Fotoaparat ließ sie in ihre Handtasche gleiten und fragte noch einmal: »Wie meinen Sie das?«

Hatte er sie niedergeschlagen? Sie konnte sich nicht mehr erinnern. Es musste so gewesen sein. Auf jeden Fall würde es die hämmernden Kopfschmerzen erklären. Sie stellte fest, dass ihre Hände hinter ihrem Rücken gebunden waren, auch mit Industrieklebeband, und ihre Füße ebenso. War sie in dem Lieferwagen? Schaukelte es darum so arg? Wie lange war sie bewusstlos gewesen? Was hatte er vor?

»Was machst du da?«, fragte Günther und äugte zu Finsters Computerbildschirm hinüber.

»Schwärzler hat die Akte über den Prostituiertenmord von den Schweizer Kollegen bekommen«, sagte er. »Hör dir das an: Vor vier Jahren wurde in der Umgebung von Zürich Aisun Phet, ein dreizehnjähriger Prostituierter, Herkunftsland Thailand, durch fünfzehn Messerstiche in den Oberkörper ermordet. Vom Täter fehlt bisher jede Spur. Zuletzt wurde das Opfer gesehen, wie es in einen blauen Lieferwagen einstieg, wahrscheinlich zu einem Kunden.«

»Moment mal«, meinte Günther und begann auf die Tasten ihres Computers zu hämmern. »Die beiden Strafzettel, die die Schweizer dem Fichtelbacher ausgestellt hatten ...«, Günther ließ die Maus energisch über ihren Schreibtisch huschen, »Da! Na, bitte! Ausgestellt auf einen Ford Transit T260, Feldkircher Kennzeichen, Farbe blau.«

»Die Opfer wurden zu Tätern – in zwei Mordfällen.«

Schwärzler betrat das Büro: »Frau Keller hat angerufen. Sie ist besorgt, da ihre Tochter seit über drei Stunden nicht nach Hause gekommen ist und nicht an ihr Handy geht.«

»Saskia?«, fragte Günther.

»Nein, Martha Keller.«

»Na ja, wir müssen erst vierundzanzig Stunden verstreichen lassen, bevor wir ...«

Schwärzler unterbrach ihn: »Auf dem Parkplatz in der Wichnergasse wurde Martha Kellers Handtasche gefunden. Handy, Kredtikarten, Bargeld, Schlüssel ... alles noch da. Sogar ihr Fotoapparat ist dabei.«

Alarmiert sprangen beide Polizeibeamten von ihren Stühlen auf.

»Wo ist die Handtasche?«, fragte Finster.

»Die Kollegen haben sie gerade auf dem Streifendienst entdeckt und bringen sie zur Dienststelle. Sie müssten gleich da sein«, sagte Schwärzler.

Finster nahm sein Handy und wählte Marthas Nummer. Prompt antwortete der Kollege von der Streife. Er versicherte dem Chefinspektor, dass sie in wenigen Minuten auf der Dienststelle wären. Finsters Unruhe steckte die anderen an: »Hat irgendjemand etwas beobachtet?«, fragte er durchs Telefon. Niemand hatte etwas bemerkt.

Es dauerte nicht lange, bis der Inhalt der Handtasche zur genaueren Untersuchung unter den Anwesenden verteilt worden war. Schwärzler hatte sich das Handy geschnappt, Finster die Brieftasche und Günther den Fotoapparat.

Hinterher behauptete Finster, er hätte es ihr angesehen, was ihm aber niemand glauben wollte. Fleur Günther hatte die Bilder von Eduard Fichtelbachers Rückenansicht gefunden. Fand Bilder, wie er Richtung Parkplatz Wichnergasse ging, fand ein Foto von dem blauen Ford Transit.

»Sofort eine Großfahndung nach einem blauen Ford Transit T260 einleiten«, schmetterte sie durch die Räume der Polizeidienststelle. »Wir müssen mit einer Entführung rechnen.«

»Waldemar?«

Er reagierte schwach auf die leise Stimme, wandte sich ihr ein wenig zu.

»Waldemar? Kannst du mich hören?«

Er schlug die Augen auf. Vage nahm er die Umrisse eines bekannten Gesichts wahr, das Gesicht einer Frau. Er kannte sie. Er wusste, dass er sie mochte, aber nicht warum oder woher er sie kannte.

»Waldemar, weißt du, wie ich heiße?«

Nein, er wusste es nicht. Aber er hatte sie wiedererkannt, neulich, vor seinem Laden, als sie gedankenverloren durch die Marktgasse ging. Sie hatte viel jünger ausgesehen, so schön wie damals. Sie hatte gar nicht gemerkt, dass er sich ihr in den Weg gestellt hatte. Sie hatte gedacht, der Zusammenstoß sei ihre Schuld gewesen.

Er war soeben aus seinem Laden herausgetreten und am Anfang der Feldkircher Marktgasse gestanden. Die Bögen der mittelalterlichen Laubengänge flossen wie Wellen bis ans andere Ende der Straße. Vor ihm war das Herz einer Stadt gelegen, die er gerne zu der seinen gemacht hätte. Er wollte sich hier zu Hause fühlen. Wahrscheinlich wäre es ihm auch gelungen, wenn er damals eine Chance bekommen hätte auf ein Leben mit einer Frau wie ihr.

Das Klirren von Glas und der helle Glockenschlag des Bläsi, des Mannes aus Blech auf der Johanniterkirche, hatte ihn auf sie aufmerksam gemacht. Da stand sie, vor dem weit geöffneten Tor der Kirche, wie ausgespuckt aus dem Bauch des biblischen Wals.

Er war wie vom Blitz getroffen gewesen, wie der verliebte Schuljunge von damals, der sich nicht traute, ihr in die Augen zu schauen. Er hatte nicht vorgehabt, sie anzurempeln. Es war einfach so passiert. Er wollte sie ansprechen, wusste aber nicht wie. Natürlich war ihm schnell klar geworden, dass es sich nicht um dieselbe Frau von früher handeln konnte. Sie war viel zu jung. Aber sie sah ihr so unglaublich ähnlich.

Er hatte sich immer aus allem raus gehalten, vermied Kontakt, wahrte Distanz. Doch bei ihr wollte er eine Ausnahme machen. Hätte er es nicht verdient gehabt, mit ihr sein Leben zu teilen? Ein ganz normales Leben? Er hatte oft an sie zurückgedacht, seine Jugendliebe. Danach hatte er keine Kraft mehr für die Liebe gehabt.

Er wollte dieses Gefühl nicht wieder loslassen, die aufflammende Erinnerung an beschwingte Sorglosigkeit, an die Illusion, alles erreichen zu können und sein ganzes Leben noch vor sich zu haben. Diesmal wollte er sich nicht zurückziehen, so wie damals. Diesmal wollte er sie in sein Leben lassen.

Doch es waren ihm nur einige wenige, umso wertvollere Augenblicke mit ihr vergönnt gewesen. Wie ein nicht enden wollender Fluch war er vor der Glastür gestanden. Wie ein schwarzer Dämon hatte er Einlass verlangt.

Eduard hatte ihm von seinem Besuch am Vormittag erzählt. Sie hatten gehofft, dass die Wahl seiner Bücher nur ein Zufall gewesen war. Sie hatten gehofft, dass er einfach wieder verschwinden würde.

Aber er war wieder aufgetaucht. Genau in dem Moment? Genau dann, als er beschlossen hatte, sein Leben zu ändern? Eine letzte, schwache Chance zu nutzen? Genau dann?

Etwas in ihm war zersprungen. Er würde nie wieder jemandem erlauben, über ihn zu bestimmen. Konsequenzen spielten keine Rolle mehr. Er wollte endlich die Kontrolle haben. Es gab keine Angst mehr.

»Waldemar, wenn du mich hören kannst, mach einmal kurz die Augen zu, in Ordnung?«

Das war zu machen, trotz der Sauerstoffmaske. Er tat es. Sie lächelte.

»Kennst du mich? Traudl Keller. Gertraud Moosbrugger hieß ich als Mädchen.«

Ja, jetzt fiel es ihm wieder ein, Traudl. Er schloss die Augen wieder kurz, um ihr das mitzuteilen. Ihr altes, weiches Gesicht zu sehen, holte ihn zurück in die Gegenwart. Sie hatten nicht mehr viel vor sich, jedenfalls er nicht.

»Waldemar, weißt du noch, dass meine Tochter Martha in deinem Laden war? Sie hat angefangen, für dich zu arbeiten.«

Wirklich? War sie geblieben? In seinem Laden? Er hatte es, ehrlich gesagt, nicht erwartet. Ganz bestimmt nicht nach seinem mehr als fragwürdigen Verhalten an diesem Tag.

»Weißt du Waldemar, meine Martha ist verschwunden. Wir können sie nirgends mehr finden.« Ihr Stimme wurde belegt. »Ich habe schreckliche Angst um sie.«

Sie tat ihm leid. Warum sie ihm das erzählte, wusste er nicht.

»Weißt du, Waldemar, sie ist eine gute Tochter. Sie hat niemandem etwas getan und sie hat jetzt bestimmt Angst.«

Was sollte das alles?

»Sie hat vielleicht genauso viel Angst wie du und Eduard damals Angst hatten.«

Eduard? Was wusste sie über Eduard?

»Sie hat niemandem etwas getan, genausowenig wie ihr beiden damals.«

Was faselte sie da? Wusste sie Bescheid? Unmöglich!

»Die Polizei denkt, dass Eduard meine Martha entführt hat, weil er Angst hat.«

Was war mit Eduard? War etwas passiert? Er konnte sich an nichts mehr erinnern. Er war so müde. Alles war ihm egal. Alles.

»Eduard hat Angst, dich zu verlieren. Wenn er dich verliert, verliert er damit auch einen Teil von sich selbst. Ihr seid zwei Teile eines Ganzen. Er kann ohne dich nicht leben.« Aber ich kann ganz gut ohne ihn leben. Immer dieselben Vorwürfe: Ohne dich hätte ich nicht zurückkommen brauchen, ohne dich wäre ich einfach abgehauen.

Warum ist er denn nicht endlich, endlich abgehauen? Gelegenheiten hätte es genügend gegeben. Vielleicht war es wirklich so, wie sie sagte: Eduard konnte ohne ihn nicht leben. Warum eigentlich nicht? War er doch nicht so stark, wie er immer behauptete? Brauchte er die Vertrautheit des Gewohnten? War er aus Bequemlichkeit geblieben, aus Angst, aus Ohnmacht?

»Waldemar, wenn du etwas weißt, irgendetwas, das uns helfen kann, Martha wiederzufinden, dann bitte ich dich aus ganzem Herzen, es mir zu sagen.« Sie tat ihm wirklich leid. Aber was konnte er machen? Woher sollte er wissen, wo Eduard war und was er gerade tat? Er wusste nicht einmal, welches Datum der heutige Tag hatte.

Hatte er nicht schon genug Probleme am Hals? Was sollte er mit ihr machen? Was für Forderungen konnte er stellen? Freies Geleit? Die Wiederherstellung seiner Identität? Seines Rufes? Seiner Unschuld? Oder etwa Gerechtigkeit? Was auch immer er fordern würde, das Einzige, was ihn und Waldemar erwartete, war eine Medienschlacht und ein langwieriges Strafverfahren als Lebensabschluss.

Warum hatte er das getan? Die Angst war es wieder gewesen. Sie hatte überhandgenommen. Diese grauenhafte Angst, vor den Schmerzen, vor dem Tod. Aber das Schlimmste war die Angst, dass seine dunkelsten Vermutungen wahr sein könnten. War er wirklich wertlos, ein Nichts?

Mephistopheles:
Verachte nur Vernunft und Wissenschaft,
des Menschen allerhöchste Kraft,
Laß nur in Blend- und Zauberwerken
Dich von dem Lügengeist bestärken.
(...)
Und hätt er sich auch nicht dem Teufel übergeben,
Er müßte doch zugrunde gehen.

Zugrunde gehen. Das war von Anfang an seine Bestimmung gewesen. Zugrunde gehen. Er hatte sich ein Leben lang dagegen gewehrt, dagegen angekämpft. Es begann zu regnen. Er stellte die Scheibenwischer an.

Zugrunde gehen. Vielleicht war es gar nicht so schlimm. Vielleicht sollte er endlich aufhören, zu kämpfen. Der Regen wurde stärker. Von den Schweizer Bergen her zog ein Unwetter auf. Der Krumbach würde anschwellen.

»Waldemar, wo könnte Eduard hinfahren? Wohin bringt er Martha?«, Traudl sah ihn eindringlich an.

Wohin? Er wusste es nicht. Eduard hielt auch vor ihm viele Dinge geheim. Was er bei seinen Ausflügen in die Schweiz machte, zum Beispiel.

»Wenn du in seiner Haut stecken würdest, wenn du ein Versteck bräuchtest, wo würdest du dann hingehen?«, fragte Traudl.

Er dachte nach. Er hörte den Regen gegen die Fensterscheibe trommeln. Ihm fiel nichts ein. Er wollte schlafen. Er war so unendlich müde. Er war alles müde.

»Bitte, Waldemar, streng dich an! Bitte! Tu es für mich! Für mein Kind! Für alle Kinder!« Jetzt begann sie lauthals zu schluchzen.

Bei dem Lärm war an Ruhe ohnehin nicht zu denken.

»Wo ist Martha?«, fragte sie erneut unter Tränen. »Wo ist meine Tochter? Wo bringt er sie hin?«

Vielleicht zur Alm, schoss es ihm durch den Kopf. Wenn ich ein Versteck bräuchte, dann würde ich zur Alm fahren. Da gab es einen größeren Heuschober weitab von den Wegen. Das wäre ein gutes Versteck. Er machte Anstalten, es ihr zu sagen, doch die Sauerstoffmaske behinderte ihn. Sie half ihm und hob die Maske ein wenig an. Mit großer Mühe konnte er ihr den Namen einer Alm im Bregenzerwald sagen.

Martha versuchte, sich zu konzentrieren. In dem spärlichen Licht war es sehr schwierig, sich zu orientieren. Wenn sie sich orientieren könnte, würde sie die Übelkeit besser unter Kontrolle bringen können. Sie würde sich nicht übergeben! Nicht mit dem Klebeband vor ihrem Mund! Sie war in dem blauen Lieferwagen. So viel war ihr klar. Es schien stark zu regnen, den Geräuschen nach zu urteilen. Sie musste noch herausfinden, wo vorne war und in welche Richtung sich das Fahrzeug bewegte, um dann hoffentlich die vielen Kurven in der Straße besser aushalten zu können.

Sie lag mit einer Hälfte ihres Gesichts auf dem Fahrzeugboden. Er war metallen, kalt, rau und schmeckte nach Rost. Sie versuchte, sich aufzurichten, benutzte ihren Kopf als Stütze und schaffte es in eine knieende Position. In ihrem Kopf schien eine unsichtbare Faust von innen her immer wieder auf ihre Schädeldecke zu schlagen, immer und immer wieder. Ein schmaler Lichtstreifen war zu erkennen. Eine Tür? Die Seitentür? Die Hecktür? Da war wieder eine Kurve. Übelkeit. Brechreiz. Konzentriere dich, Martha! Was hatte Piet immer gesagt: Das Schwierigste ist die Angst. Angst lähmt einen in Momenten, in denen man handeln muss. Akzeptiere die Angst als Teil der Situation, aber lass sie nicht das Geschehen bestimmen!

Super! Tolle Ratschläge! Blödsinniges Geschwafel von einem, der nie ohne Pistole aus dem Haus geht und auf solche Fälle trainiert ist. Und was soll ich jetzt damit machen? Was? Nur nicht kotzen! Das hebe ich mir für später auf. Nach einigen weiteren Kurven wusste Martha, wo vorne war. Umständlich drehte sie sich soweit um, dass sie in Fahrtrichtung kniete. Es half. Ein klein wenig entspannte sich ihr Körper. Ein klein wenig mehr Raum zum Denken. Ein langer Donner grollte.

»Sie haben ihn gesichtet!«, rief Schwärzler durch die Dienststelle.

Günther sprang von ihrem Stuhl auf: »Wo?«

»Ein blauer Ford Transit ist auf der L51 Richtung Furkajoch gesehen worden«, sagte Schwärzler.

»Fährt das Fahrzeug in Richtung der Krumbachalpe?«, wollte sie wissen.

Nach einem weiteren Blick auf seinen Computer bejahte Schwärzler.

»Gut. Finster ist schon dorthin unterwegs. Fordere alle verfügbaren Einsatzkräfte an. Der Entführer ist verzweifelt. Es ist mit höchster Vorsicht vorzugehen.«

Günther schnappte sich ihren Mantel und die Autoschlüssel und war schon durch die Tür verschwunden.

Ein Blitz. Die Umrisse der Schiebetür waren kurz und intensiv erhellt worden. Dann der Donner, ohrenbetäubend, unmittelbar danach. Sie mussten dem Gewitter sehr nahe sein. Und in großer Höhe. Sie waren bislang aufwärts gefahren. Jetzt begann sich der Wagen abwärts zu neigen.

Das heftige Prasseln des Regens auf das Autodach übertönte alle anderen Geräusche, verlangsamte die Fahrt, machte die dünne Atemluft feucht.

Wieder ein Donner. »As Woutas«, erinnerte sich Martha. In den alten Zeiten erzählten sich die Leute im Bregenzerwald, dass as Woutas, die örtliche Variante der germanischen Obergottheit Wotan, bei Donnerschlägen durch die Luft flöge und man sich deshalb flach auf die Erde legen solle.

Auf dem Boden bin ich bereits, dachte Martha. Ist scheißegal, welcher Gott gerade in Mode ist oder ob mein Mann bei der Europol oder bei der Post arbeitet, helfen muss ich mir selber! Sie hatte zuerst auf den Knien, dann auf ihrem Hinterteil versucht, sich durch den Laderaum zu bewegen. Vielleicht konnte sie irgendetwas finden, um ihre Fesseln zu lösen. Vielleicht konnte sie die Tür öffnen. Würde sie aus dem fahrenden Auto springen?

Was würde Fichtelbacher mit ihr machen? Wo brachte er sie hin? Was wollte er? Er war ein alter, hagerer Mann. Martha wunderte sich, dass er es geschafft hatte, sie in das Auto zu hieven. Er war doch eben noch im Krankenhaus gelegen! Oder saß der Bruder am Steuer? Ob sie mit ihm verhandeln sollte? Ob sie dazu die Gelegenheit bekommen würde? Sollte sie versuchen, ihn mit den Füßen umzuwerfen, wenn er die Schiebetür öffnete? Hatte er eine Waffe?

Sie ertappte sich dabei, dass er ihr ein bisschen leid tat. Das, was sie von den Ermittlungen und Traudls alten Geschichten mitbekommen hatte, machte sie traurig. Wie viel ein Mensch doch erdulden konnte! Trotzdem gab es ihm nicht das Recht, sie zu fesseln und zu knebeln und zu verschleppen. Und dann diese Kopfschmerzen!

So lange sie sich auf etwas anderes konzentrierte, hielten sich die Kopf- und Bauchschmerzen in Grenzen. Die eine Hälfte des Laderaums hatte sie bereits abgetastet, so gut es in ihrer Situation ging. Er war komplett leer. Die Wände waren glatt. Die Seitentür und die Hecktür konnte sie nicht öffnen. Doch sie fand ein Scharnier unten an der Hecktür, das eine leichte, kantige Unebenheit aufwies. Ein kleiner, metallener Sporn. Vielleicht würde es reichen, um das Klebeband zu durchtrennen.

Was, wenn er zu spät käme? Was, wenn er es nicht schaffte? Was, wenn er sie verlor? Was, wenn …? Nein! Er würde ruhig bleiben, auf den Verkehr achten, der wegen des Blaulichts und der Sirene so gut wie möglich Platz machte. Die schlechte Sicht aufgrund des Wolkenbruchs machte die Sache nicht leichter. Er mochte Martha, mehr als er sich selbst eingestehen wollte. Das war absurd! Er kannte sie doch erst seit ein paar Tagen.

Er war unter dem Durchgang zwischen der Johanniterkirche und dem gelben Haus, Marktgasse 6, von der Gymnasiumgasse in die Marktgasse geschlendert. Die Kirche und das gelbe Haus standen im rechten Winkel zueinander und waren an den Kanten auf eine so eigenartige Weise miteinander verbunden, dass es den Eindruck erweckte, als würden zwei alte Freunde Arm in Arm dastehen.

Das Knirschen von Glas. Finster war wie vom Blitz getroffen stehen geblieben. Er war in einige größere Glasscherben getreten. Ein Scherbenhaufen? Gerade in dem Moment? Nach dem Telefonat, das sein bisheriges Leben beenden sollte? Er war unter dem Erker des gelben Hauses gestanden und hatte sich umgeblickt, um die Ursache für das Malheur zu suchen, hatte aber nichts entdecken können. Über ihm war das Hämmern und Brummen von Handwerkern zu hören gewesen.

Er hatte auf die zerbrochenen Glastücke zu seinen Füßen gestarrt. Ein kaputter, unbrauchbarer Haufen. Eben noch eine klare, transparente Fensterscheibe, die die Sonnenwärme durchließ und Regen und Wind abhielt. Er hatte nicht erkannt, wie zerbrechlich das Gebilde gewesen war. Ein Gebilde, das er ›meine beiden Frauen‹ genannt hatte. »Ich werde ihn heiraten«, hatte sie gesagt. Heiraten! Bis zu diesem Wort hatte er in der Illusion gelebt, dass sie sich irgendwann, irgendwie wiederfinden würden, schon wegen Alina. Sie gehörten doch zusammen! Offensichtlich nicht mehr. Offensichtlich hatte er sich geirrt. Wenn er ehrlich war, hatte er es gewusst, aber nicht wissen wollen.

Die Zeit war stillgestanden. Es war, als hätte es gar keine Zeit mehr gegeben. Vor ihm war das Herz einer kleinen Stadt gelegen, die sein Zuhause war, mehr als das sogar. Manchmal fühlte er sich wie der Bläsi, der älteste Bürger dieser Stadt, der über seine Stadt wachte, seit er denken konnte. Das Piepsen seines Handys hatte ihn wieder wachgerüttelt. Eine SMS von der glücklichen Braut, die schon lange nicht mehr seine war: »Vergiss Alinas Geburtstag nicht! Tipp: Bücher, Schmuck, Essen gehen.«

Das hatte ihn zu Martha geführt, die eigentlich gar nicht dort hätte sein sollen, wo er ihr begegnet war, unter dem letzten Bogen der mittelalterlichen Laubengänge, bevor die Straße endete.

Oder war die Glastür dieses Ladens die erste am Anfang der Straße?

Musste das sein! Ein Traktor! An Überholen war nicht zu denken: scharfe Kurven, strömender Regen. Ausweichen konnte der Traktor auch nicht: einspurige Fahrbahn, steil abfallendes Gelände. Muss diese Scheiße ausgerechnet jetzt sein! Aus dem Weg!

Şen stand hilflos neben den beiden Frauen. Traudl hatte ihr Bittgespräch mit dem Bruder des Entführers beendet und wurde von einem uniformierten Polizisten aus dem Krankenzimmer begleitet. Saskia nahm sie jetzt in die Arme.

Der Polizeibeamte und Şen gaben sich mit einem Blick und einer kurzen Kopfbewegung zu verstehen, dass Şen die Aufgabe übernehmen würde, die beiden nach Hause zu bringen.

Behutsam führte er die zwei den Korridor entlang, ihre Hände waren ineinander verkrallt, als sie langsam dahin gingen. Traudls verheultes, hochrotes Gesicht ließ Saskias starre Blässe noch weißer aussehen. Sie schwiegen und starrten geradeaus ins Leere.

»Alles wird gut«, hätte Şen gern gesagt, als das Schweigen zu heftig wurde. Doch allein schon in seinem Kopf hörte sich der Satz wie ein billiger Werbespruch an. Er schwieg mit ihnen.

»Ich habe es Papa gesagt.« Saskia hatte den Satz ausgesprochen, als ob sie gesagt hätte: ›Ich habe eine Mittelstreckenrakete auf den Entführer angesetzt.‹

Er befand sich mitten in den Sturmwolken, mitten im Gewitter. Blitz und Donner folgten einander in Sekundenschnelle. Der Regen war zu viel für die zwei lächerlichen Wischstäbchen, die energisch über die Winschutzscheibe zuckten. Die Wolken hingen schwer und satt zwischen den kantigen Bergspitzen wie die Arme eines wütenden Gottes, vor dem es kein Entrinnen mehr gab.

Warum? Er hatte nie akzeptieren können, dass das Leben einfach nicht fair war. Warum gelang es seinem Bruder? Der hatte seinen Frieden mit der Welt gemacht. Warum konnte er das nicht? Konnte nicht vergessen? Konnte nicht loslassen? Konnte nicht weiter? Konnte nicht verzeihen, um seiner selbst willen verzeihen, um ihn loszuwerden, diesen dreckigen, herrschsüchtigen, verlogenen, geilen Kotzbrocken. Ein Kotzbrocken, der alle anlächelte, den alle respektvoll grüßten, der glitschig wie eine Schlange in seiner Höhle wartet, um im richtigen Moment zuzubeißen. Warum? Welcher Gott konnte so etwas zulassen? Was für eine Welt brachte solche Kreaturen hervor?

Sein ganzer Schmerz entlud sich und setzte das Gewitter, das um ihn tobte, in seinem Inneren fort. Er bemerkte, dass die Sicht auch deshalb so miserabel war, weil ihm die Tränen in den Augen standen. Er weinte. Er konnte sich nicht erinnern, wann er das letzte Mal geweint hatte. Er weinte. Endlich. Er wischte sich mit dem Ärmel über die Augen.

Wie befreiend es war, zu weinen, sich nicht mehr verstecken zu müssen. Nicht mehr so tun zu müssen, als sei alles in Ordnung. Nichts mehr zu müssen. Nichts mehr. Nichts. Er lachte.

Blut rann über ihre Finger. Der Sporn war scharf. Zum Glück. Aber jetzt hatte sie danebengegriffen. Ein Kurve hatte sie aus ihrer Position geworfen. Rücklings saß sie verkrampft an der Hecktüre. Ihre Arme schmerzten in dieser Haltung. Egal. Es gab Schlimmeres. Weiter. Immer weiter.

Dieses verdammte Klebeband war Spitzenqualität. Piet hatte es oft gelobt. Duct tape nannte er es oder Duck tape. Natürlich von der Armee entwickelt. Absolut wasserdicht. Man konnte damit sogar Schlauchboote notdürftig reparieren. Der Hammer! Ja, wirklich der Hammer. Egal. Irgendwann war auch das beste Klebeband am Ende. Sie konnte bereits spüren, wie der Druck auf ihre Handgelenke langsam nachgab. Das Band musste also schon beschädigt sein. Wenn sie nur ihre Hände frei bekommen könnte! Zuerst die Hände. Das Blut war warm. Weitermachen!

Das Gewitter tobte. Wind, Regen, Donner und Blitz. Alles vermischte sich zu einem gewaltigen, wütenden Konzert, in dem die ganze Welt zu schreien schien. Schreien? Da schrie ein Mensch, durch das Unwettergetöse hindurch. Nein, es war mehr ein Wehklagen. Aus der Fahrerkabine? Jetzt klang es eher wie ein Lachen. Ein grässliches, abartiges Lachen. Wurde er verrückt? Drehte er durch? Panik breitete sich in ihr aus wie ein Gift. Gehetzt suchte sie den Metallsporn hinter ihrem Rücken wieder. Sie musste hier raus!

Das Handy klingelte. Als ob der gottverdammte elendigliche Traktor nicht schon genug wäre. Er drückte auf die Gegensprechanlage.

»Finster«, meldete er sich unwirsch, »Was gibt's?«

»Was ist mit meiner Frau?«

Für einen Moment verschlug es ihm die Sprache. Den hatte er völlig vergessen.

»Wir gehen davon aus, dass sie das Opfer einer Entführung geworden ist. Das Fahrzeug des Täters wurde gesichtet und befindet sich auf dem Weg zu einem möglichen Versteck.«

»Wie konnte das passieren?« Der Ton war scharf, kompromisslos.

»Wir vermuten, dass sie dem Täter zufällig begegnet und ihm dann bis zu einem Parkplatz gefolgt ist. Ihre Handtasche mit vollständigem Inhalt wurde auf dem Parkplatz gefunden. Auf ihrem Fotoapparat sind Bilder, die diese Vermutung nahe legen.«

Er blieb sachlich. Er hatte sich nichts vorzuwerfen. Odr?

»Was unternehmen Sie?«

»Großfahndung.« Im Lapidarstil konnte Finster auch kommunizieren. Kein Problem.

Schweigen.

»Wo genau wird das Fahrzeug des Entführers vermutet?«

Finster sagte es ihm.

»Geben Sie mir die Koordinaten des vermuteten Verstecks!«

Nach einem leisen Seufzer beschloss er, dass Widerstand nur zu unnötiger Energieverschwendung führen würde. Er sagte es ihm.

Schweigen. ›Danke‹ wäre wohl zu viel verlangt gewesen?

»Sie können einen Eurocopter EC 635 erwarten.«

»Wie? Von der Schweizer Luftwaffe? Einen Hubschrauber? Auf österreichischem Staatsgebiet?«

»Ein Kollege schuldet mir einen Gefallen.«

»Ein Kollege?«, wiederholte Finster mit einem Anflug von Gereiztheit.

»Korpskommandant Herger.«

Er hatte aufgelegt.

Finster konnte sich nicht entscheiden, ob er ihn für einen schamlosen, arroganten Angeber halten oder ob er ihm dankbar sein sollte.

Endlich. Der Traktor fand eine Ausweichstelle und er konnte den Einsatzwagen beschleunigen.

Der Lieferwagen fuhr abwärts. Sie konnte jetzt deutlich die Neigung spüren. Langsam drohte sie von dem Scharnier mit dem Sporn wegzurutschen. Sie hatte Fortschritte gemacht. Sie konnte ihre Hände schon ein wenig mehr bewegen. Sie musste das Band durchtrennen. Jetzt! So schnell wie möglich.

Das Blut tropfte langsam von ihren Fingern. Wenigstens konnte sie sich von der Übelkeit und den Kopfschmerzen durch ihr Vorhaben ablenken. Die Abstände zwischen Blitz und Donner wurden größer. Sie etfernten sich wieder von der Gewitterfront. Doch der Regen peitschte unaufhörlich auf alles nieder, erstickte alles andere. Eine erdrückende Ruhe legte sich über alles.

Er hatte aufgehört zu lachen. Da drang ein so verzweifelter Laut bis in den Laderaum, dass ihr trotz aller Aufgewühltheit ein Schauer über den Rücken lief. Hätte sie es nicht besser gewusst, hätte sie einen riesigen, grässlichen Teufel auf dem Fahrersitz vermutet.

Die Kurven begannen sehr eng zu werden. Sehr eng. Dieses beschissene Klebeband! Sie schnitt sich noch einmal ins Fleisch. Das waren keine normalen Kurven. Er ließ den Wagen schlenkern. Er lenkte nicht mehr. Jetzt oder nie! Das Band musste ab. Noch ein Schnitt. Mehr Blut. Weiter. Der Wagen begann gefährlich hin und her zu rütteln. Wollte er sie beide umbringen? Er war verrückt geworden! Fast! Noch einmal. Da! Sie hatte es geschafft! Das Band war durchtrennt. Sie konnte ihre Arme befreien.

ZACK!

Der Wagen war mit irgendetwas zusammengeprallt und änderte ruckartig die Richtung. Sie wurde gegen die Seitenwand geschleudert. Ein stechender Schmerz in ihrer Schulter. Ihre Hand fand im Dunkeln einen langen Haltegriff. Der Wagen wurde heftig durchgeschüttelt. Was war los? Ein Unfall? Ein Selbstmordversuch? War er abgesprungen? Wollte er sie loswerden?

Auch die andere Hand fand den Griff, quetschte das schmierige Blut zwischen den Fingern zur Seite und schloss sich wie härtender Beton um die Halterung. Der Wagen wurde in kurz aufeinanderfolgenden, unregelmäßigen Stößen durchgeschüttelt. Ein Abhang! Sie rollten einen Abhang hinunter! Eine Wiese!

Es würde einen Aufprall geben! Sie musste ihren Kopf schützen! Wie um alles in der Welt sollte sie ihren Kopf schützen? Wo würde der Aufprall sein? Welche Seite sollte sie …?

BUMM!

Warum fand er den verdammten Wagen nicht? So schnell konnte ein alter Mann in einem alten Lieferwagen doch gar nicht fahren! War die Information richtig gewesen? War der Ford Transit wirklich auf der L51 gesehen worden? War seine Sirene plötzlich lauter geworden? Nein! Ein Streifenwagen kam ihm entgegen! Er signalisierte mit seinem Fernlicht. Beide blieben stehen. Fenster an Fenster. Aussteigen wollte bei dem Regenguss keiner. Die Kollegen aus Au waren keinem blauen Lieferwagen begegnet. Wo war er hin? Sie beschlossen, sich aufzuteilen und die kleineren Kieswege abzufahren, die auf Umwegen auch zur Krumbachalpe führten.

War es möglich, dass der Regen noch stärker geworden war? Das Geräusch des Wassers war so laut, dass Bilder von einem rauschenden Wasserfall vor ihrem inneren Auge auftauchten. Was war passiert? War sie ohnmächtig geworden? Noch immer war alles dunkel. Noch immer lag sie auf dem metallenen Boden des Lieferwagens. Doch etwas war anders. Der Wagen bewegte sich nicht mehr. Sie waren in einer seltsamen Schräglage stehen geblieben! Es war nichts zu hören, nur das laute Rauschen des Wassers. Wasser! Sie mussten ganz in der Nähe eines Baches oder Flusses sein! Welcher Bach? Welcher Fluss? Was war mit Fichtelbacher? Wo war er? War er noch da? Lebte er noch?

Sie tastete vorsichtig ihren Körper ab. Ihr Kopf schien unverletzt, trotz der hämmernden Kopfschmerzen. Vorsichtig begann sie, das Klebeband von ihrem Mund zu ziehen. Es tat weh! Genau wie ihre Schulter. Sie lag an einer Längsseite des gekippten Lieferwagens. Sie entfernte den Rest des Klebebandes, das noch an einem ihrer Handgelenke baumelte. Jetzt die Füße. Das noch feuchte Blut ließ ihre Finger immer wieder abrutschen. Das würde schwieriger werden.

Sie überlegte sich, ob sie um Hilfe schreien sollte. Noch nicht! Wer weiß, was Fichtelbacher vorhatte. Zudem war das Rauschen des Wassers so laut, dass sie ohnehin kaum zu hören war. Der Bach musste vom Regenwasser stark angeschwollen sein. Sie dachte an die Opfer, die beim Canyoning in einem niedlichen Gebirgsbach vom schlechten Wetter überrascht worden waren und sich in kürzester Zeit in einem reißenden, tödlichen Gewässer wiedergefunden hatten.

Zuerst die Türen nochmals versuchen! Keine Chance. Fest verschlossen. Dann eben die Fußfessel. Martha versuchte den Anfang des um ihre Füße gewickelten Klebebandes zu finden, da sie so hoffte, das Band abwickeln zu können. Keine leichte Sache, wenn man sich einzig und allein auf die winzigen Unebenheiten verlassen konnte, die einem seine Finger in der Dunkelheit mitteilen. War das eine Falte oder eine Abschlusskante? Was war das? Waren ihre Zehen plötzlich so kalt? Wieso? Wasser! Ihre Zehen waren nicht kalt, sie waren nass. Sie waren direkt am Bach gelandet! Der Wagen musste zum Teil im Wasser liegen, das jetzt langsam einzudringen begann. Wenn der Bach weiterhin anschwoll, könnte der Laderaum volllaufen. Oder das Wasser könnte den Wagen mit sich reißen! HILFE! Mit ihren Fäusten schlug sie gegen kaltes Blech.

So ein verdammtes Sauwetter! Die Sicht war nicht nur schlecht, es gab gar keine Sicht, auf gar nichts. In Florida würde man so etwas wahrscheinlich einen Hurrikan nennen. Er fragte sich, wie lange die Elektronik der Scheibenwischer mitmachen würde. Wie sollte er da einen flüchtigen Lieferwagen auf einer matschigen Behelfsstraße finden? Finster kroch förmlich mit seinem Einsatzwagen über den Feldweg und versuchte irgendetwas zu finden. Irgendetwas zu sehen.

KLACK!

Nein! Das nicht! Das rechte Vorderrad war stecken geblieben. Ein Schlagloch? Finster versuchte vorsichtig weiterzufahren. Es hatte keinen Sinn.

»Himmelherrgottzack! Verreckts Glump, verschissas!« Es nützte nichts. Er stieg aus dem Auto. Sowie er die Autotür zugemacht hatte, war er nass bis auf die Haut. Er ging um die Kühlerhaube herum. Unaufhörlich wurden die Regentropfen in sein Gesicht geschleudert. Er musste forwährend blinzeln. Schützend hielt er sich die Hand vor die Augen. Da war ein weiß-schwarzer, halb umgeknickter Straßenbegrenzungspfosten vor dem rechten Vorderrad und verhinderte die Weiterfahrt. Finster versuchte, den Pfosten wieder gerade zu biegen, doch dieser war aus Stahlblech und zudem in einem so ungünstigen Winkel geknickt und zusammengestaucht worden, dass er es mit bloßen Händen niemals geschafft hätte.

Der Feldweg durchschnitt einen stark geneigten Hang. Eine Möglichkeit, dem Pfosten auszuweichen, gab es nicht. Der Weg war so schmal, dass ihn ein zweispuriges Fahrzeug mit knapper Not befahren konnte. Wider besseres Wissen versuchte er noch einmal, den Leitpfosten zu bewegen. Er schimpfte, fluchte, schrie laut und warf die Arme in die Luft. Er kickte einen Stein weg, der den Abhang hinunter rollte und schickte ihm ein paar üble Worte hinterher. Triefend nass stand er vor seinem Wagen und sah ins Tal. Der Bach war, wie erwartet, stark angeschwollen.

War da nicht was? Da unten am Bach? Er hielt sich wieder die Hand vor die Augen. Konnte das sein? War das ein Lieferwagen, der da unten halb im Bachbett hing? Er rutschte mehr über das mit Wasser durchtränkte Gras, als dass er rannte.

Eindeutig! Das Wasser begann zu steigen. Hörte sie denn niemand? Martha hatte sich so positioniert, dass ihre Fußfessel den Metallsporn im Scharnier der Hecktüre hätte erreichen müssen. Aber es schien nicht zu klappen. Ihre Füße waren im Weg, ganz besonders ihre Fersen. Zwischen dem Klebeband, das ihre Knöchel zusammenband, und dem Sporn befanden sich etwa zehn Zentimeter. Sie legte sich auf den Bauch, doch so konnte sie nicht einmal in die Nähe des Sporns kommen.

Mit dem Mut der Verzweiflung hämmerte und rüttelte sie abwechslungsweise an beiden Türen. Brüllte um Hilfe, bis ihr Hals schmerzte. Zuletzt stand sie auf, gebückt, knöcheltief im Wasser, und warf sich mit der guten Schulter gegen die seitliche Schiebetür. Etwas war zersprungen. Ein dumpfes Knacksen und ein stechender Schmerz in der Gegend ihres Schulterblattes ließen sie zusammensacken. Elend lag sie da. Sie hatte alles versucht. Odr? Sie dachte an Saskia. Könnte sie vor ihr verantworten, dass sie aufgegeben hatte? Aber was für Möglichkeiten blieben ihr noch?

Der Schmerz lähmte sie. Sie wollte ganz still liegen, sich nur nicht bewegen. Nicht einmal, dass ihre Beine bis zu den Oberschenkeln im steigenden, eiskalten Wasser lagen, konnte sie dazu bewegen, sich aufzurappeln.

»Wie eine Meerjungfrau«, dachte sie. »Eine Meerjungfrau in den Bergen.« Der Gedanke erheiterte sie. Sie hätte beinahe gelächelt. War es wirklich aus? War das ihr Ende? Jetzt? Hier? Waren all ihre Pläne für die Zukunft ein einziger, großer, absurder Witz gewesen? Eine Textzeile aus einem Lied der Waterboys kam ihr in den Sinn: »When you want to give God a laugh, tell him your plans!« Sie hörte dem prasselnden Regen zu. Sie wurde müde, sehr müde.

Er war beim Lieferwagen angekommen. Der lag schräg im schäumenden Wasser des Krumbachs. Das Ufer war aufgeweicht, glitschig, schlammig. Finster strich sich mit einer zornigen Bewegung das Regenwasser aus dem Gesicht. Sinnlos. Die Beifahrertür stand offen. Niemand war zu sehen, nichts zu hören außer dem Rauschen. Er zog seine Dienstwaffe aus der Halterung, näherte sich langsam, an das Fahrzeug gedrückt, der offenen Tür.

Als er sie erreicht hatte, nahm er die Waffe in beide Hände. Ruckartig drehte er sich, richtete die Pistole mit ausgestreckten Armen in den Fahrerraum des Lieferwagens. Da saß Eduard Fichtelbacher mit offenem Mund und blutüberströmt hinter dem Lenkrad.

»Fichtelbacher?«

Keine Reaktion. Finster zog sich hoch, lehnte sich in die Fahrerkabine, stupste ihn mit dem Lauf seiner Waffe an. Keine Reaktion. Er schupste kräftiger. Fichtelbacher rutschte leblos vom Lenkrad und plumpste auf den Beifahrersitz, direkt vor Finster. Er fühlte am Hals nach dem Puls. Schwach. Aber ein Puls. Finster suchte ihn hastig nach Waffen ab, fand aber nichts.

Martha?

»MARTHA!«

Er sprang aus dem Wagen, landete knöcheltief im Wasser. Er versuchte, die Tür zum Laderaum zu öffnen. Sie war abgeschlossen. Er ging zurück, lehnte sich über Fichtelbachers Körper, der bis fast zur Hüfte unter Wasser war, und zog die Autoschlüssel aus dem Zündschloss. Angespannt versuchte er, den richtigen Schlüssel zu finden.

»MARTHA!«

Keine Antwort. Er watete und stolperte zur Seitentür.

»MARTHA!«

Keiner der Schlüssel passte. Er versuchte es an der Hecktüre. Ein Schlüssel nach dem anderen. Nichts! Nichts! Was jetzt? Aufschießen? Wie hoch war die Wahrscheinlichkeit, Martha zu treffen? Zurück zu Fichtelbacher. Knietiefes Wasser. Er durchsuchte Fichtelbachers Taschen. Nichts. Das Handschuhfach. Nichts. Keine weiteren Schlüssel. Er würde das Schloss aufschießen müssen. Er kalkulierte den Winkel, der am sichersten sein würde und wischte sich das Wasser aus den Augen. Was, wenn? Er wusste nicht, wo Martha genau war. Donner. Er musste sich konzentrieren! Bei dem Wind? Verdammt! Musste wirklich alles schiefgehen? Alles?

Ein unaufhörlicher langer, lauter werdender Donner schwebte plötzlich über ihm. Finster drehte sich um. Wie ein schwebendes Schiff segelte der Eurocopter EC 635 den Hang entlang. In geringer Entfernung verharrte das Fluggerät, dem weder das Wetter noch das Gelände etwas ausmachten, einige Meter über dem schrägen Ufer. Ermattet ließ Finster seine Pistole sinken.

Drei Männer seilten sich ab. *»In voller Rüstung«*, schoss es Finster durch den Kopf, als er die schwarze Schutzkleidung und die Bewaffnung der drei sah. Lautlos landeten sie und huschten pantherartig in seine Richtung. Sie umkreisten den Lieferwagen. Einer von ihnen blieb neben Finster stehen: »Inspektor Finster?«, fragte er lauthals, um den Helikopter und den Regen zu übertönen, ohne seinen Blick vom Wagen zu nehmen.

»Chefinspektor«, brüllte er mit hängenden Armen. Das Wasser lief über seine Hände und den Lauf seiner Pistole in breiten Rinnsalen unbeirrbar nach unten.

Das Sturmgewehr des Schweizer Soldaten sowie dessen Blick waren durch seine Spezialbrille scharf auf das Ziel gerichtet. Finster sah, wie er nickte und bemerkte erst jetzt, dass der zweite Soldat der Sondereinheit Fichtelbacher überprüft hatte.

Der dritte Soldat hatte das Schloss der Hecktüre mit einem Spezialbohrer kurzerhand entfernt. Gleich darauf verstaute er sein Sturmgewehr erstaunlich schnell auf seinem Rücken und kletterte in den Laderaum. Er erschien wieder und gab dem Helikopter mehrere Handzeichen. Daraufhin wurden zwei Tragen abgeseilt, die von zwei weiteren Soldaten zum Lieferwagen geschleift wurden.

Während der Soldat, der noch immer mit dem Gewehr im Anschlag neben Finster stand, die Lage überwachte, wurden sowohl Martha als auch Fichtelbacher auf den Tragbahren zum Helikopter transportiert.

Martha war bewusstlos, bleich, unterkühlt und blutverschmiert. Hände und Füße waren mit zahllosen Kratzern übersäht. Am Kopf und am Hals waren mehrere blaue Flecken und Blutergüsse zu sehen. Heinrich Finster bekam einen Krampf im Magen, als Martha an ihm vorbeigetragen wurde.

»Wo bringt ihr sie hin?«, schrie er.

»Landeskrankenhaus Feldkirch. Brauchen Sie auch medizinische Versorgung?«

»Nein, mir geht's gut«, brüllte er zurück.

»Brauchen Sie noch irgendetwas? Sollen wir Sie mitnehmen?«, schrie der Soldat in sein Ohr.

Finster schüttelte den Kopf und sah dabei zu, wie die beiden Tragen im Hubschrauber verstaut wurden. Der Soldat salutierte kurz zum Abschied und genauso schnell wie sie gekommen waren, waren sie alle wieder verschwunden.

Finster stand wie ein vollgesogener Schwamm auf der aufgeweichten Wiese und fühlte sich wie eine Kuh, die sich daran zu erinnern versucht, wie man wiederkäut. Na toll! Toll! Warum war er nicht überglücklich, dass alles in bester Ordnung war? Warum? War doch alles toll? Super! Könnte nicht besser sein! Eine Autohupe riss ihn aus seiner Lethargie. Er sah den Hang hoch. Oben auf dem Feldweg stand ein weiteres Polizeiauto. Wieder ertönte die Hupe. Ein Regenschirm schlüpfte aus der Fahrertür und darunter kam Günther zum Vorschein. Gleich hinter ihr erschienen die Kollegen aus Au sowie sechs weitere Streifenwagen.

Perfekt! Vorne blockierte der geknickte Stahlpfosten das Weiterkommen und an ein Wenden der Autos war auf dem schmalen Weg nicht zu denken. Ein Konvoi von rückwärtsfahrenden Streifenwagen auf einem matschweichen Hangweg! Genau die richtige Belohnung für triefend nasse, verhinderte Helden, denen der Ruhm einfach abgenommen worden war. Toll! Finster steckte seine Pistole wieder ein und begann den Aufstieg.

Tag sechs

Faust.

Mephisto siehst du dort
Ein blasses, schönes Kind allein und ferne stehen?
Sie schiebt sich langsam nur vom Ort,
Sie scheint mit geschloßnen Füßen zu gehen.
Ich muß bekennen, daß mir deucht,
Daß sie dem guten Gretchen gleicht.

Mephistopheles.

Laß das nur stehn! dabei wird's niemand wohl.
Es ist ein Zauberbild, ist leblos, ein Idol.
Ihm zu begegnen, ist nicht gut,
Vom starren Blick erstarrt des Menschen Blut,
Und er wird fast in Stein verkehrt;
Von der Meduse hast du ja gehört.

Faust.

Fürwahr es sind die Augen einer Toten,
Die eine liebende Hand nicht schloß.
Das ist die Brust, die Gretchen mir geboten,
Das ist der süße Leib, den ich genoß.

Mephistopheles.

Das ist die Zauberei, du leicht verführter Tor!
Denn jedem kommt sie wie sein Liebchen vor.

Faust.

Welch eine Wonne! welch ein Leiden!

Ich kann von diesem Blick nicht scheiden.
Wie sonderbar muß diesen schönen Hals
Ein einzig rothes Schnürchen schmücken,
Nicht breiter als ein Messerrücken!

Neben ihm lag ein alter Mann. Er musste seinen Kopf ganz zur Seite drehen, dann konnte er ihn gut erkennen. Ein alter, dürrer Mann. Wäre nicht das regelmäßige Piepen am Überwachungsmonitor zu hören gewesen, hätte er den alten Mann für tot gehalten.

Er lag in einem Krankenhausbett, genau wie er, war an Schläuche und Maschinen angeschlossen, genau wie er. Ob er selber auch mehr tot als lebendig aussah?

Sie hatten ihn also gefunden, seinen großen Bruder, seinen Beschützer, seinen Gefährten. Er hatte immer geglaubt, seinen Bruder durch und durch zu kennen. Sie hatten sich immer alles erzählt. Alles. Doch seit dem Vorfall 1982 hatte er sich verändert. Nicht gleich. Zuerst war alles wie vorher gewesen. Sie hatten einfach weiter gemacht, waren ihrer Routine nachgegangen.

Aber mit der Zeit hatte er gemerkt, dass Eduard ihm Dinge verheimlichte. Er erzählte ihm nicht mehr gar alles, so wie sie es seit der Zeit in der Dachbodenkammer getan hatten. Er hatte begonnen, Dinge wegzulassen. Er spürte es deutlich, obwohl Eduard das immer verneinte.

Waldemar wusste nicht, was Eduard in der Schweiz genau machte. Er vermutete, dass Eduard sich dafür schämte. Darum fragte er nicht mehr nach. Vielleicht brauchte er einfach nur Zeit für sich allen, die nur ihm gehörte und die er nicht einmal in der Erzählung mit Waldemar teilen wollte. Aber er wusste, dass das eine naive Hoffnung war.

Der Mord hatte ihn verändert, hatte etwas in ihm geweckt, das er vorher nicht gekannt hatte. Macht über das Leben anderer. Aus der Ohnmacht des Opfers zur Macht des Täters. Beides beherrschte ihn – und nicht umgekehrt.

Er hatte Mitleid mit ihm. Er sah so schwach aus, ausgemergelt von dem endlosen Kampf gegen die Welt. Einen Kampf, den sie sich brüderlich geteilt hatten. Eduard hatte den Löwenanteil übernommen. Er war der Ältere. Er hatte die Verantwortung übernommen. Darum hatte er sich, als der jüngere Bruder, immer irgendwie beschützt gefühlt, obwohl Eduard ihn nicht wirklich beschützen hatte können. Waldemar hatte ihn still getragen.

Er hatte ihm nie Vorwürfe gemacht. Wenn du nicht nach Brasilien gegangen wärst, hätte ich nicht zu den Jesuiten müssen! Nie. Manchmal hatte Eduard ihm die Schuld gegeben. Er hätte in Brasilien bleiben können, sagte er. Weit weg. Er sei nur wegen ihm zurückgekommen.

Es war nicht Eduards oder Waldemars Schuld gewesen. Es war die Schuld des Täters gewesen. Doch das hatte Eduard immer nur mit dem Kopf verstanden, nicht mit dem Herzen.

Fast wäre es gut gegangen. Eduard hatte sich mit seinem Schicksal versöhnt gehabt. Es ging ihnen besser. Sechzehn Jahre waren sie durch fast alle Staaten am Mittelmeer gegondelt, hatten in Bars, Discos und auf Campingplätzen gejobbt, hatten als Saisonarbeiter bei der Weinlese, auf Baustellen und auch als Fischer gearbeitet, eine Zeitlang sogar als Masseure in einem Luxushotel. Sie hatten das Leben im sonnigen Italien genossen, die Pyramiden von Ägypten gesehen, die Sahara bis hin zur Straße von Gibraltar durchquert. Gefiel ihnen ein Ort, so blieben sie. Hatten sie genug, zogen sie weiter. Zum Leben brauchten sie nicht viel. Alkohol und Marihuana befreiten sie von Zwängen, Erinnerungen, Ängsten. Sie waren frei gewesen. Befreit.

Dann war Eduard krank geworden. Was eine harmlose Blinddarmoperation hätte werden können, endete in einem verdreckten marokkanischen Krankenhaus als Katastrophe. Es hätte ihn beinahe das Leben gekostet.

Als alles überstanden war, erfuhren sie, dass ihre Mutter gestorben war und sie geerbt hatten. Sie beschlossen zurückzukehren und den Versuch zu wagen, ein sesshaftes Leben zu führen. Sie hatten gewusst, dass es riskant sein würde, doch sie waren müde geworden.

An der österreichischen Grenze mussten sie feststellen, dass ein Verfahren gegen Eduard im Gange war. Er wurde wegen Betrugs, Veruntreuung, Schmuggel und Diebstahls gesucht. Wer das in die Wege geleitet hatte, war nicht schwer zu erraten.

Schwer enttäuscht von den unerwarteten Schwierigkeiten verblieben sie einige Zeit unweit der österreichischen Grenze in Italien, wo sie zu dem Schluss kamen, dass es das Beste für sie sei, ihr altes Spiel weiterzuspielen. Waldemar sollte die Erbschaft offiziell allein antreten und den Behörden melden, er kenne den Aufenthaltsort seines Bruder nicht, wäre nicht einmal mehr sicher, ob er noch lebe.

Vier Jahre war alles gut gegangen. Sie hatten sich seine, Waldemars, Identität geteilt, hatten zurückgezogen gelebt, alles lief bestens. Bis er in den Laden kam. Sie hatten gehört, er wäre weggezogen, nach Deutschland. Aber da stand er wieder. Es hätte eine peinliche, schmerzliche, aber unkomplizierte Begegnung werden können. Doch ihm war nichts peinlich. Er schien sich sogar zu freuen. Er kam immer wieder. Sagte, er würde wieder hier leben. Immer wieder stand er da.

Wusste er, dass Eduard auch in Feldkirch lebte? Sie mussten etwas tun. Sie hatten viel darüber gesprochen, nachgedacht, beraten. Sie hatten versucht mit subtilen Hinweisen, später mit klaren Aussagen darauf hinzuweisen, dass er sie in Ruhe lassen solle, dass er schon genug angerichtet hatte, dass er ihnen ihren Frieden gönnen solle. Doch er wollte nicht hören. Kam immer öfter im Laden vorbei, begann sogar an der Wohungstür zu läuten. Sie waren sich bis zum Schluss nicht sicher gewesen, ob er wusste, dass sie sich ein Leben teilten. Als klar wurde, dass er sich nicht abschütteln ließ, da luden sie ihn zu sich nach Hause ein. Natürlich kam er. Pünktlich. Waldemar nahm ihn vom Laden mit und führte ihn in die Wohnung. Sie wollten ihm Benzodiazepin in ein Getränk mischen und ihn dann nachts wegschaffen. Doch der Plan schlug fehl. Die beiden Brüder waren wie gelähmt, als ihr Peiniger ihre Wohung betrat, jeden umarmte und der Meinung war, sie seien froh, ihn zu sehen. Es sei so lange her. Er habe sie vermisst.

War es möglich, dass ihm nicht klar war, was er ihnen angetan hatte? War es möglich, dass er dachte, sie hätten gern mitgemacht? Um das Wiedersehen zu feiern, hatte er etwas mitgebracht. Mit einem schmierigen, vulgären Lächeln zog er lustvoll einen schwarzen Penis aus Ebenholz aus seiner Soutane. Es wäre etwas Besonderes, meinte er. Wäre sehr lebensecht und ideal für eine Nummer zu dritt. Waldemar hatte gezittert. Er wollte etwas unternehmen, aber er war völlig bewegungsunfähig gewesen. Es war wieder wie als Kind. Er war ohnmächtig, hilflos, ausgeliefert. Damals war ihm wenigstens die eine Scham erspart geblieben, vor seinem Bruder vergewaltigt zu werden. Wenigstens das. Und auch dieses Tabu wollte er nun brechen. Er hatte sich auf den Fußboden übergeben.

Dann hatte er das Klirren gehört. Er hatte es nicht gesehen, aber Eduard musste das Teil aus seiner Hand genommen und durch das Fenster geschmissen haben. Er hatte gesehen, wie Eduard mit hochrotem Kopf schäumend vor Wut in die Küche gerannt war. Er war nur überrascht, sonst nichts. Ging ein paar Schritte auf das Fenster zu, um zu sehen, wo sein Mitbringsel gelandet war. Mit einem herablassenden Lächeln und einem Gesichtsausdruck, der sagte: Ihr müsst euch doch nicht so aufregen, schlenderte er vom Fenster weg und auf Waldemar zu.

Eduard kam aus der Küche zurück. Er hatte ihm später erzählt, dass Waldemar so bleich ausgesehen hatte, dass er für einen kurzen Moment befürchtete, er sei tot, obwohl er stand.

Bevor noch etwas anderes passieren oder gesagt werden konnte, hatte Eduard das große Fleischmesser in den Bauch des Monsters gerammt. Sie sahen ihm zu, wie er in die Knie sank. Sie sahen ihm in die Augen. Dann drehte und drückte Eduard das Messer tiefer in den Bauch. Es verursachte die Schmerzen, die er sich erhofft hatte. Das Arschloch verreckt! Er verreckt!, war das einzige, das Waldemar immer und immer wieder durch den Kopf schoss. Verreck!

Dann zog Eduard das Messer aus dem Bauch des Verbrechers. Eduards Blick war wild geworden. Waldmar hatte noch nie so einen Ausdruck in den Augen seines Bruders gesehen. Der Wüstling kniete vor ihnen, die Augen weit aufgerissen, zitternd. Mit rasender Wut rammte Eduard das Messer immer und immer wieder in den verhassten Körper. Der Feind sank zu Boden, lag auf dem Rücken. Eduard stach zuerst in den Bauch. Blut floss auf den Parkettboden. Das Zittern wurde schwächer, die Augen leerer. Eduard stach wieder und wieder zu. Jetzt in den Unterleib. Waldemar hatte der Schlachtung zugesehen. Alles war voller Blut. Waldemars Kleider waren vollgespritzt, die Möbel, die Wände. Er war tot.

Eduard war immer noch dabei, die Vergangenheit zu vernichten. Blutverschmiert. Wüst. Wahnsinnig. Waldemar erwachte aus dem Albtraum. Besorgt sah er durch die Fenster. Sah jemand zu? Es war heller Tag draußen und die Wahrscheinlichkeit, dass die Fenster spiegelten und den Blick nach innen somit verdeckten, war groß. Er musste jetzt aufhören. Es war vorbei. Er näherte sich seinem Bruder von hinten. Berührte ihn an der Schulter. Der andere erschrak und hielt inne.

»Es ist vorbei!«, flüsterte er.

Eduard ließ das Messer sinken. Erschöpft kippte er nach hinten und saß neben der Leiche auf dem Boden. Waldemar kniete sich neben ihn. Stumm betrachteten sie den leblosen Körper. Er wusste nicht, was Eduard zu diesem Zeitpunkt fühlte. Er erinnerte sich an ein Gefühl des Unglaubens. Er hatte ähnliche Szenen tausende Male in seiner Fantasie durchgespielt. Es war vergleichbar unwirklich, als wäre der Teufel leibhaftig vor ihnen gelegen. Nach einer Weile fragte er leise, was Eduard jetzt tun wolle.

»Nichts«, hatte er ruhig geantwortet. »Wir warten jetzt auf die Polizei.«

Er war sich sicher gewesen, dass jemand etwas gesehen oder zumindest gehört haben musste und die Polizei verständigt hatte. Schon allein wegen dem Vorfall mit dem zerbrochenen Fenster. Aber die Polizei kam nicht. Niemand kam. Irgendwann begannen sie aufzuräumen.

Waldemar wandte den Kopf wieder von seinem Bruder ab. Er starrte an die Zimmerdecke und lauschte den Geräuschen der Monitore. Mühsam atmete er unter seiner Sauerstoffmaske.

Eduard und er waren allein in dem Krankenzimmer. Es war Abend. Er konnte die ersten Sterne sehen. Vor der Tür stand mindestens ein Wachmann. Die Schwester hatte beide bereits für die Nacht fertig gemacht. Alle Medikamente waren verabreicht, die Geräte überprüft, die Patienten gewaschen. Alles war ruhig.

Ruhe breitete sich in dem Zimmer aus wie ein wärmende Decke. Waldemar sah seinen Bruder wieder an. Er streckte seine Hand aus, wollte ihn berühren, seine Hand halten, ihn erreichen.

Beide lagen da, verkabelt, angeschlossen an ein System, das sie am Leben erhielt, künstlich, angestrengt, lähmend. Eduard rührte sich nicht. Seine Atmung war so flach, dass Waldemar sie kaum wahrnehmen konnte.

Er sah seinem Bruder lange ins Gesicht, betrachtete jede Falte, jede Erhebung und Vertiefung, die Hautunreinheiten. Alles weckte Erinnerungen, an ihr gemeinsames Leben, ihre Pläne, ihre Ängste, ihre Hölle. Er sah sich selbst in ihm, seine andere Hälfte, die friedlich dalag und auf das Ende wartete.

Eine Welle der Liebe durchströmte Waldemar. Eduard war sein Vater, sein großer Bruder, sein Freund, sein Partner. Er hatte ihm immer geholfen. Und jetzt – jetzt brauchte er seine Hilfe.

Fast hätte er ihn im Stich gelassen, als er das Benzodiazepin genommen hatte. Er hatte verschwinden wollen, weg von allem, endlich in Ruhe gelassen werden. Er hatte nicht verstanden, warum sie ihn nicht hatten gehen lassen, ihn wieder zurückholen mussten. Das hatte keinen Sinn ergeben.

Doch bevor er ging, hatte er seine Jugendliebe retten können, oder wenigstens ihre Tochter. Und sie hatten Eduard zu ihm gebracht. Er musste sich jetzt um ihn kümmern. Sie hatten beide genug. Kein Versteckspiel mehr, keine Angst, keine Schmerzen, keine Fragen, keine Erklärungen, keine Rechtfertigung, kein Prozess, kein Gefängnis. Ruhe.

Ganz langsam und sehr behutsam richtete sich Waldemar auf. Er achtete sehr genau darauf, keinen seiner Schläuche zu spannen oder zu verwickeln. Im Zeitlupentempo setzt er sich auf die Kante seines Bettes. Er stand auf, etwas unsicher, aber er stand. Sanft entfernte er die Elektroden von Eduards Brustkorb und brachte sie an seinem eigenen Brustkorb an. Der Monitor piepte unbeirrt weiter.

Er entfernte die Sauerstoffmaske vom Gesicht seines Bruders. Er sah friedlich aus.

Wer fühlet,
Wie wühlet
Der Schmerz mir im Gebein?

Was mein armes Herz hier banget,
Was es zittert, was verlanget,
Weißt nur du, nur du allein!

»Wir müssen nicht mehr leiden, Bruder«, flüsterte er.

Vorsichtig nahm er das Kissen von seinem eigenen Bett.

»Bis gleich!«

Waldemar legte das Kissen sachte auf Eduards Gesicht und drückte es ein wenig nach unten.

Eduard wehrte sich kaum. Er hob die Hand ein wenig. Ein Abschiedsgruß. Dann war es vollbracht. Alles war ruhig. Waldemar legte das Kissen weg. Eduard sah glücklich aus.

Langsam nahm Waldemar die Elektroden wieder von seinem Brustkorb. Er stand noch immer neben Eduards Bett. Die Monitore schlugen Alarm. Die Tür wurde aufgerissen. Die Schwester und ein uniformierter Polizist standen im Türrahmen.

»Was machen Sie da?«, fauchte ihn die Schwester an.

Waldemar blieb ruhig stehen.

»Was machen Sie da?« Diesesmal war ihr Ton anders und ließ den Polizisten aufhorchen.

»Gehen Sie weg von ihm!«, verlangte die Schwester. Hastig ging sie auf Waldemar zu, schob sich zwischen ihn und Eduard und untersuchte sofort dessen Puls.

Sie hatte Waldemar ein wenig zur Seite geschubst, nur ein bisschen. Doch der kleine Stoß hatte ausgereicht, um ihn aus dem Gleichgewicht zu bringen. Waldemar taumelte, schwankte hin und her, verhedderte sich in den Schläuchen und Kabeln und fiel. Er stieß mit dem Gesicht an die Kante am Fußende seines Bettes, prallte ab und blieb liegen.

»Wie konnte das passieren?« Chefinspektor Finster hätte gern ins Telefon gebrüllt. Ein unaufhörlicher Nachschub an Nasenschleim sowie eine aufs Äußerste gereizte Halsschleimhaut verliehen der Frage einen fast freundlichen, auf jeden Fall Mitleid erregenden Unterton.

Geduldig warteten Günther und Schwärzler ab, bis Finster sein Telefonat mit den Beamten, die im Krankenhaus auf Posten waren, beendet hatte. Finster legte den Hörer auf, nahm ein Taschentuch und schnäutzte sich ergiebig. Als er fertig war, suchte ihn ein beeindruckender Niesanfall heim. Als er sich soweit erholt hatte, erklärte er mit sehr nasaler Aussprache: »Die beiden Hauptverdächtigen sind tot.«

»Was? Wie?« Schwärzler warf die Arme in die Höhe. »Wie konnte das passieren?«

Stoisch wie immer blickte Fleur Günther abwartend ihren Kollegen an.

»Waldemar hat Eduard mit einem Kissen erstickt. Als die Krankenschwester ins Zimmer kam, ging sie zwischen Waldemar und sein Opfer, dabei schubste sie ihn ein wenig zur Seite. Waldmar verlor das Gleichgwicht und schlug mit der Nase auf die Bettkante auf. Der Fall brach sein Nasenbein. Ein Teil des Knochens wurde so weit in den Schädel getrieben, dass er das Gehirn durchbohrte und der Fall tödlich endete.«

»Ist das ein Witz?« Schwärzler wollte es nicht wahrhaben.

Schniefend erklärte Finster, dass es leider die traurige Wahrheit sei.

Unschlüssig saß jeder auf seinem Stuhl. Finsters Nase war von der vielen Taschentuchreibung leuchtend rot geworden. »Ich denke«, meinte er schließlich, »wir werden abwarten, bis Apian mit der Untersuchung der Fichtelbacherschen Leichen fertig ist, dann wird Frau Keller noch einmal interviewt und dann können wir unseren Bericht schreiben. Oder habe ich etwas übersehen?«

Günther schüttelte den Kopf. Schwärzler teilte mit, dass er inzwischen überprüft habe, dass Fichtelbacher in einem Waffen- und Fischereigeschäft auf seinem Weg zum Reichenfeld ein Jagdmesser gekauft hatte. Fichtelbacher war auf dem Überwachungsvideo zu besagtem Zeitpunkt zu sehen. Apian habe bereits die Klinge eines solchen Messers mit den Einstichwunden des Hundes abgeglichen. Es passte. Auch der Kauf eines neuen Anzugs konnte bestätigt werden. Leider seien der Anzug, der das Blut des Hundes aufwies, sowie das Messer unauffindbar. Der Verkäufer des Bekleidungsgeschäftes konnte sich aber ausdrücklich an die Blutspritzer am beigen Anzug Fichtelbachers erinnern. Er hatte den Kunden nicht danach fragen wollen. Es ginge ihn schließlich nichts an. Fichtelbacher hätte den blutigen Anzug in einer Plastiktüte mitgenommen. Vermutlich habe er ihn in irgendeinem Müllcontainer entsorgt, meinte Schwärzler. Die Suche danach war aber erfolglos geblieben.

Bei der Opferkommission der Kirche hätten sich die Fichtelbachers nie gemeldet.

»In Ordnung«, schniefte Finster, »Schwärzler, du kannst mit deinem Bericht schon anfangen. Fleur, du übernimmst Apian.«

»Und was machst du, mein Rotzglöckchen?«, wollte Günther wissen

Finster versuchte durch seine tränenden Augen so böse wie möglich auszusehen, was aber im Gegenteil endete. Er sah bedauernswert aus.

»Soll ich dir einen heißen Tee kochen?«, fragte Fleur. Finster konnte nicht einschätzen, ob sie es ernst meinte oder sich lustig über ihn machte .

»Ich«, meinte er so gewichtig wie es seine Erkältung zuließ, »werde mich jetzt ins Bett legen.« Ein lautes Niesen unterbrach seinen Satz. »Und wenn ich wieder so schön bin wie eh und je, dann werde ich Frau Keller professionell interviewen, einen Bericht verfassen und sie hinterher ganz unprofessionell zum Essen einladen.« Er schickte einen verzerrten Grinser in Richtung Fleur, schnappte sich seinen Maxi-Pack mit Wegwerftaschentüchern und ging schleppend, unter Begleitung von vielen gutturalen Klagelauten aus der Dienststelle.

»Ihr Mann ist heute Früh in Feldkirch angekommen!«, schickte Fleur dem Chefinspektor hinterher. Doch dieser konnte oder wollte sie nicht mehr verstehen.

Sie stand auf einem großen Stein mitten in der Strömung. Der Stein hielt stand, noch. Das Wasser war erbarmungslos. Riss alles mit sich fort. Ein großer Baum wurde gefährlich nahe an Martha vorbeigespült. Das Rauschen war unangenehm laut. Es kam ihr so vor, als ob der Wasserpegel stieg. Ein blaues Auto näherte sich in den schäumenden Wellen. Würde es sie rammen? Konnte sie entkommen? Hektisch sah sie sich um. Was konnte sie tun? Wie konnte sie entkommen? Niemand war zu sehen. Sollte das das Ende sein? Verzweifelt begann sie um Hilfe zu rufen. Lauter. Panisch. Da stand er am Ufer. Er rief ihren Namen. Er war gekommen! Sie hatte es gewusst! Er ließ sie nicht im Stich! Sie winkte und ruderte wild mit den Armen. Er hatte sie längst gesehen. Was konnte er tun? Er stand am Ufer, sie mitten im reißenden, breiten Fluss. Sie konnte sein Gesicht nicht richtig erkennen. Sie kniff die Augen zusammen. Hatte er einen Schleier vor seinem Gesicht? Wie sonderbar! Er streckte seine Arme aus, sie die ihren. Ihre Hände umschlossen seine Handgelenke und umgekehrt. Er hielt sie gut fest. Sie brauchte nur noch in seine Arme zu springen. In Sicherheit.

Martha versuchte eine Erklärung dafür zu finden, wie er es möglich gemacht hatte, mit seinen bloßen Armen bis zu ihr herüberzulangen. Und warum sie sein Gesicht noch immer nicht erkennen konnte. Hatte sie vielleicht verschmutztes Flusswasser in den Augen? Sah es darum so finster aus? Egal. Es fühlte sich gut an, warm, angenehm, richtig. Egal, wie sein Gesicht aussehen würde. Egal, wie sein Name war.

Jetzt wachte sie auf. Sie wusste, dass sie wach war, obwohl ihre Augen noch geschlossen waren. Er hielt sie an den Händen. Sie wusste das, denn ihre Hände fühlten sich warm an. Warm und geliebt. Das Rauschen war weg. Sie wusste, dass sie in Sicherheit war. Alles war trocken, außer ihrem rechten Handrücken.

Jetzt wollte sie sein Gesicht sehen, wissen wie er aussah, wer er war. Sie öffnete ihre Augen und sah Şen.

Şen? Wieso Şen? Was hatte er hier zu suchen? Sie schloss ihre Augen wieder. Das ergab alles keinen Sinn.

»Oma, sie hat die Augen aufgemacht!«, hörte sie Saskia aufgeregt flüstern.

»Wirklich?«

»Ja, gerade eben. Ganz kurz.«

»Ach, mein Schätzchen«, hörte sie ihre Mutter sagen und spürte einen kräftigen Schmatzer auf ihrem nassen rechten Handrücken. Was war hier los? Wie waren Şen, Saskia und Traudl hierher gekommen? Wo war ihr Retter? Der Mann, der zu ihr gehörte? Martha schlug die Augen wieder auf.

»Schätzchen! Kannst du mich hören?«, fragte Traudl.

Martha blickte sich verwirrt um. Sie sah eine kahle Zimmerdecke. Traudl, die Marthas rechte Hand an ihr verweintes Gesicht drückte. Saskia, die ihre linke Hand festhielt und kreidebleich aussah. Şen, der am Fußende des Bettes stand und mit einem erleichterten Lächeln Saskia ansah.

»Was ist passiert?«, wollte Martha fragen, doch ihr Mund fühlte sich an wie mit Watte gepolstert. Ohne die Frage gestellt zu haben, sagte Traudl: »Es ist alles gut. Eduard Fichtelbacher ist gefasst. Du bist im Krankenhaus in Feldkirch. Dein Arm war aus dem Gelenk gedreht. Du bekommst die allerbeste Pflege. In ein paar Tagen bist du wieder fit.« Traudl versuchte vor allem sich selbst zu überzeugen, dachte Martha.

Sie war müde, sehr müde. Ihre Augenlider wurden schwer. Sie würde nicht mehr lange gegen den Schlaf kämpfen können. Sie glaubte Piet zwischen Saskia und Şen zu erkennen, doch da sank sie schon in den tiefen, erholsamen Schlaf der Genesung.

Saskia schloss leise die Tür zum Krankenzimmer hinter sich, um ihre Mutter nicht aufzuwecken. Piet stand schon im Flur. Sie gab ihrem Vater einen dicken Kuss auf die Wange und umarmte ihn.

»Danke, Papa. Das hast du super gemacht!« Sie war stolz auf ihren Vater. Er drückte sie fest an sich.

»Ich muss.«

»Wirklich, Papa? Musst du immer irgendwohin? Kannst du nicht bei uns bleiben?«

»Hier gibt es nichts für mich zu tun, zoeteke – sprich: suteke – meine Süße, mein Schatz.«

»Mama will nicht mehr warten, Papa!«

»Ich kann es ihr gar nicht vorwerfen«, sagte er trocken.

»Warum bleibst du denn nicht?«, fragte sie beharrlich. »Ich verstehe nicht, warum?«

Piet atmete tief durch: »Ich kann nicht anders.«

»Du entscheidest dich für deine Arbeit – und nicht für Mama?« Der Ton bewegte sich zwischen Vorwurf und Enttäuschung.

»Wenn sie mich so vor die Wahl stellt … Ich hoffe noch immer, dass sie das nicht tun wird.«

»Und was ist mit mir?« Ihre Stimme überschlug sich bei dem Wort mir.

Piet wurde sehr ernst. Er nahm ihr Gesicht in seine Hände und sah ihr fest in die Augen: »Du bist meine Prinzessin! Für immer! Nichts und niemand in der Welt kann das je ändern, o.k.?«

»O.k.«, sie umarmte ihn wieder, ein wenig beruhigt.

»Pass gut auf deine Mutter auf!«

»Mach ich.«

»Wenn ihr irgendetwas braucht, egal was, melde dich!«

»Mach ich, Papa.«

Er gab ihr noch einen Kuss auf die Stirn. Dann drehte er sich um und ging durch den langen Gang davon.

Saskia blickte ihm nach, bis er verschwunden war.

Nach einer Woche

Finster schnäuzte sich. Seine Erkältung war schon fast auskuriert, aber sie konnte immer noch als Grund für das Schnäuzen herhalten. Er hätte lieber eines seiner Ohren geopfert, als zuzugeben, dass ihn die Predigt von Pfarrer Gantner zum Weinen gebracht hatte.

Gantner hatte darum gebeten, die Beerdigung von Waldemar und Eduard Fichtelbacher abhalten zu dürfen. Finster konnte ihm ansehen, dass es keine leichte Aufgabe für ihn war. Trotzdem hatte er es geschafft, die Lebens- und Leidensgeschichte der beiden sehr respektvoll zu erzählen. Nur die Tatsache, dass Eduard Fichtelbacher posthum von der Schweizer Polizei aufgrund der Fingerabdrücke des Mordes an dem Thai Aisun Phet überführt worden war, wurde völlig verschwiegen.

Normalerweise ärgerte sich der Chefinspektor über solche Unaufrichtigkeit. Doch Pfarrer Gantner hatte seine ganze Trauer und die Scham über seine eigene Unfähigkeit in eine ergreifende Predigt verpackt, die das Schicksal aller Opfer sehr emotional schilderte und alle zur Verantwortung aufrief. Das Mitgefühl für die Leidtragenden war überwältigend. Die beiden Morde, die Eduard begangen hatte, wurden verziehen oder verschwiegen. Die Tatsache, dass Waldemar einen Brudermord begangen hatte, wurde beinahe als Sterbehilfe betrachtet.

Heinrich Finster und Fleur Günther ordneten sich ganz hinten ein, in dem kleinen Zug hinter den Särgen. Gertraud Keller befand sich unter den wenigen Trauergästen. Auch deren und Waldemars ehemalige Schulfreunde Simon Mutter und Ruth Schnutt waren gekommen sowie Else Weingartner und ihre Enkelin Michelle, die den Rollstuhl von Pater Meininger schob. Corinna Seidbert war aus Deutschland angereist und ging als einzige Verwandte ganz vorne im Trauerzug.

Nachdem die Särge zu Grabe gelassen worden waren, warf jeder eine weiße und eine rote Rose in die offene Grube. Vielen war der Schock über das schreckliche Schicksal der Brüder anzusehen. Manche machten Anstalten etwas zu sagen, schienen aber nicht die richtigen Worte zu finden und gaben ihr Vorhaben wieder auf.

Abschließend bedankte sich Gantner im Namen der Verstorbenen, dass es möglich gemacht worden war, die Beerdigung in aller Stille abzuhalten. Er nickte Finster dankend zu, was Letzteren daran erinnerte, für den folgenden Tag eine entsprechende Pressemitteilung zu verfassen.

Als sich die Trauerfeier aufzulösen begann, überlegte Finster ganz kurz, ob er Traudl Keller nach Marthas Gesundheitszustand fragen sollte, verkniff sich aber die Frage im letzten Moment. Es musste schwer sein für Traudl Keller, der Beerdigung des Entführers ihrer Tochter beizuwohnen. Vielleicht wollte sie aber hauptsächlich wegen Waldemar kommen, der entscheidend zu Marthas Rettung beigetragen hatte.

Corinna Seidbert schüttelte Finster die Hand und bedankte sich für seinen Einsatz. Als alle anderen gegangen waren, stellte sich Fleur Günther neben ihn. Zusammen mit dem einzigen anderen Zurückgebliebenen, Pfarrer Gantner, schauten sie dem Totengräber bei seiner Arbeit zu.

Sie schwiegen. Ein gutes Schweigen. Worte hätten nur gestört.

Mephisto hat die Schlacht verloren

Laut der Pressestelle des Landeskriminalamts Vorarlberg handelt es sich bei dem sogenannten »Toten im Erker« in der Marktgasse 6 um den Kaplan Dr. Martin Joachim Geyer, der seit 1982 als vermisst gilt.

Die vorliegenden Beweise deuten darauf hin, dass die beiden Brüder Waldemar und Eduard F. den Geistlichen in besagtem Jahr in ihrer Wohnung getötet und später in einer Sitzbank in ihrem Erker einbetoniert haben. Die Polizei hat Grund zu der Annahme, dass Dr. Geyer die Brüder im Kindesalter über Jahre hinweg missbraucht hat.

Erstaunlicherweise haben sich Waldemar und Eduard F., die sich verblüffend ähnlich sahen, Zeit ihres Lebens als eine einzige Person, nämlich als Waldemar F., ausgegeben. Die dahinterliegenden Gründe sind unklar und werden es wohl auch bleiben, da die beiden vor zwei Tagen im Landeskrankenhaus Feldkirch verstorben sind.

Der Fall weist sagenhafte Züge auf, da es bemerkenswerte Parallelen zu der Geschichte von Dr. Faust gibt. Demnach soll im Jahre 1582 der Zauberer Dr. ›Fustes‹ oder Dr. Faust mit einem unbekannten Mann in der Herberge in der Marktgasse Nr. 6 genächtigt haben. Am nächsten Morgen fand man den Doktor erwürgt und im eigenen Blute liegend. Der Unbekannte war der Teufel, der mit der Seele des Dr. Faust durch das Fenster entkommen sein soll, welches seitdem immer wieder zerspringt.

»… ist es zu anstrengend für dich, Schätzchen, wenn ich dir aus der Zeitung vorlese?«, fragte Traudl.

»Nein, überhaupt nicht, Mama«, versicherte Martha. »Es ist schön, dass du mir vorliest.«

»Na ja, du hast die Berichte schon im Fernsehen gesehen, nicht?«

»Ja, und Saskia hat es mir im Internet gezeigt.«

»Und außerdem warst du selbst dabei. Du weißt schließlich am besten, was passiert ist.«

»Wenn man mitten drin ist, kriegt man meistens am wenigsten mit.«

»Ich bin nur froh, dass es dir gut geht und du wieder zu Hause bist.«

»Auf deinem Sofa ist es wesentlich gemütlicher als in meinem Krankenhauszimmer.«

»Du warst drei Tage dort. Du musst dich noch schonen und dich von mir verwöhnen lassen.«

»Mach ich, Mama. Versprochen!«

Martha wurde still. Seit sie vor ein paar Tagen aus dem Krankenhaus gekommen war, bewegte sich Traudl nicht von Marthas Seite, wenn es nicht absolut notwendig war. Sie las ihrer Tochter jeden Wunsch von den Augen ab.

»Mama«, Marthas Stimme war sehr ernst. »Was ist mit Piet?«

»Was meinst du?«

»War er überhaupt da?«

»Ja, er war da. Er hat den Hubschrauber mit der Spezialeinheit geschickt. Er hat Beziehungen, das weißt du. Und er war auch im Krankenhaus.«

»Warum hat er nicht gewartet, bis ich wieder wach war?«

»Das hat er. Er ist erst gegangen, nachdem du die Augen aufgeschlagen hattest.«

»Warum ist er überhaupt gegangen? Er hätte auch bleiben können, odr?«

»Ja, hätte er.«
»Hat er aber nicht.«
»Nein, hat er nicht.«
»Mama?«
»Ja?«
»Können Saskia und ich eine Weile bei dir wohnen?«

»Guten Morgen, Herr Inspektor. Kommen Sie doch herein! Haben Sie noch etwas vergessen? Stimmt etwas nicht mit dem Bericht?« Traudl ließ Finster gar nicht zu Wort kommen.

»Nein, nein, es ist alles in Ordnung«, meinte Finster und kratzte sich am Kopf. »Ich wollte nur sehen, wie es Ihrer Tochter geht.«

»Ganz gut so weit. Sie ist schon fast wieder die alte.« Traudl Keller führte ihn ins Wohnzimmer. Martha saß auf dem Sofa und blätterte in der Zeitung.

»Herr Chefinspektor?«, wunderte sich Martha, »Stimmt etwas nicht?«

»Nein, nein«, wiederholte er. Seltsamerweise schien ihn irgendetwas Lästiges am Hinterkopf unaufhörlich zu jucken. Die ganze Kratzerei nützte nichts. »Ich wollte nur mal sehen, wie es Ihnen geht.«

»Danke. Ganz gut so weit. Das ist sehr nett, dass Sie sich die Mühe machen.«

»Das ist keine Mühe. Ich ... äh ... Sie haben einmal etwas gesagt über den Laden in der Marktgasse.«

»Ja, wissen Sie schon, was damit passieren wird?«

»Ich ... also, ich meine wir ... genauer gesagt meine Kollegin Günther hat die Besitzer kontaktiert ...«

»Ja? Und?« Martha war gespannt.

»Ja, also, sie suchen jetzt einen neuen Pächter.«

Martha sah ihn mit großen Augen an. Finster hatte aufgehört sich zu kratzen. Seine Finger verharrten unschlüssig am Hinterkopf.

»Na, und? Was sagst du, Martha?« Traudl hatte die beharrliche Stille durchbrochen.

»Was?«

»Möchtest du den Laden übernehmen? Das wolltest du doch?«, meinte Traudl.

Martha und der Inspektor hatten den Blickkontakt nicht abgebrochen. Er sah sie an. Sie sah durch ihn hindurch.

»Martha?«, fragte Traudl verunsichert.

»Was?« Martha erwachte aus ihrer Trance. »Ja, wenn das möglich ist. Ja, ich möchte gern.«

Finster ließ endlich seine Hand fallen und lächelte.

»Danke, Herr Chefinspektor.« Sie nahm seine Hand und schüttelte sie.

»Bitte sagen Sie Heinrich zu mir.«

»Ich bin Martha.«

Nach einem Monat

Zur Wein.lese
literarischer Wein.keller und Café

»Tolles Schild, Frau Keller!«, sagte Şen anerkennend und hielt ihr einen Blumenstrauß hin. »Der ist von meiner Mutter und mir. Gratuliere zur Eröffnung!« Marielle Hinteregger, Şens Mutter und Traudls langjährige Nachbarin, küsste Martha rechts und links: »Ich find's auch ganz toll, dass ihr jetzt hier seid, du und Saskia.«

»Vielen Dank. Das ist wirklich nett von euch. Herzlich willkommen in meinem Weinkeller!« Martha nahm die Blumen am Eingang in Empfang.

»Das Konzept ist echt toll!« Şen schien sich wirklich für Marthas Kombination aus Büchergeschäft, Café und Weinbar zu interessieren. Erwartungsvoll gingen die beiden an ihr vorbei in den Innenraum, wo Saskia mit einem Tablett voller Sektgläser wartete. Traudl hatte einige Freundinnen eingeladen und servierte ihnen selbstgemachte Häppchen auf einem Tablett. Marielle gesellte sich dazu, während Şen Saskia dabei half, sich um die anderen Gäste zu kümmern, unter denen sich sogar eine junge Engländerin befand, die mit ihren blassen Augen den Raum anerkennend musterte.

Martha hatte ein paar Änderungen vorgenommen. Bücherregale befanden sich nur noch rechts und links an der Wand des kleinen Geschäftsraumes. Diese waren in verschiedene Kategorien eingeteilt: Es gab klassische Literatur für die Liebhaber, lokale Geschichte, Poesie, Sagen und Reiseführer für Touristen und Ausflugsfreudige, bunte Kinderbücher zum Anfassen und Hingucken und Jugend- und Unterhaltungsliteratur, wenn es spannend sein sollte. Neben einer großen Auswahl an internationalen Tageszeitungen konnte man auch E-Reader erwerben und hatte freien Internetzugang.

In der Mitte befand sich ein langgezogener Naturholztisch, der aus einem einzigen, massiven, polierten Brett gefertigt war, das alle ursprünglichen Krümmungen und Einbuchtungen und an den Längsseiten sogar noch die Rinde aufwies. Urig, aber stilvoll-modern. Kunden konnten sich einen der vielen, gepolsterten Schemel nehmen, sich alleine oder in Grüppchen an den Tisch setzen, in den Büchern schmökern, bevor sie sie kauften, die Zeitung bei einem Espresso lesen, sich ein Glas Wein, eine Tasse Kaffee, ein süßes oder salziges Gebäck oder eine Portion verschiedener Käsesorten mit dem dazu passenden belgischen Abteibier bestellen. Mitten auf dem Tisch standen kleine Holzkistchen mit Büchern aller Art, die zum Lesen vor Ort gedacht waren. Sogar zwei Touchscreen-Computer waren in den langen Tisch eingearbeitet, wo man die Zeitung auch online lesen konnte. Zwei gemütliche Ohrensessel und ein winziges Tischchen hatten vorne bei der großen Glasscheibe Platz gefunden.

Martha hatte hinten einen neuen Ladentisch mit gekühlter Vitrine einbauen lassen. Rechts dahinter stand eine professionelle Kaffeemaschine und ein eigenes Regal für verschiedene Teesorten. Die Rückwand war von einem Regal voller Weinflaschen und einem voller belgischer Biersorten mit den dazugehörigen Gläsern bedeckt. Das ganze war sehr geschmackvoll, modern und gemütlich eingerichtet. Alles gab es auf Wunsch auch zum Mitnehmen.

Den Ehrenplatz an der Wand hatte ein eigens angefertigter Stammbaum bekommen. An der Spitze stand Marthas Foto. Davon ausgehend waren all ihre Vorfahren aufgelistet worden, sofern vorhanden ebenfalls mit Foto. Besonders hervorgehoben war Marthas Urgroßmutter, Berta Keller, mit ihrem Mann und seinen Eltern die Pächter der historischen Gastwirtschaft Keller's Weinstube im neunzehnten Jahrhundert.

»Vielen Dank für die Einladung, Frau Keller!« Chefinspektor Finster stand vor Martha und drückte ihr ein grün verpacktes Geschenk in die Hand. Martha legte den Blumenstrauß in ihre Armbeuge. »Dankeschön. Ich dachte, wir hätten uns auf Martha geeinigt«, sagte sie mit einem Lächeln.

»Martha«, sagte er und lächelte zurück.

»Heinrich«, sagte Martha. Es war ungewohnt, ihn mit dem Vornamen anzusprechen. »Möchtest du ein Glas Sekt?« Martha winkte Saskia zu sich her. Şen hatte sich hinter den Tresen gestellt, wie selbstverständlich die Kaffeemaschine in Betrieb genommen und verkaufte den ersten Kunden Kaffee zum Mitnehmen.

»Gern«, sagte Finster. »Darf ich dir meine Tochter Alina vorstellen?« Hinter Heinrich Finster tauchte unerwartet ein Mädchen in Saskias Alter auf.

»Hallo«, sagte sie.

»Hallo, Alina«, begrüßte sie Martha. »Wie haben dir die *Twighlight Sagas* gefallen?«

»Die Filme habe ich natürlich schon gesehen. Aber es war schon cool, die Bücher hinterher zu lesen. Da kann man das Ganze nochmal erleben, und irgendwie besser«, meinte Alina.

»Freut mich zu hören«, entgegnete Martha, »Das ist Saskia, meine Tochter.«

»Hallo, möchtet ihr auch Sekt?« Ohne die Antwort abzuwarten, drückte Saskia beiden ein Glas in die Hand.

»Ich habe gehört, du gehst im September hier bei uns ins Gymnasium«, sagte Alina.

»Ja, hoffentlich klappt das alles. Ich werde die *Neue* sein«, sagte Saskia.

»Vielleicht kommen wir in dieselbe Klasse«, freute sich Alina.

»Wirklich? Das wär super. Wie ist es denn bei euch? Habt ihr auch Examen im Dezember und im Juni?«

»Examen? Wie meinst du das?«

Martha und Finster sahen den Mädchen nach, die schwatzend in den Laden gingen.

»Möchtest du es nicht aufmachen?«, fragte Finster und deutete auf sein Mitbringsel.

»Ja, natürlich.« Sie gab ihm den Blumenstrauß, um beide Hände frei zu haben und öffnete das Paket. Es waren drei Bücher. Sie trugen die Titel »Kulturschock Vorarlberg«, »Vorarlbergerisch für Zuagraste« und »Die schönsten Plätze Vorarlbergs«.

»Ich konnte mich nicht entscheiden«, sagte er. »Ich weiß nicht, ob es eine gute Wahl war.« Es juckte ihn wieder hinter dem Ohr. »Du bist ja ursprünglich von hier und ...«

»Danke, das ist ein wunderbares Geschenk«, unterbrach sie ihn, »ich freue mich sehr.«

Er atmete erleichtert auf.

»Eigentlich wollte ich damit sagen: Willkommen zuhause!«

Marlene Kilga ist 1973 in Feldkirch geboren und aufgewachsen. Anglistik- und Germanistikstudium in Gent, Belgien. Seit 1999 Arbeit als Sprachlehrerin in Kanada, England und Belgien.
Sie lebt mit ihrer Familie in Gent und Feldkirch, das für sie selbst während ihrer zwanzigjährigen Odyssee der Nabel der Welt geblieben ist.

Mit besonderem Dank an Karl-Heinz Kronsteiner
und die Stadtpolizei Feldkirch
sowie an Peter Natter, der mit seinem Einsatz, seinem Wissen und seiner Geduld dieses Buch erst möglich gemacht hat.